ペトロパブロフスク要塞
夏の庭園
マルス原
アレクサンドル一世柱
冬宮
旧外務省
血の上の救世主教
歌手橋
大学河岸
海軍省
(宮殿広場)ウリツキー広場
青銅の騎士像
元老院広場
参謀本部
マリア宮殿
ネフスキー大通り(中央大
アニチコフ
聖イサーク寺院
カザン聖堂
アストリアホテル
アレクサンドラ劇
マリンスキー宮殿
モイカ運河
センナヤ広場
エカチェリーナ運河
聖ニコリスキー寺院
ツァールスコエセロ駅
ネヴァ河
フォンタンカ運河
バルチック駅
ワルシャワ駅

勝ち取った街

一九一九年 ペトログラード

ヴィクトル・セルジュ 著
角山元保 訳

目次

フィンランド
ペチョラ河
オビ河
オネガ
北ドヴィナ河
ペトログラード
（サンクトペテルブルク）
ラドガ湖
オネガ湖
ヘルシンキ
ヴィボルグ
シェンクルスク
クロンシュタット
ペトロレクボスチ
トボリスク
イルビト
ナルバ
プーシキン
ヴォログダ
キーロフ
ガッチナ
ペルミ
チェド湖
グドフ
ノヴゴロド
エカテリンブルク
プスコフ
カリーニン
ヤロスラヴリ
ヴェリキェルーキ
カザン
ビエライヤ川
ウファ
ヴィテブスク
モスクワ
カルーガ
リャザン
トゥーラ
ドン河
オリョール
ドニエプル河
タンボフ
オレンブルク
サラトフ
チェルニコフ
ヴォロネジ
キエフ
クラスノエ
ポルタヴァ
ハリコフ
ヴォルゴグラード（ツァーリツィン）
エカテリノスラフ
（ドニエプロペトロフスク）
パヴログラード
ヴォルガ河
ロストフ
オデッサ
マリウポリ
ドン河
アゾフ海
アルマーマタ
クラスノダール
アルマヴィル
カスピ海
ブハラ
黒海
バトゥーミ
ティビリシ
エレヴァン

勝ち取った街

一九一九年ペトログラード

Victor Serge
Ville conquise
SOCIÉTÉ COOPÉRATIVE ÉDITIONS RENCONTRE, 1932.

この書をフランスおよびスペインの同志に捧ぐ。革命の真実の相貌を、伝説と忘却から解き放つことこそ、我々の務めであれば。この務めを果たして初めて我々は、我々の力を純化し、より自由に至高の必然性に従い、我々の過ちを正当化するために必然性を持ちだしたりせず、達成すべきことをより良く達成することができるであろう。さらに、〈人間〉がいつの日にか、全き人間として再生することが可能となろう。

V・S

第一章

長い夜は名残を惜しむかのように、何時間もかけて街から遠ざかっていく。薄汚れた白い雲のような天井に射しこむ暁の、あるいは夕暮れの鈍い光は、そのとき、遥か彼方の氷河に映える乏しい光のごとく、すべての上に広がっていくのだった。降りやまぬ雪さえ、光を失っていた。この白い、静かで軽やかな屍衣は時間と空間の中に果てしなく広がっている。三時頃には常夜灯をつけなければならなかった。夕べとともに、灰色の色調が、不透明なブルーが、古びた石の執拗な灰色が、雪の上に色濃く浮き出してくる。夜闇は冷然とすべてを鎮まらせ、すべてを圧倒し、すべてを非現実に変える。この闇の中、三角州《デルタ》に造られた街は本来の地理的形状を取り戻す。直角に切り取られた石の断崖が黒々と、凍てついた運河を縁取っていた。ほのかな燐光にも似たものが、氷に覆われた広い河から放射していた。

時折、スピッツベルグ諸島やもっと先の、おそらくグリーンランド、あるいは北極から、北極海、ノルウェー、白海を渡ってくる北風が、ネヴァ河の河口に激しく吹き付けた。突如寒気が花崗岩を噛むと、南からバルチック海越しにやってきた重苦しい霧は消え去り、石、大地、裸の木々はたちまち霧氷のクリスタルに覆われる。はっきり見えぬまでも、数と力強い線と白さからなる目を疑うばかりの雲母《きらら》の世界に覆われる。夜は顔を変え、その非現実のヴェールをかなぐり捨てる。北極星が姿を現し、無数の星座が世界を開示する。翌日ともなれば、石の台座の上のブロンズの騎士たちは銀粉に覆われ、奇妙な祭りから抜け出てきたかのようだろう。聖イサーク寺院の花崗岩の高い円柱、聖人像の居並ぶ切妻、堂々たる金色の丸天井にいたるまで、なにもかもが霧氷に覆われる。建物の正面と赤い花崗岩の河岸はこの荘厳な衣装をまとい、くすんだピンクと白の色調を帯びる。公園は、木々の枝枝が織りなすくっきりした透かし模様を見せて、まるで魔法にかかったかのようだ。この夢幻の世界は、息苦しい住まいから出てきた人々の目を奪い、数千年の昔に連れ戻す……、毛皮を纏った人間が、冬に、動物の悪臭に満ちた温かな洞穴からおずおずと出てきた昔に。

どの界隈にも明かり一つない。先史時代の闇。

人々は凍てついた棲家をねぐらにしていた。人の住みうる場所ならどんなに狭いところでも住み着き、そこはあたかも獣の巣穴のようだった。先祖代々の体臭は、毛皮裏付きの外套にまで浸みこんでいた。肌身離さず外套を着ている者もあれば、火を絶やさないように床板をはがしに、または本を取りに隣の部屋に行くとき、あるいは見事な霧氷——その一つ一つは驚くほど透き通っていたが――に覆われ、これまた凍りついた排泄物の山に夜の汚物を空けに廊下の奥の片隅に行くとき、外套をひっかける者もあった。破れた窓ガラスからは寒気が勝手に入りこんでいた。

幾筋もの直線の広い大通りと蛇行する運河に区切られ、島々、墓地、幾つもの大きな廃駅に囲まれたこの街は、狭い入江の奥に、真っ白な孤独の果てに広がっていた。（とはいえ、この世のものと思われぬほど暗い夜が――無数の星をいただくこともあるが――、無言のうちに冷然と君臨していた。こうした夜ともなれば、大きなモーゼル銃を手にし、五十発の散弾、ウォツカの入った水筒、二キロの黒パン、二十片の砂糖、デンマークの偽造パスポート、ズボンの裏地に縫いこんだ百ドル紙幣を身につけたスキーヤーが、人との出会いが最悪の事態を招く危険さえあるこの氷の砂漠に、果敢にも入りこんでくるのだった。さらに女性たちが、子供や年寄りや無気力な男どもの手を引き、北極の風より厳しい恐怖の激風に身をかがめ、裏切り者とスパイに先導され、憎悪と恐怖に背を押され、ときには徒刑囚が金を隠すように肉体の密かな、あるいは忌まわしい襞にダイヤモンドを隠して、この氷の砂漠に入ってくるのだった）

朝、上空をゆっくり飛んでいる赤い星をつけた飛行機から見たら、ネヴァ河は青みがかった細い二本の舌を伸ばし、この砂漠に向かって開けた口を突き出している細長い白蛇に似ていたろう。

下町界隈は、人の姿もまばらになり、飢えに苛まれていた。工場からはもはや煙も上がらない。たまたま一本の煙突から煙が立ち上ると、ぼろを纏い、市営市場の入り口にたむろした女たちが、その奇妙な煙が上るのをどんよりした好奇心をもって眺める。「大砲を修理してるのさ、奴ら特別配給を受けてるんだ……」「どのくらい？　ネ、どのくらい？」「日に四百グラムのパンってとこだろ、でもあたしたちにゃないよ、あの工場の人たちの分きゃないんだ。あの人たちゃ特別なのさ、畜生……」

　まるで羊飼いの娘のようにやたらリボン飾りだらけの優雅な十八世紀イタリア建築に惚れこんだバルトロメオ・ラストレッリ親方が建てた濃赤色の旧宮殿の入り口には、どこも汚れた赤旗が垂れ下がっていた。皇妃の寵臣たち、タヴリーダ〔クリミアの古名〕やコーカサスの征服者、何千もの農奴を抱えた無知で策謀家で盗人の大貴族たちの館。秘密尚書局は彼らを拷問にかけ、東方の森の中に流刑したのだったが。政治教育局のガイドが、政治会議を傍聴に首都にやって来た純朴な人たちに、これらの建物は建築家ラストレッリの作品だと説明するのだが、彼らにはただ単に《銃殺された人の作品》としか聞こえなかった。というのも、銃殺されるはロシア語でラストレッラニイというからだ。ナポレオン時代の館や宮殿は、もっと荘重で、力強い列柱に支えられた均整のとれた堂々たる破風を誇っていたが、その入り口にも同じような赤いぼろ布が翻っていた。かくて、帝政時代の重々しい建物が通りに立ち並び、夜ともなればテーベ王朝のファラオたちの墓を思わせていた。とはいえ、この〔ロマノフ〕王朝一家の遺灰はウラル山脈の泥炭地にまだ埋められたばかりだった。これらの墓は一つの体制の墓に他ならなかったが、そこには次のような看板が掲げられていた。ＰＣＲ（ｂ）

（ロシア共産党（ボリシェヴィキ））、第二区委員会――ＲＳＦＳＲ（ロシア社会主義連邦ソヴィエト共和国）、公教育人民委員会、知恵遅れ児童教育局本部――ＲＳＦＳＲ・労働者農民軍赤色指揮官養成校。奪取されたが故に死んだ、もはや宮殿でないが故に威光を失ったこれらの宮殿の中では、人々が働いていた。入り口ホールの機関銃は、以前は名刺受を差し伸べていた大きな剥製の熊の陰にうずくまっているのだが、口を利かぬがいまにも噛みつきそうな鋼鉄の獣のようだった。王族の安楽のために作られた部屋では、タイプライターがパチパチいう音をか細くたてていた。がさつな勝利者、同志リュイジクは、長靴も脱がずにルイ十五世風の小部屋の長椅子で眠っていたが、その部屋は十八ヵ月前、リューリク王朝の末裔の老エピキュリアンが絶望にとらわれつつ、裸体の娘たちに見入っては悦に入っていた部屋だった。そのエピキュリアンはいまやどこか知れぬが、砲兵射撃練習場にでも、裸のまま、髭を逆立て、両のこめかみを射抜かれ、半メートルの土、一メートルの雪、そして名もなき永遠の重しの下に身を横たえていた。

階上では、白木の間仕切りで仕切られた閨房の中で、各部局が書類を分類していた。白色と金色も鮮やかな祝典用大広間は、徴用物資の雑多なマットレスが床の上に列をなして積み重ねられ、共同寝室に変わっていた。大きなクリスタルのシャンデリアは、トラックが通るたびに、弱々しい響きをたてた。かつては淡黄色のお仕着せを着た従僕の無表情な視線を浴びながら、この大邸宅の大理石の階段を上っていたはずの者たちは、いまや地下室に囚われの身となり、自尊心も失って、特別委員会への移送を待っていた。地下室の入口では、埃だらけの小テーブルにだらしなく肘をついた番兵が、時折立ち上がり、銃口を下に向けたまま肩にぶら下げた銃の負い皮に疎ましげな視線を投げかけては、この牢獄の南京錠を外しに行くのだった。

「さあ」と、番兵はそっけなく言う。「財界人は便所だ、三人ずつだぞ」

彼はずんぐりした人影をなれなれしく前に押しやる。彼らは狭い階段を押し合いへしあいし、中庭に出て、キラキラ光る雪を目にして一瞬ためらう……。昔の厨房を宿舎にしている衛兵隊から鼾が漏れてくる。

リュイジクにはもはや時間の観念がなかった。彼の一日は、始めもなければ終わりもなかった。昼であろうが夜であろうが眠れるときに、ときには地区委員会の会議の冒頭で報告者がだらだらしゃべっているときに、眠った。椅子にふんぞり返り、口をあけ、上唇の裏さえ覗かせるように眠った。だらんと膝に置かれた両手は、極度の疲労のため、急に関節硬直を起こしさえした。電話、あの耳に響く奇妙な小声、地を穿つ昆虫を思わせるあの声は、長いこと彼の神経を逆撫でしたものだったが、いまやその電話で指令を伝え、指令を受け取っていた。そして彼の指は、タバコ箱の裏に小学生のような大きな文字で、電文を書きとめていた。《三人委員会に伝達すべきこと――二十四時間以内に冬服の徴発を終えること》《第十二倉庫からニシン一樽取ってこさせること、兵

士への配給を減らすこと……》《五人委員会からのリストにある人質のうち、最初の十人を逮捕すること……》

昼間の疲れに呆然となって、壁付きの小机《コンソール》の上に散らばる黒パンの屑を虚ろな目で見やりながら、彼は耳を傾ける。「もしもし、ゴルブーノフだ！　ゴルブーノフを呼べ！　一斉検挙は終わったか？」例の奇妙な昆虫がどこか遠くで穴の底の地面をほじくっている。聞き覚えのない声ががなりたてる。「ゴルブーノフは鼠径部に銃弾を食らったんだ、がみがみ言わんでくれ」電話は切られた。リュイジクは悪態をつく。また電話のベルが陽気な響きを執拗に繰り返す。「もしもし、リュイジクか？サブーロフ劇場が『ココア売りの少女』の席を二十提供してくれてる……」背後でドアが大きな音をたてた。やさしい人の気配を感じる。少し苛立っているようだが。「クセニアかい？」「そう、私。少し横になったらどう、リュイジク」クセニアは草色の軍服の上着を着、ホワイトメタルの鼻眼鏡をかけている。腰には自動拳銃のケース。彼女は本を一冊持っていた。リュイジクは深い疲労の中で、張りつめた二つの甘い肉の球を、熱い唇を想った。クセニアはじっと彼を見つめていた。「明日六時、地区委員会よ」彼は顔を赤らめた。「そうか、じゃあ、おやすみ」彼は大理石の階段を降りた。この女性に対する、謂れのない怒りにも似たものが彼のうちでくすぶっていた。彼女は身近な存在だが、あまりに純真で潔癖であるがゆえに、目の前に現れるや、たとえ束の間であれ二人はたがいにうち解け、許しあう男と女として向き合えるはずだという考えは遠のいてしまうのだった。

人気ない図書館では、大きなオランダ陶器のストーブのそばで、二人の兵士が蝋燭の光でチェスをしていた。チェス盤はしゃれた小型の円テーブルに貴石を象眼した寄木細工だった。象牙の駒には、一風変わった精密な支那模様がほどこされていた。リュイジクは温もりが体に沁みこむように背をストーブに向けると、目を閉じた。なんという激務だ！　疲れきって頑張れなくなったら？　もう、そうかもしれんか？　こんな風に疲れ切ったとき、彼はいつも次のような決定的言葉を自分に言い聞かせた。《必要なことなんだ》すると、蓄電池のように、彼は不思議と再充電するのだった。疲労は一日で吹っ飛んだ、睡眠が疲労を消散してくれた。夜は荘厳なほど沈黙に充ち、雪の上、広場、街、さらに革命の上に君臨していた。

「くたくたなんだろ、リュイジク？」と、チェスをしていた兵士の一人が、駒を進めながら尋ねた。（髪をぼうぼうに生やした小柄な黒人で、髪には藁屑が光っていた）「俺もさ。牛乳は、今日は市場で二十ルーブリだったぜ。砂糖は四十さ。俺はグドフから戻ってきたんだが、地方は結構なものさ！　マトヴェエフカじゃあ、いいかね、コミッサール〔一九一七年の十月革命後、（1）コミッサール＝人民委員（ソヴィエト政府内の各政策担当部門の長。政府全体は人民委員会議と呼ばれた）、さらに一九一八年以降（2）軍事コミッサール（ソヴィエト赤軍内における政治指導の責任者。当初は旧帝政軍の将校を登用したため、その監視を兼ね、指揮官の命令には軍事コミッサールの副署が必要とされた）が置かれた。ここでは（2）の軍事コミッサールのことと思われる〕が入りこんで、牛や腕時計まで徴発してたんだぜ。百姓共め、俺を八つ裂きにせんばかりだった。補給隊は畑を荒らしまわってはずらかるか、さもなくば皆殺しの目にあってるんだぜ。でも、肝っ玉のすわった連中にも出会ったよ。

ケーブル工場の連中さね……。用心のため、駅に寝ていたっけ。なかなかやるよ」

チェスの相手のもう一人は汚いハンケチに咳きこむと、小さな角ばった堅そうな頭を上げもせずに言った。

「こっちもこっちで結構なざまさ。女房のやつ、鉄道で六十キロ、おまけに歩いて十八キロという村まで、小麦粉を二十キロ買いに行ったのさ。ところが着いた途端、没収ときた。いまは熱を出してるよ。きっとチフスだろうさ。俺はガキを児童収容所にはやれないね。あそこじゃ、みんな、蠅のようにくたばってるんだぜ。クイーンをいただくぜ」

「ゴルブーノフが鼠径部に弾を食らったんだ」と、リュイジク。

「やっこさん、仮病の名人だからな」と、黒いのが平然と言った。「奴がタイプライターの登録をしてるのを見たぜ。やっこさん、登録も徴用も区別がつかんのさ。なんでもかっさらっちゃうんだ、写真機だってな。俺、言ってやったよ。《馬鹿じゃねえのか。お前が良心的市民になるなんて、無理な相談ってもんだ》奴はなにかっていうと、《世界革命は……》って、おっぱじめやがる」

リュイジクの体は暖まってきた。すると、額の下、数知れぬ欲望や夢想や直感や暴力を、また歓びを、蛮行を不断に容赦なく追い払い、抑制するあの不分明な部位で、抑えに抑えていた思いが乱れうごめいてきた。彼はあっさりとこう言うと、その場を離れた。

「君は二時から五時まで牢獄の番をしてくれ。君のほうは入り口だ」

凍りついた夜は顔をひんやりしてくれたが、気分は良くならなかった。執行部の命令で、どの入口の暗い隅にも見張りが立っていた。空はすっぽり雲に覆われていたが、雪はもうキラキラ降ってなかった。不透明で柔らかな灰色の雪は物音をかき消していた。

三時頃、夜の帳《とばり》が降りきり、夜が穏やかに辺り一面を包みこむ頃、やっと電話は鳴りやんだ。宿直室に充てられた寄木張りの大ホールで、クセニアはただ一人、通行許可書の裏にこう書きつけた。

革命＝火。

古い人間を焼くこと。自分自身を焼くこと。

火による人間の革新。

彼女は二十歳の顔を両手で包みこむと、この書き付けを前に考えこんだ。赤く焼けた鉄で人間を根底から革新すること。古い大地を掘り崩し、古い建物を打ち倒すこと。新たな生をつくり上げること。おそらく、自分自身は、消え去るだろう。私は死んでしまうだろう。人間は生きていくだろう。私は死んでしまう……。寒い。でも、なにやら鈍い苦悶が……。これは古い人間の抵抗だろうか？　勝利、空虚の中でほほ笑むこと。そう、私は死んでゆく、その覚悟はできている。《覚悟はできている》と、彼女ははっきり口にした。その言葉が果てしない沈黙と夜陰に反響し、彼女の元に戻ってきて、心の裡に長く鳴り響いた。彼女は後ろにだれかが立っていることにも気づかずにいた。

リュイジクは静かに近づいてきた。そっと近づいてきたので、フェルトのブーツは床をきしませなかった。こめかみを熱くし、目をくぼませ、少し前かがみになり、大事な決意を心に秘め、クセニアの肩にしっかりと手を置いた。その肩の温もりがすぐさま彼の全神経に伝わってきた。数秒、無限とも思える数秒を稼ぐために、彼はこう訊いた。

「なにを書いてるの、クセニア？」

「あっ、あなたなの！」

驚きもせず、すっかり振り返りもせず、彼女はいま書いたばかりのものを、頭の動きで示した。

「読んでみて、リュイジク。こうなると思って？」

　古い人間を焼くこと。自分自身を……。

リュイジクは体を起こした。すっかり冷静になっていた。

「こうなるかって？　わからないな。ロマンチックな文句は好きじゃないね。気取った文句は、ね。なにもかも、もっと単純だよ。帝国主義、階級闘争、独裁、プロレタリア意識……。じゃあ、また明日」

彼はくるりと踵を返す。ナガン銃の革紐がその腰を打っていた。夢遊病者のようにきっぱりした足取りで暗い廊下を渡り、真っ暗な部屋に入ると、自分の長椅子にどっと身を投げる。と、疲れが襲ってきた。

……その夜、食料を積んだ貨車は七両しか街に到着しなかった。しかもそのうちの一両は積み荷を盗まれていた。反革命容疑者四十名逮捕。地下室で二名銃殺。

第二章

夜明けはゆっくりと、しかも遅い時間に、頭の中ではその存在を知っている世界中の他の街、例えばロンドン、パリ、ベルリン、ウィーンだったら生活の脈動がすでに激しく打っているような時刻に、やってくるのだった。でもいまでもあるのだろうか、かすれた汽笛を長々と上げながら霧に包まれてテームズ河を上下する曳き船、テームズ河に架かるロンドン・ブリッジを渡る人の流れが？　ピカデリーにはかつてのような人の群れが、モンマルトル界隈の四つ辻にもあの賑わいが、サン・ドニ門辺りにも胡散臭い仕事を求めるあの人の群れが、いまもあるのだろうか？　大分前にスパルタクス団団員たちの血が大量に流れたアレキサンダー広場〔ベルリン〕に、ゴチック建築のサン・ステファン大寺院〔ウィーン〕の大きな影の中に、絶望に打ちひしがれたオーストリアに、いまも人の群れがあるのだろうか？　いまやこれらの大都市は、過去に、またどこか宇宙の別世界に属している亡霊と化した。しかもこれらの亡霊は、この街、ペトログラードという新たなプリズムを通してしか垣間見ることができない。しかしここにあるのは、予期した暴動、常に未完に終わる結末、ロスタ通信社の切羽詰まった電報、救いようのない危機を、古い国々の崩壊を、熱狂を誘う激変を告げ知らせる喚き声ばかり……。
色とりどりのプラカードは同盟を告発していた。ロイド・ジョージとクレマンソーは、腹を突き出し、シルクハットをかぶり、弩級艦の連動砲の砲口を革命に向けていた。夜闇は石、建物、見捨てられた広い中庭、地下室に徐々に吸いこまれてゆくものの、捕まえようのない陰の尾を雪の上に残していた。そして、壁に張られたさまざまな新聞の灰色の紙面が、こう告げていた。

許可なくして、市内への出入りを禁ず
近く生地の引換券を配布、八人当たり一枚とす
赤軍用マットレスを追加徴用
入浴施設の国有化（目下、燃料不足のため閉鎖中）
新聞・報道事業の国有化
露―英株式会社理事会役員である二名の資本家を処刑、帝国主義の手先と判明
ラトビア人コミュニストの動員
何人も不可避の事態からのがれることはできない

《……歴史の審判、……大衆の審判、ミラノの騒乱……。今日イタリアが、明日はフランスが、明後日は世界中が……。（北風が剥がれた新聞紙を白い炎のようにはためかしている）署名――クーシン》

《ダンス教えます。四時〜八時レッスン。モダン、民族、社交ダンス、ワルツは二、三日で。格安で。電話＝22-76　マダム・エリーズ、免許あり》

通りは真っすぐに延び、真っ白だった。湿気の染みが浮き出た建物の正面は、真っ暗な窓ガラスの中に夜をいつまでも留めていた。入口には相変わらず見張りが立っていた。それも女たちが多く、着古した服の袖口に両手を突っこみ、しわくちゃの顔を毛織物にくるんでいた。石の建物を出て、大ブリューゲル描く老婆さながら、ゴム長の重い足取りで第十二共同市場のほうに雪の中を歩いて行く女たちもいた。そんな女たちの姿は、一つ穴のワラジムシのようにどれも似通っていた。

十時頃、通りはやっとにぎわい始める。人々はやらねばならぬ、必要な、緊急の、宿命的な仕事に、突如飛びこんでいく。彼らは、一人ひとり違う人間なのに、男も女も、老いも若きもみんな同じように、制服や黒い革コートに身を包み、膨らんだ鞄を小脇に抱えて、足早に歩いていく。鞄の中身は、書類、判決文、調書、学位論文、命令、令状、愚かな計画、壮大な計画、無意味な書類、意志と知性と情熱の精華、将来の貴重な草案であり、それらはみな、アンダーウッドやレミントン〔いずれもタイプライター名〕の小活字で打たれ、それらはみな、任務と世界のためのものだった。こうした重い責任を担っている人たちに配給される、馬鈴薯ケーキ二つと黒パン一つも鞄を膨らませていた。この時刻、夜の任務を果たし終えた人たちも、寒さに震え、神経を逆立て、黄色い顔に異様に皺を寄せ、最後のエネルギーを振り絞って疲労に打ち勝とうとしながら、家路をたどるのだった。

　この時刻、クセニアも帰宅する。えがらっぽい煙が充満した部屋では、樹皮の切れっぱし、灰、薪で覆われた床に、老婆が膝をついていた。部屋の真ん中にデンと控えた、むき出しのレンガで急ごしらえされた長方形のストーブは、この散らかった部屋に突如原始時代の貧しさが闖入したことを物語っていた。毛布がソファの上で寝乱れた姿をさらしていた。老婆は半ば身を起こすと、背筋の通った若々しい肉体の、大柄なブロンドの娘のほうを振り返った。彼女は、夜から、委員会から、わけのわからぬものから、唇には反抗的言葉を、つい最近まで三つ編みに編んでいた亜麻色の髪がよく似合ったおでこの下には犯罪的な理論を溜めこんで、帰ってくるのだった。

「そうだ、そうなんだ。あんたの母親を見てみなさい！　あの女《ひと》を御覧なさい、灰と垢にまみれて膝をつき、真っ黒な手をし、煙で目を泣き腫らしたあの女をよく見てみるのよ。煙突が煙を吸わないのよ、わかる？　あんたときたら、新生活についてなんのかのと御託を並べたところで、煙突一つ直せないじゃない！　なにが新生活よ！　フリモシュカはもう牛乳代にお金を受け取らない、《金ならトランクいっぱいあらぁ》っていうの。《あんな札びらぁ、クズ同然だよ。丸太小屋の壁紙にでもするか。代金は布地がいいな》ってね。さあ、返事をしてみたら、答えてみたら！　さあ！」

母親と娘はにらみ合う、敵意のこもった目で。一方は穏やかな老顔を絶望的な怒りで歪めて、もう一方は雪の中を歩いていたときの興奮が突如さめ、疲労が思考にまで重くのしかかるのを感じて、体を丸め、頑なになって。（かろうじて聞き取れる内なる声がぼんやりと心の中でささやく。《わかるわ、ほんとに。あなたは私の母親、でもあなたはなんでもない。私もなんでもない。あなたには私たちが理解できない。盲なのよ。革命が火だってことがわからない。そう、その炎が私たちを焼き尽くすの。あなたは苦しみ、憤慨する、この不幸を嘆く。でも、私は、どうなろうと幸せで、納得しているでしょうよ》

「手伝わせて、ママ。疲れてなんかいないから……」

それから、冷たく、

「……ねえ、ママがこれを新生活だってとるのは、私たちが特権階級だったからなのよ。何百万という女性はこんな生活しか知らなかったのよ」

母親は何千年来女が竈《かまど》の傍らでしていた姿勢のまま、黙って火に息を吹きかけていた。風が吹き荒れるときの遊牧民のテントの中のように、分厚い煙が部屋の中を渦巻いて漂う。まるでステップで迎えるような広大な朝、その朝の光に向かって開かれた天窓から、凍てついた風が吹きこんでいた。

　服を脱ぎ横になると、娘はいつもの子供に戻った。ほとんど丸刈りに近い髪が、額にくっきりした線を描いている。母親は熱い一椀の牛乳を持ってくると、娘がそれを飲むのをそっと見ている。昔はあんな風にがつがつと私の乳を吸ったんだっけ、と思いながら。

　クセニアは部屋の物音が自分の中に消えていくのを耳にした。やっと火が熾《おこ》った。天窓が閉められた。だれかがドアをノックした。きっと例の貧窮者住宅委員会書記だろう。アンドレ・ヴァシリエフは御在宅か、と訊く。旧将校の新しい名簿が発表されたんでね。

　部屋仕切りのドアは開けてあるので、隣室でアンドレ・ヴァシリエヴィチがいつもの客、アーロン・ミロノヴィチ（アンドレ同様ひげ面だが、背が曲がり、脂ぎり、いつも微笑を絶やさない）と話す低い声がどうやら聞き取れる。アーロンの声は小さすぎた。

「もっと大きな声で話してください」とアンドレ・ヴァシリエヴィチが言う。「彼女は眠ってますよ、疲れきって帰ってきたんでね」

「そうですな、ではと、昨日我々は将軍の家具を移転しました。あそこに住宅クラブを置こうとして……」

「では同志たちがなにもかも盗んでいったというわけですな」と、アンドレは愉快そうに訊いた。

「いやいや、なにもかもなんて。〈禿鷹号〉の水兵が夜までいましたから。でも、古い楢材の食堂セットならお売りできますよ。グリーシュカはカレリアの白樺材のベッドを持って行きましてな……」

押し殺した笑い、恐らく二人の声にのしかかっていた眠気によって押し殺された笑いはゆっくりと消えていった。《あの悪党どもをずっと前に逮捕しておくんだった。それにアンドレ叔父も……》

「いくらで？」

「六千」

二人は毛皮のコートに首までうずまり、小さな砂糖のかけらを歯の間にはさんで、紅茶をちびりちびり飲みながら、サモワールの前に座っていた。逮捕の手が及ばないのをいいことに、取引をしながら、その日のニュースについてあれこれ話していた。

「お読みになりましたか、アーロン・ミロノヴィチ？　新聞の販売が国有化されるそうですな。紙もなければ、新聞も販売もありませんや」

アンドレ・ヴァシリエヴィチはブルー、グレー、ピンクの色調の小肖像画を手にしている。それは野原の花から取った色で描かれたかと思えるほど色鮮やかで、物思いに沈んだ若い将校の肖像画だった。

「四百でどうです、アーロン・ミロノヴィチ？　手を打ちなさいな。バターは半分譲りますから」

《俺たちがいなければ》と二人は思っていた。《町は飢え死にしてるだろう。それに、美術工芸品だって無くなっちゃってるだろう。投機なるものは、飢えに対する、エネルギッシュで有能な男の闘いなんだ。国家の富の横領といわれるが、接収というあの甚大な無政府主義的略奪に比べれば、文明の宝庫の救済に他なるまい。盗まれる物は救われる》

　アンドレ・ヴァシリエヴィチはこうした考えをクセニアに開陳するとき、いつも肘掛椅子にどっかりと座りこんでいるのだった。苦々しい思いでその声は震えているのだった。

「……ラズモフスコエの略奪のときは、ムジーク〔革命前のロシア農民〕は中国の甕を二輪馬車に積んで運んでいたっけ、キュウリの塩漬けにうってつけだって、ね……。モルドヴァ人がシャンデリアの吊りガラスを一つづつ分けあってるのを見たことがあった。酔っぱらった兵隊なんか、ガードナー磁器の食器を気晴らしにぶち割っていたっけ……。お前にゃ、ガードナーってのがどんなものだかわかるまい！」

「私たちは生活を変えるためなら、世界中の磁器だって壊すかもよ。あなたは物への執着心が強すぎるんだわ。その代わり、人間をあまり愛していないのよ……」

　すると、アンドレは太い首を自信たっぷりにめぐらし、さらに自信を高めたのか、力をこめて言う。

「人間だと！　一体お前さんがたは個々の人間をどう扱っていなさるね……」

《焼き尽くさなくては。焼き尽くすこと。この人にはこれが絶対わからないんだ》

「あなたは個々の人間を愛しすぎてる、人間も物も、よ。だけど人類をあまり愛していないんだわ」

昨年、あのオーストリア社会主義者〔フレドリック・アドラー〕が二つの革命を裏切る前、かつての騎馬親衛隊通りは一時フレドリック・アドラー通りと呼ばれていた。現在はバリケード通りと呼ばれるが、一世紀にわたって旧名に親しんだため、この新しい名を知っている者は稀だ。その通りの十二番地に、ありきたりの背の高い家が立っている。中庭は荒れ果て、建物も近くの古びた建物のどうしようもない灰色の中に埋もれている。そこでは、六十年来、ささやかな生活が地道に営まれてきた。聖人の日を祝い、ごちそうに舌鼓も打った。羽根布団にくるまり温かな眠りをむさぼった。地方から、工場から、名も知らぬ事務所から、下水道のような細い地下水脈を通って、そこに金がそおっと流れこんでいた。そこの車門の上のほうには、ネジで留めた青い琺瑯びきのプレートがかかり、〈不動産保険会社の所有物〉とあった。ある十二月の晩、第二区ソヴィエトの指令で〈禿鷹号〉の水兵が一人やってきて、その下のドアに、貧窮者委員会の公印がついた手書きのビラを四個の画鋲で止めていった。《……国家の所有たることを宣する……》領事館街をうろついているのをよく見かける、流行遅れの外套を着た実業家たちは、十六世紀の領主が発行した羊皮紙文書同然の、反古ともいうべき所有権証書を手に、ヘルシングフォルス〔ヘルシンキ〕のレストランにやってきては、二週間ごとにこの家を転売していた。かなりいい値がつくものの、支払いはツァーリ時代のルーブリということで、そんなものは密売者同士か裏切り者同士の間でしか通用しなかった。

この建物の一階にある一軒の商店の面取りしたウィンドウ・ガラスは、いまや氷結と埃に覆われ、店の中の曇った鏡を見えなくしていた。セリーヌ・パリモードの店。その金文字は末広がりの飾り書体で書かれていた。ド・ラ・ペ通り〔パリ〕から輸入した最新型の帽子を引き立たせるために作った、ニッケル鍍金の置き台。その上のほうには、黄色く色褪せたカーテンがひかれていた。ユダヤ人一家がそこをねぐらにしていた。時々、まくれたカーテンの角から、八歳の色黒で愛らしい腕白娘が、顔をあでやかに彩色した襤褸《ぼろ》切れの人形らしきものをあやしている姿が見られた。朝になると、そこから一人の老人が出てくる。力のない大きなシルエット、たるんだ頬、ハンチングの下の涙目、それ以外はしかとは見えない。彼は市場になにやら売りに行く。

もう一つのショーウィンドウは、かつては靴屋だったが、いまは寂れた食料品屋のそれだ。小さなチューブ入りサッカリン、かつての本物のクーズネツオフ紅茶と見まごうばかりに包装された花弁茶、わけのわからぬ種子でできたコーヒー。芽の出た馬鈴薯が二、三個、陶器の皿に乗せられ、めったにお目にかかれない新鮮野菜だとばかりに、人目を引いている。こうした商品の亡霊の陰に、いかなる商売の秘密が立ち働いているのだろう?〈禿鷹号〉の水兵は貧窮者委員会で、盗品の砂糖や小麦粉を隠しているに相違ないこの店を、直ちに強制捜査すべきだと語った。そのとき、口達者で、びっこで――カルパチア山脈で負傷したと言ってるが嘘に違いない――、目先を利かす委員会書記の小男が、《まったく怪しいあの店》を監視しますからと請け合って、それとなく水兵をなだめたのだった……。

朝、かなり年取った老人が、グレーの外套に身を包み、中庭の雪を掃いているのを見かけることがある。アストラカンの縁なし帽をかぶったもう一人の老人が、黒い鞄を小脇に、謹直そうに、せかせかと通りかかる。と、二人は長いこと、怒りのこもった視線を交わす。秘密評議員は、あろうことか本物の国家評議員が無学なならず者が管理する事務所で、〈あの強盗ども〉と一緒に働いていることが許せないのだ。

二人はパンの配給を受け取りに行く市営市場でもよく出会う。第四カテゴリー（非労働者）に属する秘密評議員は、配給の黒パンの生地五〇グラムを汚れたハンカチみたいな布に、ゆっくり包む。もう一人、第三カテゴリー（知的労働者）に属するその不埒なやつが自分の二倍の量の配給をこれ見よがしに手にするのを、唇をきっと結び、皮肉をこめた目でじっと見据える。この背信の代償は彼の軽蔑の火を煽る。だが、この秘密評議員が歯の欠けた無《ぶ》様《ざま》な顔を嘲笑をこめた皮肉笑いで歪めたところで、もう一人のだらしなくむくんだ無残な渋面はほとんど変わらない。本物の評議員の配給に思わず注がれる秘密評議員の視線には、険しさというより物憂い動物的羨望の色が濃かった。

この本物の評議員は、毎朝きっかり九時に、当地区の役所で仕事に就く。（なんとも模範的職員！）この時刻、いるのは掃除婦の老婆だけだ。職員はみな遅刻してくるし、主任はだれよりも遅くやってくる。評議員は深いため息を漏らしながら新聞に目を通すと、書類を開く。市有不動産。解体すべき家屋（暖房材用）……。正午ごろになると、ブロンドでずんぐりした体格に、いかにも農民出らしいごつい顔をした主任は、人参屑のお茶を持ってこさせると、書類にサインを始める。手書きの書類は読みこなせないし、また読み違えるので、タイプ打ちの報告書の余白に赤インクで書きこまれた案件を、大声で読み聞かせなくてはならない。たまに彼はノンというが、それはおそらくその件で奢られたりした場合だ。たいていは、不服そうにサインする。

「状態の良い家屋です」と、主任の椅子の脇に立ったまま、敬意をこめて、評議員は説明する。「十二人は収容可です。法令により取り壊すことになっていますが」

「わしは義務を果たしているだけさ」と、夜になると彼は隣人のアンドレ・ヴァシリエヴィチに漏らすことがある。「国のためさ。たとえ気違いやならず者の政府であれ、政府は国家だ。国民はそれ相当の政府をもつものだから、嫌でも従わなくちゃ……。この街は取り壊されますよ。結構な住宅危機を準備してるってわけだ。あー、まったく結構な話さ！　この騒ぎが終わったら、言っときますがね、不動産価格は三倍に跳ね上がりますよ」

彼はこの地区きっての専門家だった。

建物全体が十五号室の新生児に関心を寄せていた。この子をうまく無に帰さしめる手立てがなかった故に、火の気のない産院で、体力のない腹から生まれた赤ん坊は、あらゆる予想に反して、ここ二週間粘り強く生きていた。古い毛皮にくるまれ、自分の尿のアンモニア臭い匂いを吸いこんでいた。顔を輝かせているもののまるで瀕死の人のような母親の、萎びた乳をむさぼるように吸っていた。多少やぶにらみの大きな目をうれしげに見開いて、彼女は訪ねてくる女たちに言うのだった。

「ねっ、生きてるでしょ、生きてるのよ、ほら、見てみて……」

その勝ち誇ったような熱中ぶりにはだれもが目を見張った。

薪が、穀類が、豆ランプ用油が十五号室に運ばれた。彼女の夫が前線に出ていることは、みんなが知っている。ある将校の妻、その夫も前線にいるが敵方であり、万一二人が出会えば、一方が他方を殺すなり、捕虜にして冷酷に死にいたらしめることになろうが、その将校の妻がこの母親のパンを受け取りに行くのだった。隣人同士の二人の妻は、奪取した町、あるいは失った町の名を、同じ不安を抱いて読むのだった。

赤いベレー帽をかぶった少女は、いまでも毎朝バレエ学校に通い、トーダンスや回転ダンスを習っていた。この嵐だって、いつかは過ぎるんじゃなくって？　ダンスは生き残るわ、それにこの子は才能があってよ。道すがら、天気さえ許せば、この子はアンデルセンの童話を読んでいる、なぜ魔法の絨毯がこの死に絶えたような家々の上に姿を現さないのだろう、と思いながら。彼女は家に帰ったら伝えようと、市営市場に張り出された告示をいつも読むのだった。《第三カテゴリーは食料カードのクーポン二十三番で、鰊二匹を受け取るべし……》人生って哀しいな、魔法の絨毯よ、飛んできて！

最初の警告が出たとき、この建物に不法に住んでいるのはヤバイと感じ取った労働者たちは、ここで殺されるのは真っ平とばかりに、引っ越しすることに決め、行方不明になった弁護士の住居を占拠した。彼らは、売れる家具と交換に、畑荒らしの農民から食料を手に入れ、残った家具は暖房に回していた。酸水素トーチで穴をあけた金庫には、記録文書の束はごっそり持ち去られた後で、ろくでもない書類しか見つからなかった。いまや食料戸棚と化した金庫にぽっかり空いた穴が、大きなライテングビュローの向こうに見えていた。そのビュローの上には、造船所の旋盤工が道具類を乗せていた。というのも、この旋盤工は、工場で長い列に並んで穀類の配給を受け取ると、帰宅後に、こっそり盗んできた機械の部品でここで小刀を作っていたからだ。彼はその小刀を小麦粉と物々交換していた。水道管は冬が始まると凍りつき、破裂した。女たちは二階下まで降りて行き、リュイタエフ教授のところで水をもらった。彼女たちは、夕べともなればどこの窓にも居酒屋風の黄色い灯が浮かぶ郊外の、古びた、温かな木造住宅を口々に懐かしんだ。「いい暮らしだったたね」と、恨みがましく女たちは言う。そしてこう続ける。「みんな、くたばっちまうさね、そうとも、こんな暮らし、ひどいもいいとこさ!」

貧窮者委員会がパリ・コミューンに関する講演によって、当館のクラブを幕開けする、とビラが告げていた。青々したヴァンドーム広場の円柱は、真っ二つに折れ、燃え盛る炎の中に崩れ落ちようとしていた。さあ、踊ろうぜ! クラブ総本部から派遣された講演者は、色の抜けた山羊髭を生やした痩せた古文書館員で、声を高めることもなく、しとしと降る雨のように一時間話した。

この貧相な男が、《ありとあらゆる政治的虐殺》を生んだこの歴史を、残念ながら今風にアレンジしてではあったが、講演の主題に選んだのは、これが彼とリュウマチに苦しむ醜い彼の妻に食料をもたらすからに他ならなかった。彼としては、以前のように富裕な家族のために家系図を作ってやる仕事のほうが楽しかったに違いない。この振り払おうにも振り払いえぬ悪夢から突如抜け出し、目を覚まし、二十歳の若者のように屈託のない額をきっと立て、若々しい声で、「こうした恐ろしい、空しいことどもはお預けにしましょう。一人の詩人の作品のほうがこうした虐殺沙汰より、ずっと人類にとって貴重なんです! プーシキンの青春について話そうではありませんか……」と、言い出さないためには、何度か自分を抑えなくてはならなかった。

そんなとき彼は、暗闇から急に日なたに出て目が眩んだかのように、奇妙に瞬きする。自分が怖くなる。聴衆の中に敵意のこもった顔を探し、それに屈服し、降参する。と、なぜか彼の声が一オクタープ上がり、《ヴァンヴ要塞からの撤退は……》と続ける。

ホールは元のサロンで、荒れてはいるが、四隅には枝付き燭台を手にした金色の漆喰天使像が頬をふくらませており、革張りの肘掛椅子、畝織《うねおり》で刺繍入りの豪華な閨房用椅子、近くの兵営から運ばれたごつい木のベンチが並べられていた。このホールにも壁一面に、赤いリボンで縁飾りした指導者たちの肖像画がかかっている。ある肖像画は大きく禿げ上がった額の下に目を細めているが、狡猾そうで、どこか残忍な表情がうかがえる。これは肖像画家の責任だろう。モデルの真の偉大さを見抜くこともできないまま、この純朴な男を勝手にいかにも政治家らしく仕立て上げようとしたのだ。(《それに、正直な話、容易なことじゃなかったですよ》と、この元宮廷付き肖像画家はずっと後になって何度となく言っていた) また、別な肖像画は鼻眼鏡の奥からキラキラ輝く視線を虚空に投げかけていた。愛想笑いを浮かべてはいるが、力強い唇、濃い口髭、大きなコンマ状の顎髭といった顔全体が、むしろ、過酷な命令、勝利を告げる電文、追放、反乱鎮圧、士気を高め勝利をもたらす断固たる規律を想像させるのだった。さらに、この飢餓の時代の割には多少脂ぎった、独裁者のなり損ないのくせ毛と締まりのない頬笑みもあった。ホールには十二人ほどしかいなかったが、薪が赤々と燃え、幸福感がみなぎっていた。講演が終わると、〈禿鷹号〉の例の水夫がだれか報告者に質問はないかと聴衆に尋ねた。そろそろダンス・パーティの時間になるので、ホールには少しづつ人が増えていた。入口の近くに楽器を膝にして座っていたハーモニカ吹きのほうに、一斉に顔が振り向こうとしていた。と、一人の兵士が、太った農民らしいのが、ホールの奥の革張りの肘掛椅子からゆっくり立ち上がった。命令口調の鈍い声がみんなにはっきり聞こえた。

「ミリエール先生〔パリ・コミューンのとき、国民議会議員。一八七一年五月帝政派に捕われ、パンテオンの階段で殺された。倒れる前に「人民万歳！　ユマニテ万歳！」と叫ぶ〕の処刑について話してくれ」

ずんぐりとした毛むくじゃらな丸い頬、膨れた唇、でこぼこで皺の寄った額しか見えないほどうつむいて（ベートーベンのマスクに似ていないこともない）、彼は立ったまま次の話を聞いた。

「ミリエール先生は、濃いブルーのフロックコートにシルクハット姿で、雨の中をパリの通りから通りに引きまわされ、パンテオンの階段に無理やりひざまずかされ、《人類万歳》と叫んだ。数歩先で、鉄柵に肘をついていたヴェルサイユ軍兵士が、《人類だと、ばかをぬかすな！》と、言い返した」

ホールの奥では、カップルが苛々していた。そろそろダンスにしたらどう?

灯りのない通りの深い闇の中で、例の農民風のが先刻の講演者に追いついた。ハーモニカの和音が闇に呑みこまれ、二人の背後に薄れていく。

「腹がすいてるでしょう。これをどうぞ」

古文書館員は堅い包みを掴まされるのを感じる。

「イギリスのビスケットでね。オネガから持ってきたんだ。奴ら、たらふく食ってんだ、こちとらとは違ってね」

古文書館員はビスケットを受け取った。

「ありがとう。それじゃあ、オネガからいらしたんで？」

それは礼儀上言ったまでだ。オネガ、エレヴァン、カムチャツカ、どこだろうと知っちゃいない。ところが、オネガから来た男はまだなにか言いたそうだった。一瞬、男は押し黙った。

「ペルミの政府にもいたんだ、去年ね。クラーク〔富裕農民〕が蜂起しやがってね。奴ら、食料調達のコミッサールの腹を引き裂き、穀類を詰めこみやがった。道中、アルヌール〔アルチュール・アルヌール。コミューン委員〕のパンフレット『パリ・コミューンの死者たち』を読んだんだ。すごいパンフレットだ。ずっとミリエールのことを考えてたんだ。だから、ミリエールの敵を討ってやりましたとも、同志。わが人生にめったとないいい日だったね。間違いなく、敵を討ってやりましたとも。教会の入り口でその土地一番の地主を、あの通り銃殺してやったんだ。奴の名前は忘れたな、まあどうでもいいや……」

短い沈黙の後、こう言い足した。

「でも、《人類万歳！》って叫んだのは、俺だけどね」

「ご存じでしょうが、ミリエールは実のとこ、本当のコミュナールじゃなかったんです。単なる共和派のブルジョワだったんです」

「どっちにしても同じこった」と、オネガから来た男は言い返した。

第三章

ヴァディム・ミハイロヴィチ・リュイタエフ教授がいまでも夜間、時々授業をしに来る教室を見つけるには、大学の廊下を長いこと歩き回らなくてはならなかった。そこは中世都市の荒れ果てた修道院の中も同然だった。夜の闇と寒気がここにまで沁みこんでいた。窓の中の白い羊歯のような結氷に、闇は四角くのしかかっていた。黒板は闇をバックに開いた口のようだった。教授は毛裏付き外套を着たままだ。白髪が垂れかかる教授の艶のない額が、いまにもみんなの上に崩れ落ちてきそうな凍てついた闇にすっかり晒されないように、帽子を脱がずにいてくれるよう聴講生たちは教授に頼んだ。彼らもまた、外套にくるまったまま凍えきって聴いていた。グリーンの覆いのついたランプ——それがこの場の唯一の光だった——、そのランプにぼんやり照らし出された教壇からは、十二人ほどの人影がおぼろげに認められたが、顔となるとまるで霧にかすむかのように、かすかに輪郭がわかる程度だった。聴講生たちのほうからは、教授の姿はもう少しはっきり見えていた。六十代、痩せてはいるが背筋のピンとした、立派な骨格の老人だ。落ちくぼんだ頬、カサカサで皺が寄った艶のない唇。皺に囲まれた目は、下を向くと苦行者の彫像のそれになり、上を向くと優しい褐色を見せる。よく見ると、半白の不精髭がのびているが、鼻は鼻梁の中央が目立って高いもののすらりと筋が通っているし、口元はキリリと締まり、全体としてどことなく悲しげだが、表情に輝きがある顔。ノヴゴロドのイコン画家たちが、神秘派に倣ってではなく、ごく古いギリシャの宗教的肖像画の伝統に倣って描く聖人像を思わせる顔立ちだ。

教授は、情熱を剥きだしにせんばかりに、ピョートル一世の改革について語っている。ピョートル一世のことを、今後は偉大なるピョートルと呼ぶべきだ。自分は大抵、ただ単にピョートルと呼んでいる。その方がこの非凡なツァーリの優れた人間性を明確にすることにつながる。授業が終わると、ヴァディム・ミハイロヴィチ・リュイタエフは昔と変わらぬ広大な闇の中に入っていく。ネヴァ河の氷上の踏み付け道をたどり、この広い河を斜めに横切り冬宮のほうに向かう。パルフェノフがいつも同道する。というのも、二人とも街の中心部に住んでいるからだ。パルフェノフは教授の傍らを同じ歩調で歩く、まったく黙りこくったまま。まるでいないかのようだ。フェルトのブーツをはき、トナカイ革の上着を着て、胸まで垂れる長い耳覆いがついた、トナカイの縁なし帽をかぶり、輪郭のはっきりしないぼってりした顔、そんな彼の姿は、足早に歩くずんぐりした影にすぎなかった。少し離れたところからだと、熊と間違えられても不思議ではなかった。

かすかな冷たい霧に月明かりが溶け、濃い灰色の燐光がほんのり立ちこめていた。ネヴァ河の真ん中に立つと、果てしない景色が開けていた。月のクレーターの先端のように弧を描いた両岸には、立ち並ぶ宮殿の正面が、海底の無色な放射光の中に薄黒くぼやけていた。右手のどこか、河岸の花崗岩の高い城壁の向こう、円柱に縁取られた広場の真ん中で、ブロンズ製の巨人が岩の上で馬を後ろ脚立ちさせ、これまたブロンズ製の蛇を、目も向けずに踏みつけていた。その巨人の片手は、海のほう、北のほう、北極のほうへと伸びている。ピョートル、ちょび髭を生やした大きな逞しい顔。

ヴァディム・ミハイロヴィチは、大学でアカデミー会員に立ち交じり、二時間わびしい思いをした挙げ句受け取った学者用配給を運んでいた。半キロの鰊、半キロの挽き割り麦、一キロの雑穀、二箱のたばこ（二級品）。肩に食いこむ鞄の革帯をかけ直しながら、彼は言った。

「見てみなさい、パルフェノフ。私たちは時間を超越してるんだ。このネヴァ河に立ちこめる闇は、数世紀前と変わらない。数百年かが過ぎても、この闇はいまと同じだろう。二百二十年前、ピョートルがやってくるまで、木を切り出して作った五軒の藁葺小屋がこの岸辺に点在していたにすぎなかった。七人の男が――というのも男の数しか数えなかったからね――、女や子供たちと一緒に、ここで食うや食わずの暮らしをしていたのさ。その七人だって、その昔、東からやってきた彼らの祖先と同じようなものだった。その村はイエニサリと呼ばれていたんだ」

「でも、ピョートルがやってきた」と、パルフェノフが言った。「で、今度は僕らがやってきたというわけですね。なに、あと百年もすれば、みんな幸せになりますよ。時々そう考えると、頭がくらくらするんです。五十年、二十年、なに、おそらく十年で……、そう、十年ください、そうすりゃきっと、寒さ、闇夜、そう、なにもかもが……」

(なにもかも？　そんな漠然とした言葉で、寒さや闇夜よりずっと曖昧な言葉で、なにを言おうとしてるんだ？)

「なにもかも克服されますよ」

二人は一瞬黙りこくり、歩き続けた。知らぬ間に対岸が近付いていていた。

……このパルフェノフはなんという熱狂家だろう！　リュイタエフは闇の中で、歴史にあって人間を導いてゆく数々の神話に、思わず微笑みかけた。

「パルフェノフ、未来を信じるのはいいことだ。現在を耐えさせてくれるのは、新しい〈神〉――大昔からある神々を再受肉したものに過ぎんが――だからね。私も未来を信じるよ。でも、君とはちょっと違うな。未来というのは終わりのない螺旋だからね……。工場のほうはどうかね、パルフェノフ？」

「いや、もううんざりです。ヴァディム・ミハイロヴィチ、僕はそろそろあなたともお別れしようかと思ってるんです。前線に行くことを願い出てるんです。地区の書記が応援してくれてるんで、うまくいくと思います」

彼は話さずにはいられなかった。リュイタエフも、厳しい労働の澱《おり》が染みついたこの青年の声を、漠然とした喜びをもって聴いていた。この静けさと闇に包まれ、氷上を歩いていると、二人は奇妙なほどわかり合えるような気がしてくるのだった。

「工場ですか？　……去年の一日の生産量を、いまは一週間かかって作ってます。出口で労働者の身体検査をやり直さなくちゃならないんです、なんでもかんでも盗みますからね。彼らは近づくなり、僕を罵倒するんです。《憲兵め！　恥ずかしくないのか！　お前だって身体検査に反対してたじゃねえか、一七年にはよ。恥を知れってんだ！　だがちょっと待ってろよ、コミッサール、そのうちそちとらこそ……》でも、困ったことに、身体検査はたいして役に立たないんです。彼ら、包みをひもで縛って窓から投げ出しますし、女工たちは糸を股に挟み、裏地を腹に巻きつけて、持ち出すんです。門番に女の尻を探れとは言えませんしね。女工たちなんか、僕のこと、鼻先であしらってますよ」

リュイタエフが穏やかに受ける。

「パルフェノフ、彼女らだって、生きていかなくてはならんのだよ」

「そうなんです。どうにもならないのは、そこなんです。で、彼女らは盗む。上着の生地でスリッパを作り、市場で四十ルーブリで売る。労働者だって生きなくちゃならない。でも、革命がくたばってはならない。僕がそういうと、こう応える者がいます、《そいつのお陰で、俺たちゃ、くたばってるんじゃねえかね？》まるで意識のない連中がいるんです、ヴァディム・ミハイロヴィチ」

「……その盲目的な力で、君たちは世界を変えようとしてるんではないかね、パルフェノフ?」

「彼らと共にでもあり、彼らのためにでもあります。そうしなくては、彼らは決して人間になれないでしょう。必要とあらば、彼らの意に逆らってでも。《憲兵だと?》と僕は言ってやりました。そう、そんな言葉なんてどうでもいい。したいだけ罵倒するがいい。僕は君らの仲間であり、兄弟でもある。だからこそ僕はここにいるんだ。だけど、僕は共和国に属するものを君らから守る。だれかがくたばらなくちゃならないなら、僕が喜んでくたばろう。革命が生き続けるためなら……」

「君が言うこと、わかってもらえたかね?」

パルフェノフは考えこむ。

「どう言ったらいいか。彼らは僕のこと嫌っているようです。できれば殺したいと思っているのかもしれない。便所に、僕がユダヤ人で、本当の名はシュムレーヴィチ、ヤンケル・シュムレーヴィチだと書かれていたんです。それに盗むのはどうしようもないんです。空腹の手が盗むんですからね。でも、憎悪をあらわにしているものの、やはりわかってくれていると思うんです。僕の言うことが正しいとわかってるんです。だから僕はまだやられずにいるんです。毎晩遅く、一人で帰るのに……」

建物の正門は、用心のため数ヵ月前から閉ざされている。リュイタエフはその脇戸をくぐった。

夜番の老婦人は闇の中で彼の顔をじろじろ伺った。彼の挨拶に、いかにも格式ばった頭の動きで答えたのだが、彼にはそれが見えなかった。彼女には、これほど立派な男が強奪体制下で教育を続けていることが我慢できなかったのだ。中庭を横切り、カビと汚物の匂いが漂う狭い階段を手探りで昇り、台所を転用した部屋の二重ドアを何度か低くノックした。家政婦に自分だとわからせ、内側の鉄のバーと安全鎖をはずしてもらわなくてはならなかったからだ。

「私だ、アグラフェーナ、私だよ……」

書斎には心地よい温もりが立ちこめていた。その部屋の鋳物ストーブと灯油ランプがいまや生活の中心だった。三十年来、就寝前の夜中のティータイムに、ヴァディム・ミハイロヴィチの眼前に、同じ女の顔が立ち現れるのだった。その顔がかつて生命の輝きの中を立ち上ってくるのを見たことがあった。やがてその顔が傾き、色あせ、光を失っていくのを目にした。ただその視線の明るさだけは、青春の唯一の名残として、消え失せてはいなかった。この顔、忘れてしまうほどに、見ずとも見えるほどによく見知った顔。彼は時々記憶の中にそれを再発見し、うろたえるほど驚くことがある。《二人とも歳をとったものだ……。なんなんだ、いったい、人生というのは?》同じ手、初めはほっそりとして爪に艶があり、透けるようなピンク色をしていた手、花にも喩え、ときには接吻で覆った手、やがて少しずつ色あせ、皺が寄り、膨らみを増し、象牙色を帯びていった手、その手が、彼の前に同じ銀製の食器を置く。同じ声、手と同様に少しづつ変わってしまった声が、彼にその日一日のことを語る。その晩、光の輪の中にその手が置いたのは、薄く切った黒パンと鰊のマリネだった。その手が差し出す砂糖壺には、無残なほど小さく砕かれた砂糖があった。その声が言う。

「ヴァディム、今度バターが手に入ってよ。スコットランドの格子縞の肩掛けと交換に、七キロ約束してくれたわ」

二人の心を、あるいは二人の間を、遥か遠い一つの映像が素早くよぎった。あまりに遠く、あまりに素早かったので、二人とも気づかぬほどだった。ブルーのクーペに乗り、スコットランドの格子縞の毛布を膝にかけたカップルの映像だ。それに白い山の頂き、樅の木、滝、教会の鐘楼が点在する緑の谷、チロル地方の中世の城が、青春のごとく過ぎ去っていく。そうして人生が過ぎ去ってしまったのだ。

「ヴァディム、昨夜スタールさん一家のとこに家宅捜査が入ったの、そうしたら金のクロノメータが盗まれてしまったんだって……。ペラゲーイア・アレクサンドロフナは、息子さんがブグールマで亡くなったという手紙を受け取ったそうよ……。ねえ、ヴァディム、牛乳が三十ルーブリですって……。ヴァディム、腰痛がまたぶり返してきちゃったの」

ヴァディムはこうした繰り言をじっと聞いている、すると、物悲しい幸福感が身を浸す。この温もりは確かなものだ、だが、あの別な人生、人生のあの部分は、なんと虚ろで、なんと身近かなんだ。

彼は静かに、ぼんやりと、だが注意深く言葉を選びながら、妻にそれなりに返答する。一日の仕事という重しから解放され、いつもの大きな不安の前に進み出る。「ありがとう、マリー」と、彼は言う。三十年前と同じように、だがまったく違った調子で、言う。「ちょっと仕事をするとしよう」衝立で仕切られたいつもの場所にランプを運ぶと、空しく開かれた本に屈みこみ、ノート代わりの裏返した古封筒を一枚引き寄せ、アラブの画家が好みそうな幾何学模様や子供の横顔や景色の断片とか動物の輪郭とかを、鉛筆の先でじっと書き始める。こうした静かに物思いにふける時間になると、彼は睫《まつげ》の長い並外れて大きな目をした女たちの顔を描きたいという誘惑に駆られるのだった。だが、少し気おくれがしてその誘惑を抑えこんでしまう。その気おくれが、こうした誘惑を覚えることによるのか、誘惑に屈しないことによるのかわからないまま……。彼はそこで一時間ほど自分の考えと向き合う、考えといっても、それはもはや言葉にならず、いびつな部屋に閉じこめられた盲人のようなもので、むしろ心配といったほうがいい。

やがて、別な心配が背後の薄暗がりから声を上げる。

「ヴァディム、もう寝たほうがいいわよ。疲れすぎていてよ。ストーブも消えたし」

「そうだな、マリー」

じっと座りこんでいた四肢に寒さが這い上ってくる。ゆっくりと考え事をしながら服を脱ぐ。ランプを吹き消し、震えながらシーツにくるまり、《永遠の眠りに就くがごとく》身を伸ばす。すると、彼の心に明晰な文章が、論文の一部でもあるかのように時間的に秩序だった文が浮かんでくる。《ペトログラードでの今年の死亡率は、一九〇七年のペスト大流行時のパンジャブ地方のそれより高かった!》《旧ロシアの優れた知識人の一部は、ピョートル一世の大改革は反キリスト時代の幕開けを告げるものだと考えた……》《ピョートル一世の死とともに、帝国の人口は大幅に減少した……》いや、そうじゃあない。歴史なんてなにも説明しちゃくれない。理解するためには、もっと考えず、もっと知らずにいなくてはならないのだろうか? 物事は外見よりずっと単純なのだろうか? 本のタイトル、『ローマ帝国の瓦解』これほどわかりやすいのはあるまい。説明の必要もない。なにを説明するというのだ? 『キリスト教文明の瓦解』いや、キリスト教ではなく、ヨーロッパの、だ。これでも正鵠を得てない。『資本主義文明の瓦解』はどうだ。新聞が真実を伝えているとすれば、通りに貼り出されたビラを信じる限りは、議会の演説がもしかして……。

リュイタエフは、いま頃ここからほど遠からぬどこその家で、たまたま見つけた寝床に眠っているはずのパルフェノフのことを思った。この避けることのできない闇夜さえ過ぎれば、十年後、二十年後には人類の偉大な時代がやってくると信じているパルフェノフ。《彼らは歴史を知らない、でも彼らは歴史を作っている……。一体どんな歴史を作るんだ、どんな歴史を?》

第四章

私もまた、そうした北極圏の夜夜、氷の河を渡ったものだった。踏み付け道は歩いても音一つ立てなかった。虚無を横切って行くのだ。我々はごく最近までなにものでもなかったのだと思っていた。ちょうどこの岸辺に姿を消していったどこと知れぬ村のだれと知れぬ人々のように、なにものでもないのだ、と。あの人々の時代と我々の時代の間に流れた数百年という歳月が、つい昨日ともいえるあの日々と現在との間に流れすぎていったように思われた。あの頃、この岸辺には無数の光がともっていたが、それぞれの家の中に息づいていたのは、自分のものでない権勢と富と喜びであった。我々はそうした光を消してしまい、原初の闇を連れ戻した。その闇は我々の成果であり、我々自身だ。闇をなくすために闇の中に飛びこんだのだ。おそらく我々一人ひとりはそこに飛びこみ、飛びこんだきりだ。なんと多くのつらい仕事を、なんと多くの恐ろしい仕事を達成しなくてはならないことか。しかもそれらの仕事はそれを達成する者が消え去ることを望んでいる！　我々の後から来る者が我々を忘れ去ることを、彼らが我々とは別な人間になることを望んでいるのだ。そのようにして、彼らのうちに我々自身の最良の部分が再生することになろう。

我々は昨日まで、統計の中でだけ数に入る存在だった。すなわち、労働力、移住、死亡、犯罪、自殺といった統計の中で。我々のうち最良の者たちは、B手帳、容疑者リスト、公安の名簿、刑務所のファイルといった書類の中で人の数に入れられていた。これは断じて形而上学的無ではない。人間ほどありふれた、値切りようのある商品はないのだ。せめて肉身の重さほどの値はつけてくれ。耕作用の牛馬なら、秋の畑で飢え死にするがままにはすまい。ところで大都市での人間はどうだ。どんなに記憶をたどってみても、決まり文句でなくイメージが、観念でなく魂と神経に刻みこまれた爪痕が、我々はなにものでもなかったということを私に思い起こさせるばかりだ。ロンドンでの少年期、私と弟はまだほんのガキだった。弟は間もなく、餓死といっていいような死に方をする。ランプの明かりの下で二人は、アンコールワット寺院を作る遊びをしていた。と、呼子が、闇を四方八方に引き裂き、空で交錯する稲妻のように、通りに鳴り響いた。黒い塊が影より素早く、窓の前で渦巻きながら通り過ぎた。通りは奈落の底だ。貧しい人々の窓という窓が無窮に向かって開かれる。警官がズボンの裾を血で汚すまいとしながら、ぼろ着と肉の塊の上に身をかがめる。「なんでもない、いいな、子供たち、黙ってるんだぞ！」だが私たちはささやき声を聞いてしまった、今後は窓という窓に無限の闇を見るだろう、沈黙の深さに気づくことだろう。

……そして、あの追いつめられたユダヤ人夫婦。別の街でのことだ。六月の晴れやかな夜、夫婦は子供を亡くした。蝋燭一本なく、二スウの金もなかった。部屋は丸裸だった。無駄に終わった医者の往診料を払うため、食べるものも食べずにいたのだ。向かいのカフェからの反射光が天井に看板の影をさかさまに映していた。坑内夫を生き埋めにするガス爆発、三十人もの兵士が全身から血を流しているのに、あえて戦線異状なしと伝えるコミュニケ、死刑執行の思い出、失敗に終わった数々の蜂起の物語、流刑囚や徒刑囚の回想、そんなものがなくとも、自然主義小説などなくとも、私たちは自分が無に他ならないということを肝に銘じうるのだ。しかも、私たちのだれもかもが、こうしたことすべてを背に負うている。

雪を踏み固めた道は黒ずんだ花崗岩に縁取られた河の上に消えていた。冬宮は深い闇の中に黒いどっしりした輪郭をかすかに浮かべていた。河と街とをはるか地平線まで見下ろす二つの大きなガラス窓に挟まれたあの角、考えてみずとも、私にはわかっていた。あそこに例の独裁君主の仕事机があり、その上には彼のシガレットケースが置かれていたのだ。

ある仲間の放言。「考える葦っていうが、その葦も大分前から考えることを忘れちまってるぜ。ひとつ、奴を乾かし、柔らかくして、籠でも編んでみちゃどうかね。なんにでも使えるぜ。大した役にはたたんだろうがさ。パスカルもそこまで読んじゃいなかったな」

いまやそれが変わろうとしている。我々が一切だ、すなわち、プロレタリア独裁。昨日まで無でしかなかった者たちの独裁。私は朗らかな笑い声を立てる。一人、闇の中で、私の身分証明書が正規のものであり、本名が記載してあり、ポケットには連邦共和国が発行した委任状を持っていると考えるだけで……。

《革命権力はその全機関を挙げて……、同志の職務達成に援助と支援を惜しまない》

《権力の独占を行使していると標榜する政権党に私は所属するものである。一切の虚偽の仮面を剥ぎ、抜き身の剣を構えよ、明確な思想を持て！》

河岸の凍りついた雪の上をのぼりながら、私は笑いを抑えきれない。黒いぬかるみにはまりこむ。白いと思っているのに黒いぬかるみ、そう白も黒も一緒くたになることもありうるんだ。荒々しい声が闇をつんざいて私に呼びかける。

「おい、近寄るな！」

さらに歩を緩めて、その声のほうに近づく。

「なにをしてるんだ、そんなとこで？」

赤っぽい光が鋭角に積んだ薪の山を越えてくる。真っ赤に燃える火が見える。その火のそばに、地面まで届く長いフード付き外套にくるまって凍える一人の兵士の姿。その兵士は貴重な薪の番をしているのだ。河の近くで、音も立てずに、薪を一本ずつ盗みに来る者がいるからだ。

「夜間外出許可書、持ってるのか？」

私は持っている。彼はその許可書を調べる。フンと鼻であしらう。あるいは読めないのだ。タイプで打った許可書、しかもタイピストは間違えてカーボン紙を裏返しにして打ったのだ。読めるような文字じゃない。私は不意に、折ると銀行券の半分にそっくりな例の宣伝ビラを連想する。もし目を閉じたら、〔パリの〕レピュブリック広場とタンプル大通りの角の歩道が目に浮かんできたことだろう。兵士は許可書を返す。二人とも寒い。二人ともロシアの大地にそっくりな灰色の粗布を身にまとっている。昨日まで、我々はなにものでもなかった。プロレタリア独裁、いまやそれが我々なのだ。

兵士が言う。

「薪を盗むんだ、考えられないね、薪を盗むなんてさ。薪置き場を一周してみると、必ずだれかさんがネヴァ河に薪を投げこんでるのに出会うこと、請け合いさ。氷の中に穴があいているのさ。さっき番兵が盗人を脅かそうとして、とうとうぶっ放したんだ。それが十二歳のガキでさ、お袋さんに毎晩のように言い聞かされてくるんだ。お袋さんは十二番地の河岸の戸口でお帰りを待ってるのさ。やっこさん、びっくり仰天しちまって、薪を頭にのせたまま穴の中にドブンさ。それきり姿を見せねえ。俺はそこに行って薪だけは引きあげた。穴の縁に木底靴が片一方あったよ。それきりさ」

炭火の炎に黄金色に染まった雪の中に、小学生の小さな黒い足跡があった。

「氷の下はいつも水が激しく流れていてね」と兵士は言う。

最初彼は、私を薪泥棒と勘違いしたのだ。場合によると、私とてそうなりかねない。生きるために、みんなのものである薪を盗む。火、それはパン同様、生きるために欠かせないものだ。だが私は政権党に属し、公認用語でいえば《責任ある立場》、要するに命令する側の人間だ。薪炭もパンも一般より多く、確実な配給を受けている。確かにこれは不公平だ。それはわかっている。それでも、それを受けている。自分のためでなく、勝つために、革命のために生きなくてはならない。私の薪炭とパンの配給、それがあれば、今日子供が一人溺れ死なないですんだのだ。その人間的重さ、肉体と意識のまったき重さを、少年のおかげでひしひしと感じる。我々のだれもがそうなのだ。自分をごまかす者、自分だけ後生大事にし、自分だけ別扱いにし、利を貪る者、これが下司《げす》の中でも最低の下司だ。そんな者が多々いることは知っている。とはいっても、彼らとて役に立っている。もしかしたら、新たな不公平の中に根を下ろすという彼らしい悠揚迫らぬ態度で、この事態を悔やんでばかりいる連中よりは役に立っているかもしれない。彼らは自分の事務所用に部屋を選ぶ、時間が惜しいからといって自動車を要求する。ボタンホールに、ローザ・ルクセンブルグの肖像画入りロケットをつけている。図らずも歴史がこうした人間を作ったのだ、彼らとて殉教者なんだと考えて、自分を慰める他ない。白軍が赤軍を破れば、白軍は、本物、偽物の区別なく、同じ枝に吊るすのだ。

私は闇の中をさらに進む。左手、華奢な木々がぼんやりと影に浮かぶ向こうに、馬蹄型のウリツキー広場がひろがっているはずだ。花崗岩の円柱の立ち並ぶ参謀本部のアーチの上方には闇の中で不動のギャロップを続けている四頭立て二輪馬車。私は魂を鎮めるために、手で触れる心地で、あれらのブロンズ像に想いを馳せる。さらに闇の中を突き進むために、私は明晰な意識を揮い立たせなくてはならない。右手、立ち並ぶ白い円柱の間に仄見える高い窓が斜めに連なる下に、青白い光がかすかに震えている。車が一台、ごうごうと音たてて過ぎる。特別委員会は昼夜の別なく働いているのだ。これもまた、我々だ。我々の仮借なき顔だ。監獄の破壊者、解放者、解放された者、昨日までの徒刑囚、多くは消えることない鎖の痕を持つ者、そうした我々が、監視し、家宅捜査をし、逮捕している。そうした我々が判事であり、獄吏であり、銃殺刑の執行者なのだ！

我々はすべてを勝ち取った、そして、すべてが我々の手から滑りぬけた。我々はパンを勝ち取った、そして、飢えが蔓延している。戦争に疲れた世界に平和を宣告した、そして、戦争はどの家にも腰を据えてしまった。人間の解放を宣言した、そして、牢獄と《鉄の》規律を必要としている――そうだ、おそらく我々の力に余ることを成し遂げるために、我々人間の弱さを青銅の鋳型に流しこむ必要があるのだ。さらに、我々は独裁を奉ずる者だ。これまで兄弟愛、兄弟愛といってきたが、いまや、《兄弟愛と死》といわねばならない。労働の共和国を築いたが、工場は死に瀕し、中庭には雑草が生い茂っている。我々は各人が力に応じて与え、必要に応じて受け取ることを望んでいるが、全土が飢えにさらされているのに我々特権階級はそれほど飢えに苦しんではいない！　その支配の手から逃れたと思っているときでもその力に屈せざるを得なかったあの古い掟に、いつの日か、終止符を打つことができるのだろうか？

福音書は言っている、《愛し合うべし》《私は平和をではなく、剣をもたらすためにやってきた》と。十字架の下には剣しか残らなかった。《おのれの魂を救おうとする者は、魂を失うだろう……》よし私は自分の魂を失おう。そんなものがだれの役に立つというのだ？　今日そんなものに拘るのは、場違いな贅沢というものだろう。古いお題目、あまりに古い心の拘束。福音書の上になにを打ち立てたか？　打ち壊すこと。肝心なのは、とことん打ち壊すこと。

我々を古い世界につなぎとめている名句、古い思想、揺らぐことのない古い感情、それらを疑ってかかろう。銃に弾をこめ、向こうの丘を登っていく兵士（つまり人間）に狙いをつけ、射的場のように一心に引き金を引かねばならないときに、ぐずぐず考えてる者は良い兵士とはいえない。単純、確実で、岩のように堅固で、代数のごとく明確に表現された真理、それこそが我々に必要なものだ。我々は数百万、大衆なのだ。鎖の他になにも失うものはないという階級なのだ。世界は作り直さなくてはならない。そのためには、打ち勝つこと、持ちこたえること、是が非でも生き延びること。我々が頑なで強ければ強いほど代償は少なくて済むだろう。まず我々自身に対して厳しくて強くあること。革命とは弱みなど見せずに、徹底的に断行すべき仕事なのだ。我々は必然の道具でしかない。その必然こそが我々を動かし、駆り立て、高揚させ、そしておそらく我々の屍を乗り越えていくものなのだ。《万国の労働者よ、結束せよ!》つまらぬ雑誌に若い脳足りんどもが書いているような正義の夢など、我々はこれっぽちも追い求めない。なすべきこと、なさずにはいられぬことをなすまでだ。旧世界は自らの墓穴を掘った。そしてその穴に落ちこみつつある。ちょっと後ろから押してやるとしよう。かつてなにものでもなかった何百万もの人が生き返る、生き返らずにはおかない。それが我々だ。このことを理解し、しっかり目を開けて務めを果たすことが、ひたすら我々の肩にかかっている。この合意、この洞察によって、我々は宿命から逃れられる。失われたものすべては再び見出されるであろう。

広場は薄黒い旧宮殿で縁取られている。奥には低い建物、マリア宮殿がぼんやりした輪郭を見せている。かつてはそこに旧帝国議会がおかれていた。この議場を描いたレーピンの大作がある。半円形のテーブル越しにけばけばしい服装の老人たちの半身像。彼らはまるで水槽の中にいるように黄色ないし緑がかった光に包まれている。みんな死んでいるようだ。奥に皇帝の憔悴した顔がかすかにうかがえる。刺繍襟からのぞく脂ぎったあれらの襟首はどれもこれも弾丸で打ち砕かれた。あれらの高位高官のうちまだ逮捕されずにいる者があるとすれば、それは、毎朝燕麦市場で自分の娘たちのショールを売っている、骨ばった大きな鼻を分厚い下唇まで垂らしたあの腰曲がりの老人に違いあるまい。古いショールの艶やかなカシミアを、農民のごつい指が触り、品定めをする……。

右手の旧ドイツ大使館は、アストリア・ホテルの窓から漏れてくる薄明かりの中、どっしりした円柱を並べている。いまは破風が欠けた円柱も、かつてはブロンズの馬を戴いていた。戦争が始まって間もなく、怒り狂った群衆がそれらのブロンズ像を取り外し、花崗岩の台座から歩道に引きずり降ろし、近くの運河まで引きずって行った。いまではそこの氷の下にあるわけだ。鉄格子のはまった大使館の窓の奥では、長いこと荒されたままになっている大きな部屋部屋がひたすら無聊をかこっている。中庭から忍びこんだならず者どもがそこに住みついているのだが、光が外に漏れないよう細心の注意を払っているので、それとはわからない。彼らは大きなホテルから盗んできた年代物のコニャックや郊外の巣窟で蒸留した焼けるような火酒を飲みながら、トランプに興じている。真っ赤に口紅を塗った娼婦たち、その名もかわいいリンゴのカーツカ、蝮のドゥーニャ、吊り目（別名人殺し）のシューラ、鼻ぺちゃコサック娘のマルファァといった面々が、空き家になった建物から盗んできた一流デザイナーの下着や洒落たドレス（いまでは薄汚れているが）を着て、大使館の大広間の真っ暗な窓から、向かいの明かりがついた私たちの窓を時々こっそり覗きに来る。

「いい生活してんじゃない、コミッサールって！」と、カーツカが言う。

「宴会騒ぎってとこね」とドゥーニャ。「ショートカットの淫売まではべらしちゃってさ。毎晩、ああなんだから」

「あのうちの一人、あたし知ってるよ」とシューラ。「ひどい悪《わる》なんだから……」

シューラの甲高い笑い声が暗い広間にはじける。細い光が一筋、嵌め木の床に射しこむ。男の猛々しい声がかかる。

「そら、女ども、皆さんお待ちかねだぞ！」

別の低い声がステンカ・ラージンの嘆き歌を口ずさむ。

聖イサーク寺院の巨大な影、そのずっしりした円柱、四方に翼を広げる大きな天使たち、鐘楼、沖の海からでも見える金色の丸屋根が、黒いシルエットになって浮かび出ている。

アストリア・ホテルの窓はどれも、明け方まで煌々と明かりがともっている。明かりがともっている窓は、街中でここだけだ。非常委員会や各種委員会が開かれているからだ。徹夜、危険、特権、権力がここに集中している。花崗岩でできた正面は堂々としており、光り輝く船底さながら、闇を押し返していた。夕方、むさくるしい棲家へ帰るためにこの広場を横切る人たちは、《当然ほぼ全員がユダヤ人》であるコミッサールたちが働いているこのホテルに、憎々しげな視線を投げかける。そこは温かく、明るく、もちろん食い物もあり、そこでは家宅捜査を恐れる気づかいもなく、夜、呼び鈴の鳴る音に胸を締めつけることもなく、戸口の敷居に銃床をぶつける音を聞くこともない。通行人は《してやったりだぜ、奴らを一網打尽できたらな！》とつぶやく。

ソヴィエト第一号館。私は回転ドアを押す。ホテルのカウンターのところから機関銃の片目が、無気味な黒い視線をじっと私に注いでいる。銃手は灰色の羊皮の帽子を目まで目深にかぶり、うつらうつらしている。

ここが権力の敷居なのだ。この敷居を超える者はだれも、自分はなにを欲しているか、なにが必要であるか知っている。自分は革命という大きな影に包まれ、党という堅固な骨組みに支えられ、強化され、駆り立てられ、抑えられていると感じている。だらけた声が衛兵詰所から漏れてくる。開け放ったドアの張り紙には金文字のフランス語で《理髪店は中二階》とある。もう一つの張り紙には黒インクで《通行証を求める際は身分証明書を提示のこと》とある。この建物の住人のところにたどりつくには、通行許可証が必要なのだ。しかも帰るときに返さなくてはならない。その後、許可証はまとめて非常委員会に送られる。だれかがそれを集める。だれが何時に自分のところに来たか知る必要があるのだ。我々を殺したらそのままではすまされないぞ、裏切るなんてとんでもないぞ、見知らぬ者と近づきになってはならないぞ、なにしろ我々は権力であり、権力は革命のものだから、というわけだ。

「やあ、リュイジク」

彼は熱い湯気を立てるブリキのティーポットをそっと運びながら、私を出迎えに来る。赤褐色の髭が顔の下半分、目の下あたりまで覆っている。スリッパ履きで、洒落た木苺色の騎兵用半ズボンの幅広な襞が腰のあたりでだぶついている。どうしてこの半ズボンをガリフェ〔パリ・コミューンを弾圧した軍人の名前でもある〕と呼ぶのだろう？　リュイジクは満足そうな笑みをもらす。

「このガリフェを見てくれよ。上等なラシャだぜ！　ちょっと触ってみな。見っけものだろが、えっ？　おまけにポケットにはラブレターが入ってたんだぜ。俺の部屋に来いよ。アルカディがいるよ。君用の新聞類は取ってあるよ」

紅い絨毯が足音を吸い取る。これは北の果ての街に錨をおろした巨大な石の軍艦だ。おまけに、大西洋航路船の快適さも備えている。広い廊下、控えめな金文字数字がついた楢材のドア。底なしの静けさ、夜の寒気を渡ってきた後の温室の暖かさ。これらのドアの一つが、取り澄ましたカップルを前に開かないなんてことがあろうか？　女は静電気を帯びた毛皮のコートに反り返り、紫がった口紅を真一文字に引き、男は痩せぎすで、頬骨が突き出た顔に鼻眼鏡をかけ、その奥に鋭い眼光を光らせ……、暖かな部屋の中にはシャンパンの入ったワインクーラーが銀色に輝き……、二人は幽霊のように通り過ぎる。私は振り返らないだろう……。ドアが一つ、静かに開いた。先刻の幽霊は姿を消す。

「入れよ」と、敷居のところでリュイジクが言う。

アルカディの東洋的な横顔が鏡に映っている。黒い制服をぴったり着こみ、銀彫金の垂れ飾りがついた、山岳民族特有な細いベルトを腰に巻き、右胸には司令官の星章のような大きな金属バッチ（赤と銀色交じりの）をつけ、ソファにふんぞり返って煙草を吸っている。微笑むわけでもないが、白いきれいな歯を見せている。リュイジクは二人に紅茶を注いでくれる。

「はい、君の新聞」と、アルカディが私に言う。「今日から一部百二十ルーブリだ(ツァーリ時代のルーブリで、いまは通用しない)」

「君の密輸業者連中はいやに吹っかけるねえ。三週前は、八十ルーブリだったのに」

太い紐で縛った包みは印刷インクの臭いがする。『ラントラシジャン』紙、『ル・マタン』紙、『ザ・マンチェスター・ガーディアン』紙、『コリエーレ・デッラ・セラ』紙……、みんなヴィボルグで買ったものだ。耳を澄まし、真っ白な藪の中で小枝が折れて落ちるのさえ見逃さず、重い荷物に腰をかがめ、国境線を越えてくる男たち……。時折、爆発音が不気味な沈黙を引き裂く。そんなとき彼らは走ってゆき、凍てついた木のケースから長距離モーゼル銃を取り出し、雪の上に伏せる。彼らの胸の中で、不意を襲われた獣の恐怖が強烈な殺意に変わり、頭は途方もなく澄みきる。

「たかいな、やっぱり」と私は言う。

「奴らの話だと、ここ二週間で仲間が二人殺されたそうだ。それで、各紙、二十ルーブリ、それも二度にわたって値上げしたというわけさ。これは本当の話で、フルゲンゾーンもあのあたりで死体が二体収容されたと言ってる。あのあたりもあやしくなってきたな」

リュイジクが言う。「ここ三日、モスクワやナルバ地区ではパンの配給がないんだ。アターエフが言うには、列車がここに来るのに、前は一週間だったのが、いまは二十日かかるそうだ。燃料がないんだ。工場は大変なことになるぞ」

「……ったく！」と、アルカディが白い歯の間から絞り出すように言った。

「非党員の特別協議会を至急招集したほうがいいと思うな。さもないと不満ばかりが先走ってしまうだろう。僕はスモーリヌィ〔ソヴィエト政府本部〕にそう話してきた」

「……左翼エスエル〔社会革命党〕をまずぶちこまなくてはなるまいて……。内通者の話だと、奴ら、なにか企んでいるらしい。ゴルディンもやってきたことだし、こりゃひと荒れ来るな」

「そうか、彼に会いたいなあ」と私が言う。

「ここの百二十号室で寝ているよ」

ゴルディン、我々に対して攻撃を仕掛けようとしている同志、大胆不敵で、よく笑い、好色な快男子、数年来他者の死と自分の死をもてあそんでいるともいわれる男が、階下に泊まっているのだ。

「俺は」とアルカディが続ける。「今晩にでも彼を逮捕するように提案した。早いに越したことはないんだ。ところが委員会は耳を貸そうともしなかった。取り返しがつかない逡巡だよ」

会話は急に途絶える。時計が三時を告げた。リュイジクは手の甲で唇をぬぐうと、こう訊いた。

「街中では、CSEP〔国家経済最高会議〕をどんなふうに読んでるか、知ってるか？」

彼の赤ら顔にはもう大きな笑いが浮かんでいる。

「知らない？　じゃあお教えしましょう。Crève Sans Être Payé〔給料は払えないよ、さっさとくたばっちまえ」っていうらしい。うまいもんじゃないか、ええ？」

みんなは笑う。アルカディはあくびをする。彼は昼間のみならず夜の一部まで非常委員会詰めなのだ。彼はなにもかも自分でする、てきぱきした動作で、号令で鍛えたよく響く声を張り上げ、それにいつもキラキラ光る歯を見せて。骨の折れる家宅捜査、ブローニング銃をぶっ放される前に不意を襲わねばならぬ容疑者の逮捕、こみ入った証拠調べ、それに、彼は口にしたことはないが、明け方のドライブ――朝靄の中に浮かび出る、黒っぽい樅と白い斑点だらけのひょろっとした白樺に縁取られた道路を通り、ノヴゴロド線沿いに七分の一ヴェルスタ〔一ヴェルスタは約一キロメートル〕ほど入ったところにある、あの小さな林まで車を飛ばし、そこで……、ルノーの奥では黙りこくった二人のレトン人の向かいに、蒼ざめた顔の二人の旅行者が手錠をはめられたまま、ひっきりなしにタバコを吸っている。少し震える指で、吸い終わりそうな煙草の火を次の煙草に急いで移す、まるでこの弱々しい火がいつまでも消えないでいることがなにより大事なことであるかのように。霊気のようなものが周囲に漂っている。生えかけた髭のせいで、彼らの顔は光の加減により、無情なキリストとも無垢な罪人とも見える。二人は、寒いな、という。嗄れ声でとりとめのないことを話し合うが、その声も途絶えがちだ――。そこから戻ってくると、この部屋にそっくりな部屋で、こめかみに赤いカーネイションのような恐ろしい傷口を見せ、床に倒れているリープクネヒトの顔写真が長椅子の上に飾られた部屋で、アルカディはサモゴン酒をグラスになみなみと注ぐ。この押収の産物である強い酒は、胃を焼き、喉を刺し、体を参らせるのだが、これを飲むと尋問の時間までぐっすり眠れるらしい。彼は端正な顔立ちをし、細くて肉付きのいい鉤鼻、生まれ故郷のアジャリスタンの鷹匠に似た、黄色と白の斑点のある緑色の目をしている。アジャリスタン、温かな雨が赤い地面に無数の穴をあけるアジャリスタン、湿った日陰にミモザの花が咲き、ピラミッド状の丘には茶畑が広がり、バトゥーミの街では棕櫚並木の遊歩道がのび、ギリシャ風の小さなカフェが並び、石灰石の山々が連なり、平らな屋根の向こうに白いミナレットが高々と聳え、褐色の煙草の葉が支え木に干してあるアジャリスタン、従順で美しく、働き者の女性たちがヴェールに顔をつつんでいるアジャリスタン……。

　私は新聞を開く。『ル・マタン』紙の特報記事。《モガドール通りの惨劇。裏切られた男、女を殺し、自殺》彼らはこの世には自分たちしかいないと思っていたんだろうか？　この時間、ル・クロワッサン通り〔パリ〕では、印刷所の輪転機が息も絶え絶えな回転音をたてている。自転車警官は夜遊び帰りの男をかすめるように、音もたてず自転車を滑らせていく。フェルナン爺さん、あのわびしい、気のいい乞食は歩道をどことも知れず歩き去っていく……。《ペトログラードのテロル——追いつめられたボリシェヴィキ政権を守るのは、もはや中国人親衛隊のみ……》アルカディ、リュイジク、聞いてくれ、奴らが俺たちのこと、なんと言っているか！　あの卒中にかかった社会主義者どもは、封鎖が非人道的だと非難しているくせに、封鎖が不完全だと見て取るや、曖昧模糊とした言葉でもって条件付き軍事介入に賛成を表明しているぜ、預言者ウッドロウ・ウィルソンのご託宣通り、ロシア人民の主権は一切侵さないという条件付きで、な。奴らは権利という御大層な銃剣を夢見てるのさ。この印刷された文字の間から恐怖と愚かしさと憎悪が汗のようにしみだしてくるのを感じるよ。向こうじゃ、俺たちの死を、君が胸にそのバッジをつけているこの共和国の死を、どんなに望んでいることか！　アルカディ、俺たちが力の限りをつくし、なんとしても生き続けさせようとしているこの共和国の死を、な。なんと言おうが、この共和国は大きな、大きな希望なんだ、新しい正義の誕生なんだ。行為と言葉、いわば、仮借なき行為と真実の言葉の潔さなんだ。さんざ担がれた挙げ句、いつも打ちのめされ、虐殺されてきた者たちが、昨日までなにものでもなく、他の国ではいまもってなにものでもない者たちが創り上げつつあるものなんだ！

第五章

夕暮れから夜明けまで煌々と明かりの点るオアシスは、他にもある。各種委員会だ。三人委、五人委、七人委、九人委、拡大委、特別委、常任委、臨時委、専門委、付属委、最高委、それらが釘の調達をはじめ、棺の作成、就学前児童の教育、骨と皮ばかりになった馬の屠殺、壊血病対策、アナキストの陰謀、アジテーションと情宣、道路管理、小売店国有化後の婦人帽ストック、ヴェルサイユ条約の影響、同志Nの規律違反、飢餓等々あらゆる問題について審議している。没収家屋のように荒れ果てた建物の中、武骨な部屋という部屋で、同じ肖像画に見下ろされて、張りつめた考えがぶつかり合う。時局の変化とともに新たに出現する危機また危機。雪解けが近づいていた。寒さで固まっていた汚物が、建物の中庭から部屋の床にまで山と積まれていた。寒さが緩むと、これが汚物溜めと化すだろう。水道管があちこちで破裂していた。血膿がそこに侵入するだろう。すでにチフスがあちこちで発生していた。コレラの蔓延も防がなくてはならなかった。無力と化した広大な街を数週間で消毒しなくてはならなかった。キルクは執行委員会に、無制限な権限を備えた臨時三人委員会の設立を提案した。キルクは都市交通委員会に電話した。

「馬車が四百台要るんだが……」

電話の向こうで、ルービンが答える。

「三十、回そう。馬の餌は君のほうでもってくれ」

キルクは使い古しの市電二台を徴発し、同時に《富裕階級に属する十八から六十歳の者は衛生作業に従事すべし》という張り紙を出した。この作業班が貧窮者委員会の監視の下に市街の清掃に当たるはずだった。七十五万の住民のうち、相続権を奪われた旧富裕層はわずか三百人だった。キルクは色の抜けた口髭の中に英語の罵り声を噛み殺しながら、市の中心部で一斉検挙を行い、また走っている市電を止め、顔から判断して旧ブルジョワと思われる身なりのいい者を抜き出し、有無を言わさず衛生作業に駆り出すように命じた。

フルームキンは列車から食料を積み下ろす人手を欠いていた。それはともかく、貨車の積み荷が減っていた。駅に着くたびに略奪されていたのだ。そこで彼は、職を失った旧サラリーマンや役人の登録を義務付けた。こうして、労働センターで正直者九百人を集め、コミュニスト部隊に編入し、各駅に送りこんだ。ところが、途中で三分の一が、着いたところでまた三分の一がどこかに姿をくらましてしまった。残った三百人のプチ・ブルは、前代未聞ののろさと不器用さで作業したため、積み下ろされた小麦粉袋は線路沿いに雪をかぶったままになった。結局、大部分の小麦粉は黴が生える始末だった。数日間、闇市には小麦粉が溢れた。偉大なる作家プレッツネフと大テノール歌手スヴェーチンは、旧体制下で革命派を大いに擁護した大学人、文筆家、弁護士が《こうした公共事業》に駆り出されていることを知ると、《文明化した人民にふさわしからぬ》こうした措置は《革命の名誉を汚すことになろう》と、ソヴィエト議長に直接抗議した。議長は、食料は三日分以上ないという在庫報告をコミューンから受け取ったところだった。その上、鉄道委員会からの電話は、鉄道網に燃料を供給し、鉄道員の士気を高めるよう至急手を打ってほしい、さもないと、鉄道は一週間足らずで止まってしまうだろうと訴えてきた。コンドラティからも、〈大工場〉でストライキが準備されていると連絡がきたところだった。議長はこの大作家と名テナーを礼をもって、しかし冷たく見つめる。

「考えてみましょう、ともかくこちらは手一杯でしてな……。あなた方のほうは、なにか足りんものはないですかな?」

街中では彼らの豊かさは人の羨むところで、悪口の種にもなっていたが、それでも当然ながらなにもかも不足していた。

「小麦粉二袋を送らせましょう、シメオン・ゲオルギエヴィチ」

テナー歌手は感謝のしるしに顎を下げた。彼の感謝は軽蔑と隷従という二重底をこめて黙ってうなずくことでしかなかった。プレッツネフは、社会的人間という仮面の下に隠れている人間《偽善的で虚栄心と自惚ればかり強いくせに、自分の姿に似せて神を作っている真の野蛮人》を、それとなく発見することを無上の楽しみにしているせいか、この歌手の動作は大層なチップをいただく下僕にふさわしいものだと思った。議長は優しく彼の腕をとる。

「ヴァシーリ・ヴァシリエヴィチ、このグラフをご覧ください。これをあなたのもとに送らせようと思っていたのです」

ピンクの円、青い長方形、紫色の菱形を結ぶ直線で区切られた幾つもの緑色の三角形、それぞれの周囲には、水生植物が一杯入った無色の水に浮かぶ空気の泡のように数字が踊っているのだが、その数字はここ一年の公教育の進歩を示していた。

「どうです、この知識欲!」と、議長が言う。「見てみなさい、教育施設の数は二十七パーセントの増加です。それも成人学級、就学前教育施設、知恵遅れ児童教育センターを入れずにです。それらを入れると、六十四、六十四パーセントにもなります!」

背が高く、腰が曲がり、ごま塩頭で、グレーの太い縞模様の英国製生地仕立ての古い上着をグレーのセーターの上に着こんだプレツネフは、横皺の目立つ狭い額を縦に振ると、いかにも農民らしい大きな鼻穴で部屋の生暖かい空気を嗅ぎ、悪意のこもった視線を緑の三角形から、独裁者の丸くて青白く、艶のない、悲しげでいて満足そうな顔へ移すと、曖昧にこう言った。

「フムフム、なるほど。大きな進歩ですな。フム、フム。(ここで呟きこむ)いずれ学校のことで、お話しなくてはならんでしょうな、まったくの話」

こうしたご立派な方々に、これ以上この会見に時間を割けないとわからせるにはどうしたものだろう？　議長は、わずかに開いたドアの隙間から差し出された書類を指先で掴んだ。暗号電報の解読文だった。《諜報員Kによれば、ハリス少佐、ヘルシングフォルスに帰還。交渉再開。次の攻撃、フィンランド。消息筋は協定の可能性ありと判断》協定が可能とあらば、我々の存在は不可能ということになる。

「フム、フム」と、プレッツネフは二十年来発作をこらえてきた結核患者特有の媚《こび》を見せて、いまにも凹んだ胸からゼーゼーいう音を迸らせんばかりに言う。「ご存知かもしれませんが、学校ではおかしなことが起こってましてな……」

とうとう彼は、犬の押し殺した吠え声のような声で、不満をぶちまける。

「私の知っているあるリセでは、先月四人の生徒が妊娠しているのが発覚しました……。年老いた女校長が投獄されましたが、それがどういう理由だかわからんというわけで……」

やっとのこと、二人は出て行った、狭い戸口でぶつかり合うようにして。テナーは猿皮の裏地がついたたっぷりした外套に優雅にくるまり、作家のほうは妙に背筋を伸ばし、ぎくしゃくした動作でその痩身を目立たせ、険しい表情を崩さずに。フレシュマンは二人とすれ違ったが素知らぬふりをした。こんなときに作家やテナーなどに構っちゃいられなかったのだ。絨毯と皮張り家具で柔らかな雰囲気に包まれたこの議長室に、彼は通りの、寒風の、兵士の長靴にこびりついた冷たく乾いた泥の雰囲気を、不意に持ちこんできたのだ。ともかく、彼は泥だらけの長靴をはき、ポケットの膨らんだ黒の皮外套をぴったり着こみ、赤茶のベルトを腰に巻き、疲れを知らぬ老ユダヤ人の風貌をして、入ってくるなり、前夜、前線との直通電話に端を発した会話をつづけた。

「こんなバカな話にはさっさとけりをつけようじゃないか……」

これは普通のバカな話じゃなかった。ドノの近くで凍え死んだ四十人の兵士の命にかかわる話だったのだ。送ったはずの外套が、輸送書類が規則どおりに書かれてないという理由で、駅に取り残されてしまったのだ。

二百六人裁判（一八七七年）の英雄、ヴァルヴァラ・イヴァノヴナ・コシッチは、連邦共和国人民委員会議長に怒りの書簡を送り、プレツネフとスヴェーチンが告発した例の行き過ぎ行為に終止符を打つよう求めた。その書簡はこう結ばれていた、《ご注意申し上げますが、あなたは未来の世代に多大の責任を負っているのです》当委員会議長は時局が時局だけに、差し迫った責務のほうが重要であると考えた。彼はヴァルヴァラ・イヴァノヴナに、わざわざご指摘くださりありがとうございます、その件なら十分承知しております、と返事をすると同時に、その書簡を北部コミューン人民委員会議長に転送した。すると、党の監視委員会が提訴された。そうこうするうちに、貧窮者委員会と住民は汚物の大半を運河に投げこみ、どうにか市街の清掃を終わらせてしまった。今度は、公衆衛生局が水質汚染の危険があると警告。キルクとフルームキンは、監視委員会から譴責を受けそうな雲行きになった。と、突如、この問題は忘れられる。酔っぱらいともアナキストともいわれる水兵たちが、喧嘩の最中、三人の民警を殺すという事件が起きたのだ。ヴァール工場は操業を停止し、すべての労働者が個人的に食料調達に出かけられるよう、二週間の有給休暇を要求していた。逮捕を免れていたメンシェヴィキによって煽動されたストライキが、ますます広がる勢いを見せていた。非常委員会は、大部分がこうした動きとは無関係な社会民主党系知識人十七名を、一夜にして投獄させた。その中には、名著『チャーチスト運動史』の著者、オヌーフリエフ教授がいた。教授の自宅を捜査中、「イギリスにおける十九世紀初頭の民主的自由」という研究原稿が見つかり、コミッサールのバビーンはこれを反革命文書と判断、没収、ついで紛失。数日後、原稿はある公園内に散乱していた。大作家プレッツネフと名テナー歌手スヴェーチンは、改めてソヴィエト議長に会見を求めた。「知識人の悲劇」と題するプレッツネフの辛辣な論文が、公認各紙に掲載を拒否されたのだ。こうしたトラブルを、外国報道機関が悪意ある喜びをもって書きたてた。オヌーフリエフ教授は釈放されたものの、赤痢のため瀕死の床に就く。非常委員会議長は、飲酒が過ぎ、フルームキンに交代となった。ルーブリは破局的下落。

労働者住宅委員会（その十七人のメンバーは執行委員会メンバーと同じ食料配給を受けていた）は、雄大な市周辺部再建計画を発表する。当委員会は三年の第一期期間と一億ルーブリの予算を要求する。画家キーチャクは人民委員会議長の全身像を、有料で、公開。髪を風になびかせ、雨が降っているのかどうか確かめているとも群衆を祝福しているとも、あるいはある種の土地占有をそれとなく批判しているともとれる、曖昧なそれでいて雄弁なポーズで片手を伸ばしている議長像。その背景にはこれまで見たこともないほど立派な装甲列車が描かれていた。

新聞は、二千二百二十項目からなる『社会主義社会建設計画』の著者にしてフランスの老革命家でもあるデュラン＝ペパンが近々来訪することを報じた。『真理（プラウダ）』紙は戦況が好転しつつあると伝える。その翌日、ナルバは白軍に奪われ、悲惨な状況に陥ったことを知る。釘の問題、工場労働者の長靴問題が解決しないうちに、戦線の問題が切迫してきた。タイプライターはひっきりなしにパチパチ音をたてる。

指令、指令、指令。委任。条令、布告三十号、布告四十号、布告五十号、布告……。布告三十号廃棄。ＲＳＦＳＲ人民委員会議は、クレムリンから直通ケーブルで、北部コミューン人民委員会議に、中央政府が発布した措置を尊重するよう求めた。それに対し、北部コミューンはこう答えた、《不可能。状況、いよいよ深刻なり》

夕暮れから明け方まで、三人委、五人委、七人委、九人委、拡大委、特別委、常任委、臨時委、専門委、最高委、それらが審議し、計画し、命令、布告を出していた……。

「会議を開始する」と、ファニィが言う。

彼女の顔の皺には、矛盾した幾つかの刻印が刻まれている。乗り越えた数々の病気、秘めた誇り、信念――強情そうなその額と探るような目つき――一目見てそれとわかる内面の対立、熱気と不安、そしてどこか深いところに秘められている異常さ――あるいは気高い狂気か、ヒステリーをじっと堪えているのか……。

ドアの脇の銅板にはS・I・イーティン《歯科医、有資格》とある。同じドアに貼られたボール紙には、《労働の権利クラブ》とある。暗くて荒れ果てた廊下は小便臭く、部屋に入ると、コート架けの下にはごみと古紙が散らばり、隅にはハッとするほど大きな鏡、紐で結わえた新聞の山が埃をかぶり、室内はむき出しで寒々としている。暖炉の上のほうには新婚の花嫁が微笑んでいる肖像画が取り残されたままだ。家具らしきものといえば、簡易ベッドと丸いガラスを敷いたマホガニーのテーブル、それに腹の裂けたソファ。むっとする熱気、タバコの煙、窓の結露。頭が七つ、ときには触れ合わんばかりに、闇に浮かび出てはまた闇に沈む。どの顔も取り立ててどうということないが、深刻で厳粛だ。その中で一つだけ、ペルシャの詩人が謳う天国からここに舞い落ちてきた一輪の黒い花のような、魅力的な顔。

「ゴルディンが発言します」とファニィが言う。

彼ゴルディンは、ヴォルガ河を渡り、攻囲されたツアーリツィン、廃墟と化したヤロスラヴリ、飢えたモスクワを通り、四十七日かけて、ウクライナからやってきた。それも、二人の戦友の死を乗り越えて。（一人はキエフで白軍の手で絞首刑にされ、もう一人はポルタヴァで赤軍に銃殺された）チフスにかかった敗走兵、どことも知れぬ戦場で奇跡的に救助された負傷兵、強姦されながらもポグロムを逃れてきたユダヤ人女性、妊娠を装い腹に食料を隠し、夜にはわがもの顔にふるまう男たちに揺れる貨車の隅で立ったまま身を任せては自分らの場所代を払っている農婦たち、そうした人々に混じり、家畜用貨車の汚れきった藁のなかで眠りながら、やってきたのだ。しかも彼は肉の中、胸部の奥、脊柱のあたりに打ちこまれた弾丸をそのままにして。外科医はこれには感嘆するしかなかった。（《まったく、あなたという人はなんと頑丈なことか！》）さらに、パルチザン戦の最中、ある農家で見つけた、コロレンコの若き日の手紙（自尊心――それはときに気高いエゴイズムに他ならないが――故に、破局を迎えた甘美で純粋な愛の手紙）と敗北した党の秘密文書（暗号で覆われた十五枚のシガレットペーパーを軍服の金ボタンに隠して）とを持ち帰ったのだった。

　彼は多少自己陶酔気味で、辛辣ではあるが、人を惹きつけてやまない力強い弁舌を発揮している。意図的に削ぎ落とした、それでいて情熱がリズムを刻む彼の発言は、秘めた叙情性と的確な弁証法の効果と相まって、人を魅了せずにはいなかった。色黒で、骨ばり、髪を伸びるにまかせた顔、キラキラ光る目、がっしりした鼻、燃えるような口。彼が一言《同志諸君》と熱い声で言うと、彼に比べればまったくとるに足りない周囲の人たちはかすんで消えてしまう、そして恐るべき兄弟だと感じてしまう。美しい女性、ファニィだけは別だった。ファニィは彼を横目で見つめる、そして心のうちで、彼はあまりに武勲を求めすぎる、地味な任務を遂行し、自分の立場を逸脱しないことこそ党に献身することなのに、と裁断を下す。野心家なんだ。ゴルディンは周囲の六人に、革命の救済のために命を投げ出す覚悟が必要だといった。

「情勢総括。農村部では憎悪と飢餓が蔓延している。農民は中世さながら、鋲を打った棍棒で武装し、都市に攻めのぼろうとしている。プロレタリアは十人に一人は殺され、絶望のふちにある。クレムリンの塔からは大衆に向けて布告のビラがばらまかれるが、そんなものは役に立たず、無力で、神経を逆なでするばかりだ。革命の最後の生き生きした勢力を麻痺させるばかりだ。正規軍は、旧将軍たちの手で作られたがゆえに、真の人民軍であるパルチザンをそのロードローラーで押しつぶしている。出世主義者や官僚どもは、革命に情熱を捧げる者たちを排除しつつある。革命の灰の中から怪物的国家が生まれ出ようとしている。この気が狂ったロベスピエール主義は我々全員を喰い尽くし、反革命に途をひらくだろう。もはや我々には一刻の猶予もない」

一輪の黒い花にも似た、あの美しい顔がそっとつぶやく。

「戦闘組織を再編成すること」ファニィはハッと言葉をのむ。〈なんていうこと言うの！　どうかしてるんじゃない、ファニィ。それにあなたに発言権はないのよ〉

〈大工場〉のティモフェイが立ち上がった。彼の影がこの狭い部屋を満たす。拳のようにごつい顔に大きな蒼い目。

「B工場はストを望んでいる。A工場は迷っているが、追随するだろう。党員の中にも追随する者が出よう。最良の者たちは我々とともにある。他の者たちは取るに足りない。女性たちは士気盛んだ。彼女らは、やろうと思えば一朝にしてすべての協同組合を解体する力を持っている……。ヴァール工場ともすでに連帯している」

キリル、一九一四年のストライキを経験し、北フランスの炭鉱街に三年暮らしたことがあるキリルが、慎重論を唱える。ストライキの動きがもっと広がらないうちは、いまだ弱体な軍事組織を動員するのには反対だ。明確なスローガンを掲げること。コミッサールの専制打倒、自由選挙、革命の続行。布告体制に対する大衆の正当な反抗と反革命的怠慢、絶望、敵意とを判然と識別すること。幻想を抱くな、大衆は新たな飛躍を遂げるほどには成熟していなかったのだ……。

ファニィは大きくうなずく。〈大工場〉にだれを派遣するか？　キリル、自信に裏打ちされた穏健さ、本能的な大衆感覚、身振りや言葉に流されない四十年に及ぶ労働者気質、それらを兼ね備えたキリルか？　それともゴルディン、聡明な情熱家、功績をあげんとするゴルディンか？　枯れ木の中に松明を投げこむようなものだろうが、集会の中に一人送りこまねばならない。

「会議を始める」と、独裁者が言う。

十二人ほどが大きな緑色のテーブルを囲んでいる。白く塗ったむき出しの壁、磨りガラスの釣鐘形笠の下にさがる裸電球、居並ぶ顔、そのシルエット、テーブルに置かれた書類、すべてが明るい照明を浴び、くっきり浮かび出ている。まるで手術室のようだ。カール・マルクスが髪をふさふさに伸ばし、威厳ある微笑をたたえて、上縁に赤い布の飾り結びを付けた黒い額縁におさまっている。窓はどれも河に向いている。その河はいまは雪と靄に包まれ、不分明な両岸と溶け合っている。

議事日程――一 前線の状況、二 食料・物資の調達、三 ヴァール工場事件、四 〈大工場〉の状況、五 任命。出席十一名、欠席二名。会議の書記が二欄（報告、決裁）からなる公式書式の余白を満たしていく。ナルバの惨事が、フレシュマンの言葉少なな報告ののち、そこに記される。それも、なにもわからぬ身内に、病人の病気名を学名で説明するように、わかりにくい言葉で。《輸送の過怠および指揮の未熟を認む。第十師団政治局員の交代。軍隊内部での煽動を強化すること。一週間以内に交代装備を支給するよう補給部に要請のこと。決定済みの措置の実施を同志フレシュマンに委任す》

マリー・パヴローヴナ、黒いブラウスを着て、ハイネックに首をうずめ、老教師然とした顔に小さなレンズがはまった旧式の鼻眼鏡をかけ、きっと口を結んだマリー・パヴローヴナが、任命に関してたった一言発言した。

「キルクの昇進に反対します。彼は入党してまだ一年にしかなりません。（部下の水兵とともに冬宮の鉄格子を突破した日の前日からだ）」

この昇進指名はしりぞけられた。ガリーナ、小柄で、年寄りじみているが、驚くほど若々しい眼差しをし、目の奥に絶えず笑みをたたえ、丸っこい鼻をし、髪をぼさぼさにしたガリーナも、ヴァール工場の件で発言した。

「決議の最後のところですが、《強制を前に後退することなく》ではなく、《この上なくエネルギッシュな圧力を前に後退することなく》としていただきたい」

彼女は隣のコンドラティの耳に軽く笑いながらささやく。

「だって、私たちには、本当のところ、強制力など、もうありませんもの……」

この明るい照明の下、男たちはあまりぱっとしなかった。ただ、二人だけは別だ。一人は議長。がっしりした頭、蒼ざめた頬、豊かな髪、若いローマ皇帝あるいはトルコのスミルヌの商人によくある柔和さを帯びたくっきりした顔だち、普段は低いが夢中になるとかん高くなる声、心労と策略、確かな偉大さと秘められた凡庸さ。もう一人は委員会書記のコンドラティ。明るい顔色、両のこめかみまで垂れさがる金髪の巻き毛、洗練されてはいるがいかめしい顔、スカンジナヴィアとモンゴルの血が混じっている男。だが、このテーブルを囲む人物はだれもかも、この街で、この国で、前線で、ときには死をも顧みず、困難な任務を果たし、また困難な任務を代わりうる者たちだ、一人ひとりは、今晩ここでは、委員会という一体の十一面像の一つの面でしかない。一人ひとりがその英知と意志を、匿名かつ非人格的であるが至上権を持つ委員会という最高位の英知と意志に溶け合わす。だれもが、党あってこそおのれが力を持ち、不死身であることを、党なくしては無意味で、箸にも棒にもかからぬ存在であることを知っている。その中にあっては自分の意志など無用でないまでも、大海の一滴に過ぎないような、途方もなく大きな意志、その大きな意志を実行しているからこそ、自分という存在を容認しているのだ。

「だれを〈大工場〉に派遣するか」

この十一の頭を持つ一つの頭は熟考に沈んだ。オシポフか？ 彼は神学生か徒刑囚みたいな馬面を頬づえに乗せていた。オシポフはあの決定的な日々、〈大工場〉のプロレタリアートを戦闘に駆り立てたのだった。いやいや、あまりに理想主義者だ、犠牲的行為に走るきらいがある、大衆が意気阻喪し、戦意を失い、ただ平穏に生きよう（そんなのは生きることにならないんだが）という受け身な欲望に屈したとき、彼はもはや大衆を理解できまい……。ルービンはどうか？ 組織者としては立派だが形式主義者だ。コンドラティは？ 時期尚早だ。事態が悪化した場合その修復または後始末に取っておく。ガリーナは？ 女性は避けたい、それに彼女の理論的緻密さは、第一級の情宣家にはふさわしいが、アジテーターとしてはどうも……。サヴェリエフは？ 労働者問題で参っている、良心の呵責に苦しんでいる……《権力を奪取したというのに、労働者は食うや食わずなんだぞ！》とんでもないことをやらかす危険がある。だめ、だめ。

「アントーノフ」と、数人の声。

アントーノフ。よし、だれより適任だ。彼ならやれる。駅の騒動を鎮めるために生れてきたような男だ。気骨もある、粘り強い。頭がいいとはいえないが、馬鹿じゃない。規律も守る。あれこれ迷わない、肝っ玉がすわってる。酸いも甘いも噛み分ける。機転が利く。

「アントーノフだ、そう書きこんでくれ、コンドラティ」と、議長が言う。

会議はその後、策謀の渦となった。コンドラティ派は、追い落としを恐れる議長派とポストを争った。だれも自分の意見を述べようとしない陰険な議論が、各地区書記の指名を巡って、続いた。最後になって妥協が成立。、ポストの分配、コンドラティ派のわずかな優位。

「こっちの前進だな」と、フレシュマンがつぶやく。

オシポフは機械的に反対側に投じた。というのも投票のたびに満場一致が繰り返されるからだ。《この有様だ》と、彼は考える。《〈大工場〉が我々に立ち向かってこようというときに！　飢えに取り囲まれているというのに、昔ながらの権力闘争を繰り返して……。あの労働者たちが革命のために命を捨てる気を失ってしまったら、いったい我々は彼らになにを約束できるというのだ？》

第六章

　ラップランドの真珠色に輝くステップ、フィンランドの湖や黒ずんだ森、カレリア地方の雪の塹壕と罠がうがたれた国境、そうした厳寒が支配する地域を渡ってきた冷たい風が、バルト海の霧を吹き払った。すっかり晴れ渡った日が続いた。大気は遠近法の法則を見直さねばならないほどに澄み切っていた。ネヴァ河のこちら岸から、対岸の建物の細部、道行く人のシルエット、さらには、代々の皇帝によってメンフィスから運びこまれこの河岸に設置され、四千年後に新たに帝国失墜に立ち会うことになったスフィンクス像の輪郭まで、くっきりと見分けられた。海軍省の彫像を戴いた、白くてほっそりした石柱の列と高い金色の尖塔が、ひっそりかんと静まりかえる駅のほうに伸びている人気ない大通りの彼方に見えていた。空の透き通った薄青色、知性の輝きのごとく清らで、しかも冷たい太陽の黄金色、それに雪の照り返し、それらが織りなす底しれぬ光の中を、乗客を黒い房のように脇腹にぶら下げて、市電が静かに橋を渡っていく。私たちは旧元老院――そこでは、貧血気味の学者たちが秘密警察の記録文書を綿密に調べ上げていた――の入り口から、虹色の雪に覆われた広場に眺め入ったものだった。ファルコーネ作のブロンズのピョートル大帝像が、その広場を見下ろしていた。ローマ風の寛衣をまとい、未来に向かってか深淵に向かってか、岩の上で馬をいきり立たせている。そのずっと先の対岸には、昔のオランダを偲ばせる、赤、白、黄色の瀟洒な古い館が並ぶ大学河岸。

「よく見ておくんだ」と、リュイタエフ教授が私に言う。「そしてこの記憶をしっかり留めておくんだ。君は私より長いこと、この時代を生きていくことになるだろうからね。ヴェニスの大気は、この絶対的透明さ、この完璧な光彩を持ちえない。人間の活動がそれを乱し、気温の高さが古い石の建築物の上空でそれを震わせてしまうからね。ここでは大気はまったく震えない。結晶体みたいなんだ。煙を出す煙突もないし、騒々しい広場も、人々が忙しく立ち働く広場もない。こんな静かさや透明さは、モンゴルの高原でしか味わったことがないな。あそこで私は、中国の画家たちがなぜ地平線をあれほど近く、あれほどすっきり描きうるのかわかったね」

あの無限の美しさは、私たちの死刑宣告を意味していたのかもしれない。煙を出す煙突は一つとしてなかった。ということは、街全体が死につつあったのだ。難船した人たちが筏の上で相貪り食うように、私たちはお互いに、労働者と労働者が、革命派と革命派がお互いに闘い合おうとしていた。〈大工場〉が他の工場を糾合することに成功すれば、ゼネストになり、活動を停止した工場の人民は革命に立ち向かってくるであろう。それは、自由意思による、組織された、あくまで希望を持ち続けようとする執拗な反抗に立ち向かう、絶望の反抗となるであろう。数百万の人々の信念もパンの欠乏ゆえに死に絶えるということ、我々はいよいよ自由な人間から遠ざかること、我々は攻囲された街で力尽き、テロルと軍規の中にしか救いの道はないぼろぼろの軍隊でしかないということ、そうしたことを理解できないがゆえに、一部の最良な分子が独裁に反対し、飢餓と手を結び、狂熱的で無自覚な裏切りを行うことになるであろう。

その小路の両側には、どれもこれもそれなりに傾いた、低い木造の家々が建ち並んでいた。窓辺には植物が飾られている。その小路は、家々があまりに小さいので、かえって広く見えた。小路の突き当たりの赤煉瓦の壁から、あちこち破れた、薄汚れたガラス張りの建物が突き出していなかったら、単なる古びた町の一隅だと思えたことだろう。そこから数歩のところに、煙突が一本、青みを増す空に黒々と聳えている。明るさが増すにつれ、刻一刻となにもかもがくっきりと姿を現わしてくる。通りの角、黒っぽい古材でできた家々に沿って、女たちが長い列を作り、ひしめきあっていた。サイレンが鳴り始める前から、早くも女たちはそこに並んでいた。前日、吹雪の中を何時間も待った挙げ句、手に入れられなかったパンを待っているのだ。店のシャッターが夜明けとともにやっと開く。この目を見張るほど澄んだ空、あらゆる物の形、線、色の完璧な鮮やかさ、雪の心地よいほど微妙な煌めき、そんなものが果たしてこの女たちの目に入り、少しでも目を楽しませたであろうか。「いい天気だこと！」と呟く声。「まったく、いつまで待たせる気かね？」と刺々しく応える声。時間があてどなく過ぎていく。ニュース、つらい暮らし、噂話、あれやこれや話はし尽くした。「覚えてるかい、戦争前、卵がいくらだったか？」「殴るんだからね、あの聖女みたいな人をさ、かわいそうったらないよ」「それでさ、馬から小麦から、なにからなにまで徴発されちまって、もうなんにもありゃしない、くわばら、くわばら……」「イギリス軍でも来てごらん、一度でも共産主義賛成って手を挙げた者は、みんな吊るし首さ……」「みんな？」「そうとも、みんな、一人残らず……」「ミヘイ・ミヘイッチのこと、覚えてて、あのデブさ？」

第六十市営パン店は、〈大工場〉の近く、そのデブがかつてやっていた店を使っていた。デブは使用人に殺されたという者もあれば、街でカバンを小脇に抱えて偉そうに歩いているのを見かけたという者もいた。寒い店の中は、焼き損ないのパン、床下でくたばったネズミ、羊皮のコートの下の饐えた汗の臭いが混じり合い、むっとしていたが、むき出しのカウンターではいまはデブの代わりに二人の痩せた店員が、食糧券を受け取り、半券をもぎり、差し伸べられたごつい手に粘土みたいにぐにゃぐにゃの黒いパンを投げ与えていた。突然、一人の女がすすり泣き始めた。

「券を盗まれちゃった、盗まれちゃったよー。ついさっきまであったのに……」

パンを手にした女たちが彼女を取り囲む。コミューンの判を押した大切な券をしっかり握りしめた女たちが、押し合いへしあいしながら、その脇を通る。行列が騒ぎ出す。

「どうしたのさ、なにがあったのさ?」

不安が走る。

「みなさん《シトワィエヌ》!」と、中で店員の一人が叫ぶ。

「なに? なにさ?」

外で待っていた女たちのほうに、落胆した一団が逆流する。

「もう、パンはないよ」

「次はいつ、いつなの?」

「わからん」と、入り口に出てきた店員が手鼻をかみながら言う。「そいつあ、コミッサールに訊いてくれ」

店はなんにもないが開店したままだ。店員はそこに八時間いなくてはならないのだから。二人はニヤニヤしている。

「俺たちにゃ、どうしようもないさ。あんたらと同じさね」

奥のむき出しのカウンターの上のほうに、大きな赤い横断幕がかかっていて、そこに白い文字でこう書かれている。

《労働者はパンと平和と自由を望む》

〈大工場〉は、数キロにわたる部門別諸工場からなるが、いまや街外れから海まで広々と広がる雪の原となっていた。各工場の残骸には隙間風がひゅうひゅう唸っていた。縺《もつ》れ合い石化した蛇のような捩じれた無数の古レールは雪に埋もれ、その傍らにはひっくり返ったトロッコ、白い甲皮に覆われた積み荷を積んだままの貨車、線路の端っこに置き去りにされた小さな機関車、かつては機械だった鉄の山、それらがこの白い砂漠のあちこちに散らばっていた。それでも、驚くべきことに、煙突は黒い煙を断続的に吐き出していた。汗と凍りついた油と捨てて顧みられない金属との匂いが立ちこめた作業場に、生命力が集中していた。そこでは、アークランプが幾つもの青白い月をぶら下げていた。高い、汚れたガラス天井から、灰色の陽が落ちこみ、ガラスの割れ目から不意に青空の一画がのぞく。

七七ミリ砲はどれも、そこに砲口を向けているように見えた。クランク・アームは、心臓が詰まったような、哀れな回転音を立てていた。作業中の労働者は、作業台の前でも寒さと疲労と飢えに苛まれ、この砂漠を絶えず目にしている悲しみに打ちひしがれ、まるで無意味な存在になったように、機械の間に埋もれていた。

「これが工場だって？　むしろ墓場さね、そうとも……。もうだれも自分がなんだかわからなくなってるんだ。もう労働者なんてもんじゃない。飢え死にし損ない、役立たず、やっつけ仕事の下司野郎、そんなとこさ。機械を分解してライターをこさえる奴もいりゃ、真鍮線を盗んでウサギ籠を作る奴、石炭、機械油、ランプ油をくすねる奴もいらぁ。ここで働く前にゃ、金輪際働いたことなんてない連中もございときてらぁ。こんなとこさね。結構な話さ」と、彼らは言う。

幾つかの作業班が、急にいきり立ち、機関車のまわりで激しくやり合う。とはいえ彼らは同じ労働者なのだ。なるほど、彼らとて盗みはする。だが、彼らは自分自身に対して、運命に対して、コミッサールに対して、三国協商に対して、工場の息の根を止め、さらには彼らの息の根を止めようとする一切のものに対して、言いようのない怒りを抱いている。彼らは北部コミューン人民委員会議長に代表団を派遣した。穴のあいたブーツをはき、蒼くやつれた顔をしたプロレタリアの一団が、スモーリヌィの狭い廊下を疲れた足取りでぞろぞろ歩いてくる。絨毯を敷き詰め、革張り家具、ニッケル鍍金の電話機を備え、壁には大きな地図——共和国を取り囲むような形で、血まみれな戦線が赤い布でマークされている——を貼り付けた独裁者の大きな執務室では、熱烈な闘士までが卑劣な臆病風に吹かれていた。どうすべきか？　戦線はそこまで来ている。パンがない。紙幣では農民は小麦を売ってくれない。耐えること、耐えるかくたばるかしかない！　もう耐えるのも限界だと言ってるじゃないか……。

「かけたまえ、同志諸君」と、議長が穏やかに言う。

代表団は遠く離れた長椅子とフカフカしすぎる肘掛椅子に分散する。みんなどぎまぎして押し黙っている。

「で、なにかね、うまくいってない？」

　一九〇五年のガボンの行進に参加した老闘士が、中国の仮面にあるような皺だらけの顔を上げ、勇を振って立ち上がると、大声で言う。

「全然です、うまくいくどころじゃない！　頑張ろうにも頑張りようがないんです！　もうくたばるより他ない。あれはもう工場なんてものじゃない……」

　議長もじっと目を注いだまま立ち上がる。なにもかも心得ている。最後まで聞かなくてはならない、それから地図を示し、数字を挙げ、約束し、コミューンに電話をする、そうしたところで結局なにもできないのだということを心得ている。（ともかく、一時間、一日、一週間でも多く持ちこたえなくてはならない。その一時間、一日、一週間が決め手となるんだ）彼は大集会のときとは違う低い声で答える。彼は飢えと戦争の賠償に苦しむドイツについて、リープクネヒトの真新しい血について、ヨーロッパで熟しつつある革命について語る。いったいだれがいざというとき自分を援けに来てくれるのかね、君らのうちのだれが？　この代表団の構成はどうなっているのかね？　反対派はいません、みんな無党派です、一人二人シンパがいますが……、と説明する。それはだれかね？

　それはまだ若い男で、がっしりした顎をし、集会のときと同じようにしっかりした声で話し始める。労働者階級は最後まで闘います！　各自、インターナショナルに対する務めを果たします！　食糧・物資の調達が改善されさえすれば、工場に一月前から約束されている特別配給が実施されさえすれば……。彼が語ることはまったく真実であり、言わなくてはならないことではあるが、妙にうつろに響く。真実を語っているのに、嘘を語っているように感じられる。《君は工場委員会に推されたいんだな……》

女たちが午前中パン屋の前に行列した挙句空しく帰宅したその日、ある代表者会議、それも秘密の会議がちゃんと印刷したアッピールを壁に張り出し、工場のプロレタリアに自分らの運命は自分らで決めようと呼びかけた。ストライキの気運が高まっていた。各委員会の電話は四方八方にストライキを告げていた。三千七百人の登録労働者のうち、七時に仕事に就いたのは二千人足らずだった。組立工主任ヒーヴリンは、ハンチングをあみだにかぶり、タバコをくわえて監督室までやってくると、俺のとこの機械はもう動かない、とさりげなく言った。

「俺にはわからん故障でね。技師の派遣を頼みます」

まるで朗報でも伝えるように、こう言った。左翼エスエルとメンシェヴィキのグループは夜のうちに秘密会議を開いていたのだった。

「決着をつけなくてはならん」

千人からの人がホールを埋めていた。一本のレールで仕切られた演壇が一段高く据えられている。脇には赤い布で覆われたテーブルが一つ、集会事務局の席だ。ティモフェイが議長用の鈴を振る。

「コリャーギンが発言します」

集会は混沌としたまま、すでに二時間以上続いている。この共産党細胞の書記は猛烈なヤジを浴びた。

「パンだ！　パンをよこせ！　演説はもうたくさんだ！」

「お前の嘘八百なんぞ、先刻ご承知だい！」

ぐらぐらする演壇からよろめきながら降りてきた彼に、大柄な若者たちが詰め寄り、彼の肩に掴みかかり、痩せてやつれた彼を軍服ごと揺さぶった。

「言うんだ、さあ、非常委員会に電話しなかったことを言うんだ。さあ、言えってんだ！」

ティモフェイは、この小競り合いが会場の空気を高めてくれると思ったが、長い腕を大きく開き、こけた顔を突き出して、騒ぎを鎮めた。

「興奮しないで、同志諸君！　我々こそ力なんだ！」

コリャーギンは、とりとめのない話を繰り広げ、時々不用意な言葉で笑いを誘い、千人からの参会者の緊張をとき、怒りをなだめつつあった。彼はツヴェーリ〔カリーニン〕地方への旅行のこと、その帰途、小麦粉三袋を没収されたことを語った。仲間たちは彼が病気休暇を取っていたと思っていたというのに。

「自分の腹だけ満たそうって魂胆だ！　きたねえぞ！」と、だれかが叫んだ。

この言葉は、顔を赤くし汗びっしょりで、帝国主義についての長口舌をしどろもどろ繰り広げるこの口達者には当を得た発言だったようだ。ティモフェイは苦しんでいた。千人いるのに、一つとして声がない。これほどの苦悩、これほどの反抗がみなぎっているのに、声一つない。鉄骨に吊されたアークランプから、古びた毛皮の縁なし帽や崩れたハンチングをかぶった千人の男たちの頭上に、物悲しげな光が降りかかっていた。ごつごつした横顔、鋭い鼻筋、くすんだ顔色、土色の衣服、なるほどそれは、彼らの圧力を前に三百年の専制が瓦解したあの三月の日々（あの日々も今日と同じようにこの界隈にはパンはなかった、それでももっと暮らしはましだった）と同じ人間の塊ではあるが、洪水のようにすべてを流し去る勢いで街にあふれ出たあの七月と同じ大衆ではあるが、トロツキーの声が権力の獲得へと促したあの十月と同じ大衆ではあるが、あのときよりずっと貧しくなり、貧相になり、小さくなっている……。同じ大衆、だが違う。いまや無定見で、方向を失い、魂の抜けた別な大衆。かつては確固たる信念を口元にたたえ、態度に意志をみなぎらせ、歯に衣着せぬ言葉を語った人たち、そしていまや、血管には熱い血も流れず、肉をたるませ、視線をぐらつかせながら言葉を探す人たち……。ティモフェイは唇を噛んだ。この群衆の血管には熱い血は流れていない。最良の者たちは去ってしまったのだ。その多くは死んでしまった。六ヵ月間に八百人が動員された。声一つないのも当然だ。レオンティはウラルで死んだという。奴は一つの声だった、いや、それ以上に、一つの頭脳だった。クリムはドン河で戦っている。キルクはなにかの指揮を執っている。ルーキンは、ルーキンはどこにいるんだろう？　ティモフェイはこのホールに懐かしい顔が二、三列並んでいる様を思い浮かべた。何世代にもわたる人々が、ここ一年に登場しては消えていった。軍の先頭に立って出発し、国家の先頭に立って死んでいった者たち。頭をぶち抜かれ、マルス原〔ペトログラード市内の革命犠牲者の墓地〕の墓穴の中で葬送の曲を聞いた者たち。革命は我々を貪り食っている。残った者たちは声もあげない。勇敢さをなくし、受け身になり、愚図と化した者たちしか残ってないのか……。

「やめろ！　もうたくさんだ！」コリャーギンに罵声が飛ぶ。「もう、つらも見たくねえ、やめちまえ！」

ティモフェイ自身、大きな集会でどう発言したらいいのかわからなかった。青く澄んだ彼の目も、演壇で曇ってきた。彼の目に見えるのは、体が引きつりながら吸いこまれていきそうな深淵にも似た、会場の靄だけだ。彼の声は弱々しく、遠くまで届かない。彼の考えは簡潔にまとまりながらも言葉にならない。あれやこれや言ってみたが、聴衆は耳を向けるものの、不安を隠そうとはしない。とても聡明な男だが、息がつまり、問題を提起しては直ちにそれを解決するといった手が打てないようだ。なにもかも終わりだ、と思ったとき、奥のドアが開き、ゴルディンが入ってきた。ティモフェイはほっとし、鈴を激しく振り、不満の呟きが広がる会場の注目を惹いた。

「発言時間を制限しろ！」

ティモフェイは聞こえない振りをする。いまはその時ではない。そうなんだ！　彼は立ちあがった。

「ゴルディンの発言を許します」

拍手が起こった。鋭い口笛が沸き起こり、さっと止んだ。頭が、拳が、肩が揺れ動き、渾然たる渦が幾つもできる。ゴルディンは目の前のレール――その冷たさは手のひらに心地よかった――を両手で掴むと、演壇に立ちはだかった。彼は肩に首をうずめるようにして群衆のほうに身を乗り出す。その視線は群衆の目を探し求め、黒い稲妻さながら、一瞬そこに落ちたかと思うと、やけどの痕を残して、次から次へと移っていく。その熱い言葉は炸裂し、たちまち熱狂を誘う。

「パンのない人々よ、思い出してくれ！　俺たちはツァーリやその子供たちを、大臣どもや将軍連中を、資本家ども、警官どもを、追い払いはしなかったろうか！」

「おぼえてるぞ！」と、喉を振り絞る声が一筋あがった。

「あれはいつだった？　さあ、いつだった？　つい昨日のことだ！」

《……昨日俺たちにできたことは、今日だってできるんだ。革命、ブルジョワどもを銃殺し、ウクライナを奪取し、世界を震撼させているこの革命とは一体なんなんだ？　クレムリン、スモーリヌイ、布告、人民委員、か？　そんなものか？　断じてそうじゃない！》（このとき、とてつもない笑いが彼の燃えるような口を大きく引き裂いた。そしてこの人を惹きつけてやまない笑いは、たちまち彼の唇に中に消えたが、その笑いは次から次へと伝播してゆき、人々の心に光を燃え立たせた）

「革命とは、俺たちだ！　君たちと俺だ！　俺たちが望むこと、それは革命が望むことだ、そうじゃないか？」

（この荒々しい呼びかけに場内は静まり返った）

「……そこにいる諸氏、やたら布告をばらまく者ども！」

人々は自分が恐るべき力を持っているのだと感じ始める。電気ショックを受けたように無気力から抜け出し、新たな赫々たる行動の夢に目覚める。

「ウクライナはいまなお燃えている。消えることのない火床だ。我々は人民の力とはなんなのか知らなかった！　だが、その力を矢継ぎ早の法律で去勢してはならないのだ。我々は物資の欠乏も犠牲も恐れてはいない。革命の炎に水をさすものをはね除けよう。我々が要求するのは、労働者の自由、地方分権、労働者の平等、物資・食料の個人的調達、プロレタリアがだれでも、兄弟たる農民に食料を求めに行くための二週間の有給休暇に他ならない！　我々が要求するもの、それを手にする力を我々は持っている……」

ホール中に、鉄骨の骨組みの下に、どよめきが広がる。熱狂的拍手が巻き起こる。黒ずんだ作業服を着、色黒で、骨ばった顔に長い髪をたらしたこの男——その大きな筋ばった手は鉄のレールをこね回している——のまわりに、いく束もの叫び声が火を噴く。ティモフェイは《こうなったら、ゼネストを提案し、表決にかけるまでだ》と考えた。遅れてきた二人の男が、やっとのこと人ごみをかき分け、演壇に向かう。

アルカディは聴衆から頭一つ抜き出るように、しかしあまり目立たぬように、階段に座った。すぐに聴衆の中に外部から来たアジテーターがいないかと目で探る。だれもいないとわかり、いらいらする。

アントーノフは虫食いだらけの木の階段をゆっくり上った。太い首がぐっと伸び、その上に四角い赤ら顔がちょこんとのっている。一見したところ、単なる工場労働者に見えた。

「発言を求める」

よく響く声がホールの奥まで届いた。

「同志諸君……」

「待ちなさい。まだ発言を許可していない」と、ティモフェイがさえぎる。

ゴルディンは肩をすくめる。アントーノフは事務局の意向を尊重するかのように、演壇にどっしり構えたまま、発言の許可を黙って待つ。だが悠揚迫らぬ態度は既に事務局の意向を無視している。彼はホールの雰囲気を探る。彼の灰色の細い目は会場をうずめた人々の表情、挙動をとらえ、彼らの唇に浮かぶ言葉を読み取る。印象は悪くない、大きな自信がわいてきた。事務局は会場が彼の発言を禁じるほど《熱している》とは判断しなかった。そこで、彼は続ける。

「同志諸君！」（咄嗟の判断で、《党委員会の名において》という紋切り口上を端折った）

「だれの目にも明らかなように……」（彼の赤い首、毛皮のコートで分厚くなった肩、手すりに置いた石切り工のようにごつい手が、その言葉を一層力強く感じさせる）

「労働者階級の状態はいまや耐えがたいものになっている……」

弱々しい賛同の声がホールの奥のほうで生まれる。そうか、奴らはそう思っているんだ！　そうなんだ、状況は確かに耐えがたい。

「……我々は飢え死にしつつある。三日前からパン屋はパンの配給をしていない。これは言語道断な事態だ。紙幣のサラリーはどれほどの価値があろうか？　ポケットにはルーブリ札が唸っているが、配給は改善されず、困窮は増すばかりだ。個人調達は禁止され、それがまた事態の一層の悪化を招いている……。これは変えなくてはならない！　我々が望めば、変わるんだ。こんな窮乏に行き着くために革命を成し遂げたのではない」

彼がストに賛成するために話しているのか、反対するためなのか、権力に賛成しているのか反対していたのか、聴衆はもうわからなくなっていた。彼は先刻の演説を一語一語、だがもっと要領よく繰り返す。いまや自信に充ち、張りのある声で、胸を張り、この千人の人々と一体となって、悲惨な現状を告発する。ゴルディンはメモ帳に鉛筆でこう書きこむ、《なんという扇動家だ！　彼に発言を許したのは過ちだ……》

「執行委は今朝、二百五十人につき五人から十人の割合で新たな食料調達隊を編成するよう諸君に呼びかけることを決定した。それは三日以内に出発することになろう。サラトフには小麦がある、それを取りに行くのだ！　一刻も無駄にするな！」

聴衆の頭が四方八方に動く、嵐の前の逆風に揺れる小麦のように。

「コミューンは四輌分の食料を諸君に送ってくる。缶詰、砂糖、米、精白小麦粉、どれも輝ける労働者・農民軍が帝国主義者の倉庫から奪ったものだ……」

（《――なんだって？》――《なんて言った？》――《四輌だと？》――《米だと？》――《そう、米だ、それに缶詰だとさ！》――《聞けよ、きけったら！》）

「明日にも、いや、今晩にも分配班を編成してもらいたい……。これっぽちの米も、役人や便乗者どもに盗まれてはならん！」

（《いつ着くって、列車は？》――《いいから聞いてろ！》――《口をはさむな！》）

「先ほど私は、明日といった。ところがこの演壇ではストライキが語られていた。同志諸君、君らの工場では七台の機関車と三十砲の大砲の修理がおこなわれている。機関車の引き渡しが一日遅れれば、飢餓はそれだけ募る。大砲の引き渡しが一日遅れれば、危機はそれだけ募る。このことがわからんバカ者はどいつだ！　ここに出てきたまえ！」

アントーノフは息を継ぐ。こめかみが汗に濡れている。襟のボタンをはずす。食料列車を持ち出して、勝ち誇ったようにすっくと身を起こし、ホールの見えない敵に挑みかかる。

「さあ、出てきたまえ！」

羊皮を裏張りした外套を後ろに投げ捨てると、彼は作業着姿になったが、その作業着は色あせ、片方の肱には聴衆のと同じように穴があいていた。彼はわかろうとしない者をどやしつけ、彼らがこちらに向かって言いたいことを彼らに向かって言ってやり、怒りと罵言によって彼らと一体になったり、対立したりする術を心得ていた。いまや逆襲の時だ。

「……臆病者、のらくら者、卑怯者、裏切り者、三国協商の手先、将軍連中の共謀者、自分の身と腹のことしか考えないへなちょこ野郎、共和国が四方を包囲され飢えているときに自分の太鼓腹を満たそうとする悪党ども！　プロレタリアの弾丸はそういった連中の額をぶちぬくために作られているんだということを、思い知らせてやろうではないか！」

痛烈な批判をこの威嚇で締めくくると、拍手喝采を呼ぶに違いない次の言葉で、あっさりと切り上げた。

「誓って言うが、ここには裏切り者は一人としていない！」

これは予測通りの効果を上げた。

アルカディは感心してこの演説を聞いていた。アントーノフはさらに優位を推し進める。

「ご存じだろうか、今週聖ニコライ〔ニコリスキー〕寺院の地下室で五十丁の銃が見つかったことを？」

それは第一回トルコ戦役以来、そこの墓の上に置かれていた古い飾り武器だった。

「……三国協商の手先がクロンシュタットの要塞をぶっ飛ばそうと企んでいることを？」

これはさもありなん。ただし、彼らの計画に関しては二重スパイの報告しかない。

「……非常委員会は新たな陰謀を暴きだしたことを？」

確かに、非常委員会はこの陰謀を調査中だ……。

集会は混乱に陥ることなく終わろうとしていた。一人の労働者が耳障りな声で、決議文を読み上げる。

「……プロレタリアの力強い手は容赦なく打ち砕くであろう……」

《いつもの決まり文句だ》と、ティモフェイは思った。二人の若者の肩に担がれ、人波に揺られながら、彼は呼びかけた。

「B工場は別に集まれ！」

この潰走のさなかで、信頼できる者を再結集する必要があったのだ。ゴルディンが彼を引きずり出した。

喧騒と沈黙のはざまで、夜の闇が二人を呑みこもうとしたとき、髭むくじゃらの大男が、首とこめかみに青筋を浮かべ、大きな身振りをしながら、二人の前に飛び出してきた。酔っていたのかもしれない。胸をはだけ、目を潤ませて、木の根っこのような、なんにでも掴みかかりそうな汚れた手を振り上げた。

「俺たちゃ、こんなとこなんだ！」と、彼は叫んだ。「犬みたいなもんさ！　腹が空きゃ、吠えたてる。骨の一つも投げ与えりゃ、黙るって寸法よ。同志よ、兄弟よ、この俺を見てくれ、俺もそんなとこよ。恨まないでくれよ、兄弟、俺たちをこんな風にしたのは、貧しさなんだからな！」

彼はゴルディンの外套に両手でしがみついた。その悲しみは怒りに似ていた。底をかき混ぜた水のような、濁ってはいるが力強い視線を、目の前の黒い目に注いでいた。

「だがよう」と、外套から手を離すと、つぶやくように言った。「この手がなにをしてきたか、知ってもらいてえ。この手がこの先なにをしでかすか、知ってもらいてえ。同志よう、知ってもらいてえ……」

三人の男は、しばらく、その大きな、ごつい手、疲労のため震えている、黒焼きにされたかと思えるほど黒い二つの手をじっと見つめるばかりだった。

第七章

アルカディは日暮れ時になって、やっと目を覚ます。空を覆う白と鉛色の雲が西のほうに流れ、ところどころ青空がのぞいていた。不可解な事件、その決着をつけなくてはならなかった。そのため、きっと口を結んだまま黙りこくり、こっちを見るときには睨みつけるような視線を向けるが、こっちが視線を求めるとスゥーと目を逸らしてしまうマリー・パヴローヴナと、嫌らしく舌なめずりをし、笑うと上唇がめくれ上がり歯茎をむき出しにする癖がある、ブロンドの髪に大きな顔をした野卑なテレンティエフと顔を突き合わせながら、明け方まで起きていなくてはならなかったのだ。シュヴァベール事件の一件書類は三人の手から手へと渡った。テレンティエフは予審判事の結論《全員有罪、しかも危険分子とみなす》を、爪の先が黒ずんだ太くて短い指で指す。真実を語ってるのかな、シュヴァベール一家は？　父親、母親、長男、十九歳の娘、だれもが同じ返答を執拗に繰り返すが、それが誠実さにあふれたものとも、明白な事実をひたすら否認する辻褄の合わないものともとれる。そのスパイは一家のところに住んでいたのだ。彼らはそのスパイの手紙を第三者に渡し、スパイあてのメッセージを受け取り、彼の身元がばれないように嘘をつき、おまけに暗号数字の入ったスーツケースを隠していたのだ。そのくせ、なんにも知らなかった、彼は感じの良いごく普通の人だと思っていた、と言っていた。一家の者はいったい何者なのか？　三人の判事は直接彼らに会ってはいなかった。アルカディはいつになく緊張して彼らの署名を判読する。娘は自分の署名の下に、丁寧な字でこう書き足していた。「聖母マリア様に誓って、私たちは無実です。オルガ・シュヴァベール」聖母マリアという言葉に、テレンティエフは唇をめくり上がらせた。

「さてと」と彼は言う。「こうなると、偶然の一致が四つ重なることになるなあ！」

「四つの偶然の一致」と、眉を吊り上げながらマリー・パヴローヴナ。

「……それに、なにも知らなかったと来てる！　こんなバカな話ってあるかい」

「彼らは騙されていたんだ」と、アルカディ。

「そう、四つの偶然の一致にな！」

「なにか引っかかるなあ。十九歳、二十一歳（科学技術院学生、カトリック）、四十四歳（貴族女子校卒、信心家、王政主義者）、五十三歳（貴族、年金生活者、旧地主、立憲民主党員）」

貴族、金持ち、信者、《骨の髄まで階級の敵》、予審判事はそう記していた。ところで、だれかね、この判事は？　ツヴェレーヴァ、ああ、そうか、あの小柄な不美人、まだ若くて、いつもいい身形《なり》をしている、仕事熱心なツヴェレーヴァか。

「結局」と、アルカディが続ける。「暗号数字の入ったスーツケースだな、あれがなければ事件にもならないだろうに。家宅捜査が終る頃になって、彼らは自分たちからあれを引き渡したんだ。バビーンはなにも押収せずに立ち去るところだったんだぜ」

テレンティエフが下品に笑いだす。

「でもそれこそ彼らの策略だったのさ！　プロコプの報告で、こっちはなにもかも掴んでると、踏んだのさ。あの報告はどうした？」

「プロコプは一枚噛んでるな」

ここで、マリー・パヴローヴナが考え深そうな、うわの空のような声で口をはさむ。

「プロコプはなにをやるかわからない人よ、本当に。以前はとても良心的な諜報員だったけどね。それに、彼はツアカリの意のままに動く人よ」

「知っての通り、ツアカリは最悪の悪人だよ」

この事件はその晩裁く十一番目の事件だった。窓ガラスに夜明けの薄明かりが射してきた。マリー・パヴローヴナが言う。

「票決にしましょう。テレンティエフは？」

「死刑」

「アルカディは？」

アルカディは青表紙の一件書類に目を落したまま、二つの視線がじっと自分に注がれるのを感じた。一つは肉感的で、あざけるような、大きな吹き出物のような醜悪な視線、もう一つは冷たく、厳しく、悲しみを含み、自分の不決断は弱さ、神経の疲れ、仕事への無意識的反抗の表れだと判断している視線。意識したわけではないのに、言葉が勝手に口を衝いて出てきて、目に見えない封印のように青表紙の上に落ちた。「死刑」

「死刑」と、マリー・パヴローヴナが平然と言う。「サインするわ」

テレンティエフが副署する。

これで済んだ。心の悪夢が消えうせる。マリー・パヴローヴナが、その他の案件は水曜日の会議まで持ち越そう、と提案する。三人は立ち上がった。テレンティエフは緊張から解放され、レンガ色の顔に無色に近い薄い眉毛をつけた単なるデブに立ち戻った。少し猫背になってきたようだ。彼は窓の向こうの白くなった屋根を眺める。マリー・パヴローヴナが親しげな目で問いかけると、小声でこう答えた。「次男が猩紅熱でね」

アルカディは帰宅する前に、人気ない広場をしばらく歩きまわった。暁独特な青みがかった光が、広場を浸していた。石と雪と曙光が作り出す大きな静寂が、毛穴という毛穴から身体にしみこんで来るようだった。まるで肌を焼いた泳ぎ手が水に飛びこんだときに感じる水の爽やかさのようだった。《明日、オルガに会いに行こう》と、晴れ晴れした気分で、彼は思った。と、そのとき、名前の偶然の一致が、先刻彼の胸に重くのしかかっていたことを思い出した。オルガ。放ったらかしの自分の部屋に帰り、見事な彫金を施した銀の鞘に入ったタゲスタンの短剣が放り出されている長椅子に横たわると、彼はオルガのことを想った。オルガ……目をつむると、その顔が浮かんできた。彼女のブロンドの髪の爽やかさ。広場を染めていた薄青色の夜明けの光とは違う爽やかさ、夕暮れ時の窓ガラスを染める残照のように穏やかで輝きに満ちた爽やかさ。

彼が部屋に入っていくと、オルガは手をたたいた。

「今日来るってわかってたの、わかってたのよ！　待ってたわ……」

彼の肩に手をのせ、じっと目を見詰めたまま、オルガは言った。

「夜中に、四時に目が覚めたの。私のこと考えてくれているなって感じたわ。ねっ、本当のこと言って、四時に私のこと考えてた？」

「ああ」と、彼は答えたが、嘘をついたため微笑が少し引きつったのを見抜くには、部屋は暗すぎた。

オルガはまた手をたたいた。

「そうだと思ってた、わかってたわ」

腕の中に飛びこもうとするオルガを、彼は身振りで制した。微笑んでいる彼の顔が、オルガには前よりはっきり見えてきた。彼は柔軟であると同時に強靭なんだとオルガは感じていた。どんな動きにも的確さを欠くことのない彼の筋肉の逞しさ、それに劣らず強靭な彼の魂。彼は長椅子に座りこみ、脚を組むと——丈の長い革ブーツが光った——こう言った。

「こうやって君を眺めさせてくれ、いい心地だ」

「お茶をいれるわ」と、彼女は答える。

薄暗がりの中に彼の吸う煙草の赤い点が見えて、オルガはうれしくなる。ほんのりと明るい部屋を動き回る自分の動きを追ってくる視線、その視線に包まれて動くのが彼女にはうれしい。これほど大きな安らぎを、これほど落ち着いた休息を、これほど確かな喜びをこの男に与えうる者は、この世に自分を措いて他にないだろう。オルガはそのことを心得ていた。それに、自分に注がれる視線が最初は柔らかな、ついで磁気を帯びた熱気をはらんでいき、自分をすっぽり包みこんでいくのを感じると、彼女の身ごなしは一層しなやかになるのだった。彼の全身が、どことは知れぬ奥深いところから、こんなに大きな喜びがあるものかと、叫びを発していた。自分の顔が彼にははっきり見えないとわかると、彼女はキラキラ光る謎めいた目を見開き、きれいな歯を見せて、声も立てずに笑った。それから一瞬目を閉じ、《あの人がここにいるんだ》とひたすら思い、やがて自分の上に置かれる手を感じて、恍惚たる喜びにひたるのだった。

オルガは背が高く、たおやかな身体をし、金色の長い眉に縁取られた目を多彩に輝かせ、その視線が熱く躍《おど》るのを隠そうとでもするかのように、しょっちゅう瞬きをするのだった。髪はつややかで、いつも太陽の愛撫を受けているようだったし、うなじはすらりと細かった。アルカディは煙草をふかす。オルガの姿が彼の目を満たす。のみならず、彼のかすれ行く考えを満たす。それから、ゆっくりと彼の内部に野獣の熱気が芽生えてくる。

彼女のおかげで、彼は考えるだけでもぞっとする、あの慄然たる闇から抜け出せるのだった。あそこには血の掟が支配していた。理解を越えてはいるが必要な血の掟、純粋で強靭で、冷静な彼でさえ、夜に夜を次ぐ人知れぬ辛苦を覚えながら遂行している血の掟が支配していた。オルガは一度だけ彼に問いただしてみようとしたことがあった。すると、アルカディは両手でオルガの顔をつつんだ。

「そのことには一切触れないでくれ、僕の子鳩ちゃん。絶対だよ。我々は革命をやってるんだ。それは大変な、大変なことなんだ……」

「大変な、大変なこと……」と、オルガは繰り返す。

この言葉はオルガの心に刻みこまれた。なにを知ろうと、なにを聞かされようと、彼女はこの言葉を心のうちに繰り返し、信頼を取り戻すのだった。二人の間に長い沈黙が生まれる。

「そのうちに、二人で会いに行くって、フックスに約束したのよ。彼は大きな地図を書きあげたのよ、本当よ……」

「さあ」と、彼は声を弾ませて言う。

アルカディは自分のほっそりした体が打ち震えているのを感じる。まるで、十八のとき、生まれ故郷のアジャリス＝ツアハーヒの村〔現在のグルジア共和国内にあるアジャール自治共和国内に位置していると思われる〕で、片手を腰に片手をうなじにやり、引き締まった腰に短剣をさし、だれよりも敏捷に、軽快に、長い時間踊り続けんとして、手拍子を取る輪の中に飛びこもうとしたときのように。

隣室のドアに釘で打ちつけられた名刺には、こうあった。

ヨハン＝アポリナリウス・フックス
画家

老フックスは旧体制下では、いわば地味な才能を糧にしてそれなりのいい暮らしをしていた。商売上手な画商連中は、彼のアトリエへの道を知っていた。芸術のパトロンの家には彼の作品が飾られていたし、ラスプーチンは彼の絵がお気に入りだった。波のほうに体をふわっとさせているかと思うと、愛に身をゆだねるようにそこから戻ってくる水浴びをする女たち、一糸纏わぬよりはずっと裸身を感じさせるほど薄い衣をまとい、光に包まれ、笑みを浮かべ、水浴びをする肉感的な女たち、そんな画風を創り上げたのが彼だった。凡庸さを自覚するがゆえに、二十年以上にわたって、同工異曲の作品を繰り返し描き続け、ひと筆で描きあげた扇情的な女の肩で、中年過ぎの男性の心に潜む火花に火をつけんものと、ひたすらきれいな絵に仕上げることに専心してきたのだった。アトリエを訪れる男の真面目くさった視線をじいっと窺い、そんな火花でも見つけようものなら、「これもなかなかな芸術でしょうが、セニョール」ともみ手をしながら、からかうように小声で言ったものだった。

かつての羽振りの良さを偲ぼうにも偲びようのない、薄暗い小部屋——二、三枚のカーペットと売り物にもならないような悪趣味なウィーン風骨董品があるだけだった——には、いまは当然のことながら破産していて、怪しげな取引で暮らしを立てている昔の画商がときにはやってきて、どこにいるかもしれない不思議な客のために、《ルーベンス風の水浴びする赤毛の女、いいかね？》と注文する。それと言うのも、川向うの人寂びた通りの行き詰まりにある凍てついた大きなアパルトマンで、唯一身近に残った生き物であるグレートデン犬を養うために、昔の愛人たちの流行遅れのドレスを売り払っている一人の老人が、昔生きた女を待っていたように、いまは《ルーベンス風の水浴びする赤毛の女》を待っていたからだった……。

フックスは磁器工の組合旗の注文を受け、ギリシャの女神像のように鼻筋が通った革命の女神像の足元に、磁器職の紋章を描きこんでいたが、すぐにイーゼルを変えた。彼はいまでは記憶に頼って描いていた。かつてのモデルの一人はまさしくルーベンス風の肌をしていた。だがそのモデルは、最後に会った一九一七年には、婦人大隊の制服を着こみ、ずんぐりと太り、肌は日焼けしていたのだった。その婦人大隊も、勝利の蜂起の夜、水兵らによって悲惨な運命をたどったとのことだった。もう一人のモデル、痩せて褐色の髪をしたモデルは〈セヴィリア女〉のモデルになってくれたのだが、夜になるといつも、フォンタンカ運河に架かる荒れ馬を馴らす少年像に守られた橋〔アニチコフ橋〕とキャラバン通りの間を、中央通りに沿って歩いていた。彼女はその人通りの少ない歩道に一人でいることが多かった。川向うにはアニチコフ宮殿の直線が目立つ赤い正面が見え、礼拝堂の華麗な金色ドームがその一角に聳えていた。フックスはそんな彼女に近づき、その手にわざとらしくキスしたものだった。彼女は、これといった特徴のない大きな家の上階の、中庭に面した狭い部屋に住んでいた。色褪せたレースが家具を覆っていた。若い将校の肖像写真が何枚か、オーデコロンの空き瓶に立てかけてあった。彼女はいつもきれいな下着を身につけていたが、それは台所で自分で洗濯したものだった。彼女はセックスするときも深編み上げ靴を脱がなかったが（時間がかかりすぎるのだろう）、その代わり、その靴の踵で股間の男性をやさしく刺激するコツを心得ていた。フックスは彼女、リーダが好きだった。

ドアをノックする音に、フックスは急いでルーベンス風女体を裏返し、壁に立てかけた。オルガとアルカディの出現で部屋は急に若返った。

アルカディはすっかりくつろいで、きれいな歯並びを見せて優しく微笑みながら、この慇懃な老人をじっと見つめる。小柄で、整った顔立ち、老牧神のような白い山羊髭。

「この同志はあなたの革命記録帳に興味があるんですって……」と、オルガが言う。

「わしは将来のことを考えているのさ」と、フックスは真顔で言う。

毎日彼は、さまざまな新聞を手に入れていた。売られる部数が少ないので、これは容易なことではなかった。ときには、壁に張り出されたばかりのものを、危険覚悟で、盗人のように用心して、巧みにはがさなくてはならなかった。彼はそれらの新聞にじっくり目を通す。これは彼のお気に入りの日課だった。日々の困窮に意味を与えてくれる日課だった。切り抜きを作り、選んだ記事の大事なところに定規を使って赤鉛筆、青鉛筆で線を引き、それを月毎に大きな紙に貼りつけていた。

フックスはこの記録をトランクから取り出すのに、身を屈めなくてはならなかった。オルガとアルカディはおかしそうに微笑を交わした。小男は身を起こすと、突然こう言った。

「人間にとって最大の幸福、それは偉大な時代を生きることじゃ」

「その通りだ」と、アルカディ。

「その通りよ」と、オルガが小声で反復した。

「たとえ」と、フックスが続ける。「辛かろうと、たとえ……」

喉元で堰きとめられた三つの考えは、ただこの未完の「たとえ……」を繰り返した。

「その通り」と、非常委員会で意見を述べるときの重々しい口調でアルカディが言った。

「これがわしの新しい地図じゃよ」と、フックスが言った。

ヨーロッパは白と赤の二色に分かたれていた。赤いヨーロッパは白いヨーロッパを侵蝕しつつあった。地中海は赤いやっとこに抓《つま》まれている。イタリアでは、まだ白い全土に赤い矢が四方八方触手を伸ばしている。モロッコ、アルジェリア、トリポリタニア〔リビアの北西地方〕、エジプトでも赤い矢が！

「赤い矢は、革命運動を示している。まだ勝利を収めるにはいたってないがね」と、フックスが説明する。

赤い国々がオリエント全体を覆っている。白海からペチョラ河〔ロシア北西部の川。ティマン山地に発しバレンツ海のペチョラ湾に注ぐ〕の河口にかけて、クリミア半島、フランス軍とギリシャ軍から奪還したオデッサ、血の国境によって真ん中で分断されたダゲスタンにいたるまで。ヨーロッパの中央部でも、赤い国々がそれぞれ日付つきで広がっていた。バイエルン、一九一九年四月七日以来ソヴィエト共和国。ガリシア、一九一九年四月二五日以来ソヴィエト共和国。ハンガリー、一九一九年三月二二日以来ソヴィエト共和国。セルビア（歯のようにバルカン半島に食いこんでいる）、一九一九年四月十四日以来社会主義共和国。小アジアは河馬のように赤い顔を突き出していて、トルコは一九一九年四月一〇日以来社会主義共和国。

「それに、カレジア〔クレタ〕島も赤だ」とアルカディが指摘する。

「ロスタ通信社から電報があったのさ」

赤い矢はドイツの各所で炸裂していた。パリ、リヨン、コペンハーゲン、ロッテルダム、ロンドン、エディンバラ、ダブリン、バルセロナでも、赤い矢はそそり立っていた。
「見事じゃろう！」と、フックスが言う。

「バイエルンはもうもたないでしょう。どうやら、トラー〔エルンスト・トラー。バイエルン革命政府のメンバー（一八九三―一九三九）〕は前哨戦で殺されてしまったらしい」と、アルカディ。

フックスは新聞の切り抜き帳をめくる。

「こいつを見てくれ」と、フックスが誇らしげに差し出す。

ゴシックで大文字の速報だ。

> スタンブール、四月二七日。トルコ、アラビア、ペルシャ、ヒンドゥスタン、アルジェリア、モロッコ、コンスタンチノープルのイスラム教徒革命中央執行委員会は、オリエントの闘士たちに、深い喜びをもって、オリエント連邦共和国が間もなくコンスタンチノープルで宣言されるであろう、と告げる。
> 戦いは今後も精力的に続行される。二千名からなるソヴィエト革命部隊がオデッサで編成された。
> オデッサ駐在トルコ領事
> アク＝アト＝バク＝エディーン

アルカディがどっと吹き出す。

「このアク＝アト＝バク＝エディーンというやつはよほど悪ふざけが好きと見える。僕の、僕の考えでは、こいつは檻に閉じこめるに越したことはないな」

「そうかね？」

フックスの目がアルカディから、いまや信憑性があやしくなった地図へと走る。

「こいつはすっかり消さなくちゃならんかね？」

こいつというのは、スエズからカサブランカにいたる地中海沿いアフリカ一帯に印された赤い矢だった。

「そんなことはない、ないとも。植民地では革命の気運が高まっているのは確かだからね。第三インターナショナルの宣言を見たらいい」

二人の訪問者が出ていくと、フックスは地図の隅に（後で消せるように鉛筆で）小さなきっちりした文字で書きこんだ、《第三インターの宣言を参照のこと》

……二人が自分らの部屋に戻るにはほんの数歩歩けばよかった。だが部屋に入る直前、廊下の暗がりでアルカディのほうを振り返って、「変わった人でしょう？」と訊いたオルガは、返事の代わりに男の息を唇に感じた。彼はオルガの腰を鉄のような腕で抱きしめた。オルガはすっかり身をあずけた、未知の幸せに連れ去られていく感覚を味わいつつ。

アルカディは決して長居はしなかった。すぐに夜の仕事が始まるからだ。煙草の残り香が漂う部屋に、喜び、困惑、活力が漠と混じり合った航跡を残して、立ち去る。だがこの航跡の中で、オルガは魂も肉体も空っぽになった感覚を味わう。唇は渇き切り、神経は緩み、なんとも不思議な無人境……。彼女はうつらうつらした。呼び鈴が二度鳴った。《私のとこだわ》—《だれかしら》……。日焼けした顔の若い兵士が入ってきた。彼女は気まずさの入り混じった驚きの表情を見せる。

「お前？　お前じゃない。一体どうしたの？」

二人はともかく、冷たい頬にキスをする。

「姉さん、俺、へとへとなんだ。ロストフからとんでもない回り道をして帰ってきたんだ。途中、マフノの連中につかまっちまってね。俺はどちらかといえばアナキストなんだって言ってやった。毛皮のコートと千ルーブリ盗られただけですんだよ。まあ、安く済んだってとこさ」

「……お前、一兵卒なの、それとも指揮官？」

彼の袖には、赤い星が一つ。

「そうとも、そうじゃないとも、言える。好きなようにとってくれ。母さん、元気かい？　ここに泊まっていいかい？　この家は安全だろうな？　俺の身分証明書は正式じゃないんだ」

「……正式じゃないって？　なぜ？」

「姉さんにはわからないことさ。心配いらんよ。二、三日どこか厄介になれるとこないかな？」

「知らないわ、コーリア。もしかしたら、アンドレ・ヴァシリエヴィチさんのとこか、さもなくばリュイタエフさんのとこかしら」

「なにもかも変わっちまったな、姉さん。俺、いまではダニールと名のってるんだ……」

彼は腰をおろした。アルカディが断った紅茶を飲んだ。ずいぶん大人になったこと！　その手は一人前の労働者の手だ。オルガは彼が笑ったり、話したりするのに耳を傾けていた。すると不安が心に忍びこんできた。

「俺、汚いだろう？　汽車の匂いがするだろう？　これでもよく洗ったんだけどな。貨車に四週間だぜ、オルガ。それも、ひでえ貨車さ。姉さんには想像もつかんよ。窓ガラスもなけりゃ、穴ぼこだらけで、豚小屋みたいに悪臭プンプンさ……。屋根の上の道中も経験したよ。いいかい、きっと笑っちゃうぜ。ハリコフじゃ、ホテルで、ぶくぶく太った南京虫だらけだったけど、だってさ、普段は政府の要人にたかってるんだからな、フランス人一行に会ったよ。連中も目を剥いていたっけ。その中に、デュラン＝ペパンもいたよ。《生涯の傑作》、新しい社会の組織計画ってのを、俺たちロシア人にご披露くださってる、あのいかれた老社会主義者もね……」

あまりひどく笑ったので、彼はむせて、紅茶茶碗を置き、背を丸めた。

「奴はウクライナの農民に、ちゃちな色つきの絵を見せて、合理的文化とやらを教えこもうとしてたんだぜ」

オルガも、つられて笑った。

「農民は夜になると列車を止め、乗客から巻き上げたり、ユダヤ人を首吊りにしたりするほうに夢中だと知ると、やっこさん、心臓病を理由にすぐに帰るって言い出したんだ。ところが、ありもしないアカデミーの会員にされ、アルミの炊事用具一式をもらうと、やっこさん、残ったのさ……。奴の姪というのが、美人だけどね、ハリコフの社交界に出られるだけのドレスを持ってるかしらって心配ばかりしてる始末さ。ハリコフの社交界ってのは、知っての通り、飛び切り上等なやくざ者どもの集まりときてる……」

巧みに偽造した彼の身分証明者には、ダニール……、クーバン第一連隊中隊長、師団参謀本部より作戦地図入手のため中央に派遣す。署名——連隊司令官チャポシニコフ、書記チュトコ、とあった。そこには綴り字の間違いが結構あり、大いに笑い種になったが、そうした間違いは封印以上に文書をもっともらしく見せることがあるものだ……。本物の命令書は、薄葉紙に誤字もなくタイプされた暗号文だったが、他の伝言とともに上着の襟の裏に縫いこまれていた。また、ポケットの底には、タバコのかすや紐っ切れと一緒にさりげなく丸められた貴重な文書が皺くちゃになっていた。

いまだにみんながニコラエフスキー駅と呼んでいる（幸いなりかな！）十月駅〔現在のモスクワ駅〕を出ると、ダニールの目の前に街が広々と広がっていた。疾風のごとき騎兵隊、爆撃、身の毛もよだつ処刑、伝染病、それらが絶えず暴威をふるっていた地方の小都市や荒れ果てた村々を幾つも通りすぎて来たダニールの目には、実に壮麗な街と映った。廊下やホールにもあふれ出た三等乗客用の待合室は、まるで遊牧民のキャンプのようだった。積み重なるように固まっている人々、座ったり、横になったり、荷包みにもたれかかったりしている肉体の塊。それでも眠りこけている人々に比べれば、まだしもしゃんとしているほうだった。そうした人々の隙間を縫うように、おのずから狭い通路が開けていた。あちこちにピイピイ泣く赤ん坊、えがらっぽい物陰で乳を与える母親、乳房のたるんだ母親たちが青白い顔の赤ん坊をゆすってあやしている。赤ん坊たちは異様に赤く縁取られた目をじっと閉じたままで、その小さな頭には金髪や黒髪がまばらに生え、緑色がかったかさぶたばかりが目立っていた。母親は、懸命に命にしがみついているそれらの小さな肉体を眠らせようと、静かなリズムの子守歌を小声で歌っている。底しれぬ怒りと悲しみで刺々しくなったその声が、この悲惨さと動物的臭気の中に、一抹の色香を添えていた。不精髭を伸ばし放題にした農民たちが何週間も前から、いつ来るとも知れぬ列車を待っていた。他の農民たちはおそらく傍らの男が死ぬのを待っているのだろう。その男はチフスで極度の錯乱状態に陥りながら、だれかが近付くと意識の光を取り戻し、畜生、犬畜生共め、生きてるうちは隔離室になぞ運ばれてたまるか、はばかりながら隔離室がどんなとこだかわかってんだ、あそこじゃ、下司野郎どもが寄ってたかってこちとらのブーツを盗むことしか考えちゃいねえんだ！　と、喚きたてる。その男は、やがて大詩人が謳った神が与え給ふた命に決着をつけるだろう。汗びっしょりの頭を塩と小麦粉の入った袋にのけぞらし、獣や母親の胸の中で眠る赤ん坊のように体を丸めたまま、いまや、よだれを垂らし、息を喘がせている。近くにいた、カルーガから来た人たち、垢まみれの子供連れの一家が、その男の口に日に三度、お湯を飲ませてやっていたのだった。「飲まなくちゃだめよ、おじさん」と一家の上《かみ》さんが言う。「ああ！　悪魔がこの人を苦しめてるんだ！　神さま、どうぞあたしたちをお救いください！」その亭主は、長女の腰に時々倒れかかる大きな、虱だらけの髪もじゃの頭を、用心深く押し返す。十三歳のマルーシアは、ぼろ布の人形を抱いたまま眠りこんでいる。《なんて立派なブーツなんだ》と、周りにいた人たちは、その病人が死んだらこれはいただきだ、街のならず者になどやってなるものかと、心に誓っている。

嘔吐を催すようなここの空気は、薄暗さと相まって、さながら原始時代の洞窟を髣髴させた。そこでは、十六の方言が行き交っていた。ポーランド語、白ロシア語、カレーリア語、チェレミス語、モルドヴィン語、ブルガリア語、フィン語、チュヴァシ語、タタール語、ウクライナ語、グルジア語、キルギス語、アイソール語〔アルメニア語の一方言〕、ジプシー語、イディシュ語、ドイツ語。ジプシーの一団が怪訝そうな視線——あの馬泥棒ども！（とはいえ、馬などどこにいるというのか）——に囲まれながら、陰気ではあるが飛び切り美人な娘と立派な髭を蓄えたならず者らしい男を真ん中に据えた一隅を、頑として守っていた。彼らは老婆や襤褸をまとった小娘を市場に送り出し、占いをさせていた。墓地の地下納骨所から金目の物を盗んでいるという噂もあった。この一団からは、塩、小ロシアのラード、汚れた襤褸できちんと包んだ加塩バター、種子類、銃（銃身と銃床が取り外せて、容易に衣服の下に隠せるもの）、さらに身分証明書まで買うことができた。夜になると、男たちはしどけなく女に覆いかぶさる。それは、ともかく、未来に向かっての微かなうごめき、喘ぎ、不幸な生殖ともいえるものだった。それというのも、生き残るのは百人のうち一人だ。その一人が何百万の人が待ち望んでいる者でないとだれが言えよう。こうした流浪民が移動し、先をとがらせた杭で囲まれたスラブの旧市街に侵入するようになってからこの方、これほどに悲惨な地上に投げ出されたことはかつてなかった。しかも、こうした人間集団も、生きようとする永遠の意志を持っているのだ！

ダニールはこの人だまりの奥にあるドアに向かった。裂けたキャラコの横断幕は、《働く者は食うべからず》と謳っていた。働かざる者の否定辞を抜かしていたのだ。ダニールは愉快そうに微笑んだ。騒乱取扱い課。特務登録所。

「どこから？」と、黒革コートの男がぶっきらぼうに訊いた。

「アルマヴィルから」

「命令書は？」

緑のスタンプが命令書に落ちた。よし。

「向こうの状況は？」

「取り立ててどうということないね」

「似たりよったりってとこか」

男は欠伸をした。

「チフスの死者が四名、大待合室で、昨日から。泥棒が一人、トイレのそばで仲間に毛布で窒息させられてたよ」

真っ赤な上っ張りを着て、〔昔のプロシア士官がかぶっていた〕剣先付き兜のような布の帽子をかぶり、いかにも軍の指揮者風ないでたちの兵士が、戸棚の上から片手と横柄な顔を突き出し、新参者に向かって言った。「君は労働者・農民軍に志願したかね?」

「志願する者がいるのかね?」と、ダニールは訊いた。

「いるとも。とくに若者がね。軍隊は飯付きだ。それにしても奴ら、軍靴や銃ごと、とんずらさ」


広々した円形広場にはほとんど人影がなかった。向こう端、小さな白い教会の低い丸屋根の辺りから、がらんとした中央大通りが開け、まっすぐに延び、遥か遠くで靄に溶けこんでいた……。土色の襤褸にくるまった放浪者たちが橇を引きながら駅の入り口をうろついていた。なにもかも、薄汚れた靄にかすんでいた。肋骨の浮き出た黒い馬をつけた橇が一台、客を待っていた。一人の水兵が周囲の惨めな人ごみを見下すようにして駅から出てくるのがダニールの目に入った。銀色の頭文字入りの赤い革のカバンを持ち、いい身形をした水兵。その腕をとっている女性は、幅広のミンクの襟がついたラシャの外套を羽織り、明るい色のフェルトのハイブーツをはき、農婦のようにウールのショールを頭に巻いていた。このカップルは乱暴に人ごみをかき分けていった。痩せ細り、魂までですり減らした女たちが水兵のほうを振り返り、妬ましげな視線を向けた。《澄ましくさってさ、なにさ、たかが水兵相手の女じゃないか、底が割れてるよ!》

「イラ、イリス、オダリスカ!」と、兵隊用の古外套にすっぽりくるまってがたがた震えながら、一人の男の子が叫んでいた。

その子の黒い指は煙草二箱と小さなボンボンの箱を通行人に差し出していた。その傍らでは、骸骨同然の老女が体をこわばらせ、飾り紐がついた古びた帽子をかぶり、毛の抜けたマフに両手を突っこんだまま、マフにくくりつけた皿に角砂糖三個を乗せていた。

「いくらだい?」と、ダニールが訊く。

老女は客の手から目を離さずに答える。客が一瞬のうち商品の三分の一をかすめ取ろうとしたことがあったからだ。

「四十」

ダニールは通り過ぎる。その耳に例の子供が老女にこう言っている声が聞こえてきた。

「しっかり目え開けて見てみな、ばあさん。ほら、あそこの男、あんたのようなブルジョワ階級のサロンじゃ、めったにお目にかかれないご仁だぜ。あれがイエゴールさ、脱獄囚の、な」

ダニールはさっと振り返った。その水兵と連れの女をのせて、橇はすでに滑り出していた。女はちらっとダニールに目をやった。その目はくっきり切れ長で、吊り上がり、褐色を帯び、閉じた鎧戸から漏れてくる陽の光りのように優しく暖かだった。広場の真ん中では、大きな長方形の花崗岩の台石の上で、首から足の先までずんぐりした一つの皇帝像が、肩と髭をいからせ、牛のような額にトック帽を目深にかぶり、腰に拳を当て、頭を下げ恐ろしい形相をした馬に、乗っているというよりしがみついた姿で、じっとこらえながら、果てしなく広がる世界を凝視しているようだった。そしてその馬は不安も覚えずに奈落の底の匂いを嗅ぎ分けていた。権勢の象徴であるこの銅像の重々しさは、かえって、計り知れぬ無力さを感じさせた。

モスクワ行きの汽車はほぼ六時間遅れていた。午後も終わろうとしていた。ダニールは確か一年来、即ち逮捕の翌日以来、足を踏み入れてなかったネフスキー大通りをたどっていた。《ピョートル・ツァーリの街。〈ヨーロッパに開かれた窓〉なんとお前は壮大なんだ。それにしても、なんという惨めさ、なんという貧しさ……》と、ダニールは思った。

この襤褸のような街にも、威厳と壮大さがなんとか透けて見えてはいた。しかし、中央大通りなのに、汚れた窓や室内には下着がぶら下がっていたし、鋳物のちゃちなストーブの煙突が、窓にあけた穴を通り、大通りにドス黒い煙をむくむくと吐き出していた。はげ落ちた壁、泥だらけのショーウィンドウ、銃弾で四方八方に裂け目が入り、紙テープで留められた商店の窓ガラス、ばらばらになった鎧戸、時計屋の陳列棚には腕時計が三つ、古い目覚まし時計と大きな振子時計がそれぞれ一つ並ぶだけ、食料品屋も包装した煎じ薬と紅茶がその名札に騙されて買うバカはいないかと客を待ち、その他サッカリンのチューブ、怪しげな酢、歯磨き粉を並べるだけで、とても食料品屋とは言えないありさま。——市民よ、よく歯を磨こう。噛むものはなにもないのだから！　ダニールは思わずこんな辛辣なダジャレを思いついたほどだった。

「ああ、お前はなんというざまになってしまったのだ、ピョートル皇帝の街よ！　しかもほんのわずかの間に！」

ここはかつてカフェ・イタリアンだった。サルゼッティ四重奏団。入り口の右手、鏡に囲まれた一角には、洒落た帽子をかぶり、派手なアイシャドウをした娼婦たちが微笑んでいたものだ。中には変なアクセントのフランス語を話し、ベッドの中でもパリ女を気取るのもいた。汚れた手をした労働者の勃興とともに、窓の金属製シャッターは大半が下され、洒落た白いドアには、第二特殊大隊司令部はカール・リープクネヒト通りに移転——給食コミューン、児童用第四食堂といった黒いネームプレートがかかっていた。

ドアを押しあけたダニールには、鰊臭い薄暗がりの中、割れた鏡しか見えなかった。通りのさらに先には、洋装店街が開けていた。マリー・ルイーズ、マダム・シルヴィ、エリアーヌ、セリゼット、どれもこれも小説から借りてきたような貴族的名前か粋な源氏名ばかりだ……。そこは朝晩、洋装店の使い走りの娘や気取った女たちが行き交う魅力的な通りだった。いまや雪の山に埋もれ、陰気臭くなっていた。

ここはレジェ金銀細工店だ。奴ら、ここまで荒らしやがった。一体どうしようてんだ？　奴らの後生大事な髭むくじゃらなマルクス、その小便色の石膏像が、半ば凍りついたショーウィンドウの後ろでまるで幽霊みたいだ。第一区貧窮者委員会クラブ。

車は一台も通らない。それにしてもなんと美しい街なんだろう！　アレクサンドラ劇場が高貴な列柱をたてている。奴らとて、礼服を着け、王杖を手にしたエカテリーナ女王の大きな全身像を倒しはしなかった。その代わり、バカ者が一人いて、このブロンズ像によじ登り、王杖に赤い布を結わいつけやがった。その赤い布もいまや古血のように黒ずんでいた。

髪が黒褐色で痩せた女の崩れた優雅さがダニールの気に入った。女の悲しげな目はガゼルのようで、声は顔立ち以上に下品だった。ダニールは女の腕をとった。二人は荒れ果てた洋装店街を上って行った。

「なんて名だ？」

「リーダ」

白い大きな建物の六階にある狭苦しい部屋。色褪せたレースが家具を被っていた。若い将校の写真が何枚かオーデコロンの空き瓶に立てかけてあった。ダニールはここ何ヵ月も、清潔な下着をつけ、ピンとしたシーツに横たわるかわいくて愛想のいい女を抱いていなかった。金色の玉飾りがついた狭い鉄のベッドは、よく似た別のベッドを彼に思い起こさせた。あれは、ところどころ破けて大きなしみのついたピンク色のマットレスが乗っていただけだったな。クラスノダル近郊のあの略奪された別荘の中でのことだった。板でしっかり塞いであったのに、地下室からむかつくような腐敗臭がしみ出ていたっけ。ドゥーニャ、乾いた温かな肌をした小柄なコサック娘。裸足で、青い花柄模様の古びた赤いサラファンの下になにもつけていないドゥーニャを抱いたのは、あそこだった。流れ星が雨のように降る甘美な夜に向かって、窓は大きく開かれていた。大理石の玄関のひんやりする快さ、外れたドアのなんとも言えぬ物悲しさ。そこからほど遠からぬグルジア風酒場で酒を飲んでいる仲間たちの大声が、猥褻な歌の文句と共に聞こえていた。その歌は、墓場の静けさにも似た沈黙に沈むあの町に、馬を駆って入ってくるとき、酔った騎兵たちが声を限りに歌う歌だった。

どこのどいつだ、熱い小便、俺らに……のは?
セラフィータ、セラーフィータ!

《俺の白鷺どもはみんな瘡掻《かさ》きだ!》陽気な連隊長はいつもそう言っていたっけ。あの思い出は、口に含んだ西瓜の爽やかさと切っても切り離せないものだった。
「いいかしら、ブーツを履いたままで?　紐をほどくの、大変なの」と、リーダが訊く。

彼は上の空でうなずく。さまざまなイメージが遥か彼方から意識に立ち上ってくる。泥まみれだが、石より重たい残像。間もなく訪れた恍惚も、それらを追い払いはしなかった。放心し、恐ろしい形相の若い顔が自分の上に崩れかかってくるのをリーダは目にする。リーダはおっかなくなる。獣のように腋臭を匂わせつつ、空っぽになった大きな図体がリーダの脇に落ちてきた。だがその顔には安らぎの影が戻っていない。

「どこから来たの？」と、沈黙を破ろうとして彼女は訊く。

「南から」

彼は切れぎれに、少しずつ、漠然と話す。俺たち、奴ら、白軍、赤軍、どっちがどっちだ？　戦争じゃ、だれもかも同じさ、獣だ。いいか、こりゃ身の毛もよだつような思い出なんだ。壁と壁の間に作られた隠れ部屋で、その男を捕まえたんだ。委員の一人さ。わかるか？　その場で柱に縛り上げたんだ。大勢の者が、俺と同じように静かに見守っていたよ、やがて銃殺されるものと思ってさ。太い綱が彼の額に渡された、と、後ろで斧の柄を使って、その綱をねじみたいに絞りあげたんだ、徐々にな。そのときになって初めて、その男は覚ったんだ。絶望のあまり、懸命に身を振りほどこうとする。首を伸ばし、懸命に頑張るが、顔色は蒼くなっていくばかりだ。綱は残忍に額を絞りあげる。

《もっとゆっくりやれ》と、酔ったデブのシュトコが、鞍にまたがったまま叫んだ。

おかしな奴なんだ、そのシュトコってのが。立ってられないときでも馬は完全に乗りこなすんだ……。頭が胡桃みたいに砕けた、綱が真っ赤に染まった、縛られたまま体がくずおれた。まるでぶよぶよの袋みたいだった。ものすごい喧騒が沸きあがった。みんなは逃げ出す、女たちの切り裂くような叫び声に騎兵の馬が怯えた。《俺の馬が……》

「その場にいたの？」

リーダは自分が裸で、それもそんなことを見てきた男の前で裸でいること、その男の腕と唇の痕跡が、精液が自分の体の上に、体の中に残っていることを思い出した。急に自分が血で、脳漿で、体液で汚されたように感じて、眩暈がするほどの肉体的嫌悪を覚えた。あわてて外套を引き寄せ身にまとったが、体は震え、見開いた目は褐色から黒に変わっていた。

その階段の三番目の踊り場で、似たり寄ったりのドアの一つが開き、革の制服が現れ、《身分証明書は？》とか《手を挙げろ！》とか言ったら、なにもかもおしまいになるだろう。その後の一歩は……、なにに向かう一歩だろう？　事態を直視すること、さもなくばお前なんて、くそにもなりゃしないんだ。最期の身ぶるいに全身をふるわせ、裸で入っていく地下室、そのおぞましくも照明をつけた地下室に待ちわびる、凶悪な拳に握られた拳銃に向かってっての一歩。それというのも、奴らはあれ、脱衣処刑というやつを考えついたんだ。奴らにゃ恥も外聞もありゃしない。奴らはいかなる恥ずべき行為を前にしても尻込みしない。衣服は貴重なんだ、きっと。それに俺たちがやっていたサーベル処刑、よろつく囚人に五十センチの溝を掘らせ、その溝の前でやるあのサーベル処刑より忌まわしいものだといえるだろうか。同じようなものさ。俺たちには銃弾が貴重だった。古代の虐殺のときのように、サーベルが太陽に煌めく……。だが太陽が出てないと……。なにをほざいてるんだ！　最終的には幸運に向かって開くはずのドアを前に、ダニールはなおも自問自答していた。手柄を立てるか一巻の終わりか。

手続きはいつも通りだった。同志ヴァレリァンを呼んでもらう。アメリカ人風の口髭、肉付きのいい鼻、短く刈った髪。《プロホールに頼まれてきました》という。彼と差向いになったら《煙草を一本つけていいですか》と、言い足す。煙草を取り出しながら団子状に丸めた新聞紙をテーブルに落とす。待つ。

ヴァレリァンはその紙つぶてを何気なく指で灰皿に押しやり、間をおいてから灰皿を隣りの部屋に運んだ。新聞の見出しくらいの大きさの二つの紙切れを、広げた本に伸ばしつなげると、にこにこしながら戻ってきた。

「カザンを奪還したってのは本当かね？」

ありうることだった。ペルミの陥落とバイエルン労働者評議会の敗北以来、闇相場の玄人筋の間では株価が高騰していた。レーニン暗殺の噂は、すぐに否定されたが、数日間いかさま師たちを儲けさせたばかりだった。
違法、亡命、獄中での人知れぬ死といったさまざまな匿名性を帯びるようになった匿名会社〔株式会社〕の株価は、工場の国有化や長いこと略奪の的だった貯蔵物資や幽霊資本と、いまなお連動していた。カジノの近くで自殺する者たちよりもずっとすってんてんになった投資家どもが、新たな噂が立つたびに、泥まみれの内戦の行方に一か八かの賭けを繰り返していた。
ダニールの頭を、ある的確な考えがよぎった。《俺たちが血を流してるのに、ここでは一つ一つの戦闘に、銃殺に、絞首刑に、投機してやがる……》それから絶えず自答しなければならないかのように、こう考えを結んだ、《奴らは投機さえできずに、略奪に明け暮れてやがる》
彼は〈三人〉に報告した、ヴァレリァン、教授、ニキータに。間食でも摂るかのように用意されたテーブルには、サモワールが音たてて沸いていた。「装甲列車は何台って言ったかね？」少し耳の遠い教授が、金の鼻眼鏡をかけ、老けた山羊のような間の抜けた横顔を見せながら、訊き返した。この喘息病みの役人がここで、救国運動の指導者の一人になっているなんてありうることだろうか。「飛行機は何機って言ったかね？」こうした質問をするのは、わかっている振りをするためにすぎないのじゃないだろうか？　子供っぽい迂闊さをさらけ出す質問だ。こんな不確かな数字にどんな意味があるというんだ？　教授はさっき、たっぷりと軽蔑をこめて《ユーピン〔ユダヤ人〕どもが……》と言ったじゃないか。

ニキータ、すべすべした長い頭蓋骨に磁器のような目をし、きれいに髭をそったニキータは、ノートをとりながら煙草をすっている。〈三人〉はほとんど口を利かないがダニールにはいろんなことがわかった。エストニア人の一連隊が白軍側に寝返った。ペイプー湖〔現エストニアのチュド湖〕の小艦隊もそうだ。やがて次々に寝返りが起きるだろう、要塞から要塞へ、連隊から連隊へ、艦隊の戦艦から戦艦へと……。ヴァレリァンは古い鉄道地図を調べている。白い地図に、川は青インクで真新しく塗られ、路線が真っ直ぐたどられている。

年の割に顎がこけ、鼻腔が乾き、人を食ったような顔を、そのロシア地図に傾けている教授の様子を見ているうちに、ダニールは教授がある老獪な力を秘めていることに気づいた。その力故に、彼はだれにも劣らぬ貴重な存在になっているに違いない。最初の結晶のまわりに次々と結晶ができていくように、彼の頭の中では数字が秩序だって並んでいくのだ。この男にとっては、疑念、躊躇、過ちは無縁だ。いかなる詭弁も彼には通じないだろう。真実といえば、自分の真実を措いて他にない。《大声で話しかけてみるか》と、ダニールは考えた。《奴らはこれこれのことをしている、我々はこれこれのことをしている。我々だと？　俺はこれこれのことを見た。綱で頭がい骨を割られた男を俺は見た。あんな体刑は一六五〇年以来二度と行われなかったことだ！　我々は本当に正しいのですか？》彼はそっけなくこう応えるだろう、《少尉殿、軍服のボタンが一つ取れているようですな。身だしなみには気をつけるものです》こいつはどんな熱のこもった返答より、こたえるだろうな。

「彼らは追い詰められている」と、教授は結論した。「パンもない。金もない。燃料も生地もない。薬品もない。北からはアメリカ軍、イギリス軍、セルビア軍、イタリア軍が攻めこんでいる。当地には、フィンランド軍、エストニア軍、白軍。東には最高司令官。西にはポーランド軍。南には白軍。いたるところ我々の味方だ。軍隊、艦隊、大学、経済評議会、協同組合、そのいずれにも味方が潜んでいる。我々の背後には列強が控えているし、民衆も、屑同然の大衆は別として、我々の側についている。我々こそ唯一の救いなのだ」

「彼らは小間物屋まで国有化している！　四個の巻き糸の引換券、その小さな紙切れを手に入れるのに、四ヵ所で十七時間も行列するありさまだ！　それで店に行ってみれば、糸はもうありません、最後のストックは昨夜盗まれました、って按配さ。ハッ、ハッ、ハッ。彼らが郵便を無料にしたわけを知ってるかね？　切手の印刷が高くつきすぎるからさ！　彼らは児童の無料給食を制度化した、ところが子供用の棺は市場じゃ大もてで値が上がる一方、墓場じゃ小さな棺が行列を作っている！彼ら、我々の猿まねをすることといったら！　彼らの塹壕じゃ、兵士はもう上官に《……はい、上官どの！》って挨拶はしないさ。ところが同じ調子で《革命のために！》ってやってるんだ。結構な勤務態度さね。毎晩のように兵士は束になって、パンのある敵方に逃げこんでいるんだから」

会話は熱を帯びてきた。教授はニキータに、秩序が回復したら法学者は新たな問題を抱えこむことになろうと説明する。あの首謀者たちにどんな法律を適用するか？　一般法の罪か、不敬罪に当たるか、ともかく彼らは一切の責任を負わねばならない。ところが彼らの権力の行使によって、新たな法的状況が生まれた。あれは行政権の司法権への侵犯だ……。

ヴァレリァンが笑い出す。

「もちろん、戒厳令さ。手っ取り早くね」

教授は無愛想な顔を上げ、鼻眼鏡のレンズを光らせながら、首を横に振る。

「国家の根拠は法である。不敬罪にしろ弑逆罪にしろ尊属殺人罪にしろ、法の保証が必要である。ローマ法によれば……」

ニキータは森のことを考えた。去年、五週間も〔北〕ドヴィナ河沿いの森の中を歩いたのだ。新雪に残る飢えた熊の足跡をたどり、夕暮れにオオカミの吠え声を聞き、恐ろしいほどの寒さの中で樅の木の下で眠り、火を焚くという危険な楽しみを味わい（というのも、火は人目を引くからだ）、オオカミやカラスの肉を生で食うことを覚えたりしながら。森の静寂はあまりに深く、地上の一切を包みこみ、あらゆる思い出を消し去っていくようだった。新雪をかぶった樅の木は、時が移り、光が変わると、白、玉虫色、青、夜の闇より濃い黒と変化した。鳥が翼を搏つ音、なにかしれぬ獣の叫び、枝が折れて落ちる音、風のそよぎ、それらが一瞬永遠に続くかと思うと、ふっと消えて、人の心にそこはかとない、くっきりした痕跡を残していく。それはまるで、飢えた老狼が舌を垂らし、鋭い牙をむき、空腹と寒さに耐えながら林の中を、餌食に向かってか死に向かってか、神秘な道をたどっていくとき、雪の上に残す足跡のようだ。三角法を心得ている男は、こうした足跡に注意深く身を屈める、そして、林間の空き地に出るとアンドレ・シェニエの詩をくちずさむのだった。十七日目、死ぬほどの厳寒の中、残る薬莢はわずか七つ、ニキータは遥か彼方、ロシアの大地にできたイボのような灰色の藁葺屋根の上から、煙が真っ直ぐ立ち昇っているのを目にした。ところが彼は、スキーがめりこむほど深く柔らかな雪の中を、急ぎ足で引き返したのだ。ピラミッドのようなあの樅の老木、月明かりを浴びると無数のダイヤモンドに覆われるあの樅の老木の下で、ただ一人横になり、ゆっくり消耗してゆき、心静かに死んでゆくほうがましではないか、また人間に出会うよりそんな最期を迎えるほうがましではないか！　ところが彼は、避けようもなく、一人の人間に出会ってしまった。だがこれは幸運な出会いだった。二人は森の中で不意に向かい合ってしまったのだ。二つの銃、驚きに制された二つの警戒心。獣同士が森で不意に出会い、離れたまま匂いを嗅ぎ合うように、二人は二十メートルの間隔を置いたまま向き合っていた。だが相手は人里離れて暮らす樵《きこり》の老人だった。戦争も革命もツァーリの死も、なにもかも知らない老樵だった。彼は毎年夏になると、百ヴェルスタ北西の或る村に、火薬、火酒、マッチを買いに行く。そして戻ってくると、小屋の奥に眠っている口数の少ない女といつも二人っきりだ。彼は日がな一日酒を飲んでいる。飲みながら彼は大声で話す。とりとめのないことを口にし、夢を語り、歌を歌おうとする。だが主の祈りの出だし、《天にましますわれらの神よ》しか思い出せない。そこで哀しげな囚人の歌を飛び飛びに歌うのだった、《おいらの檻の戸をあけてくれ……》

女もまたアルコールで心温もり、ゆったりした子守歌をコミ〔ヨーロッパ・ロシアの北東部に位置する、現在コミ自治共和国に住むフィン系民族〕の言葉で歌い出すのだった。やがて二人は寄り添って丸くなり、敲き土の上で眠る。小屋の戸は果てしない緑に向かって開け放ってある。小鳥たちが飛び跳ねながら中に入ってくる。赤毛のリスは見事な尾っぽを立て、小さな目を瞬きながら、二人の人間のおかしな無心の寝姿に見入る。その男は何年も前からそんな風に、名もなく、歳もなく暮らしていたのだ。どうやら話すことはできたが、新聞とはなんなのか知らなかった。ニキータのライターをあまりに羨ましがるので、二人で前後してスキーを滑らせているとき、この指の動きで火がつけられるものを奪うために、もしや背後から殺されるのではないかと、ニキータは一瞬恐怖を感じることさえあった。だがこの孤立者はあまりに長いこと人間社会から離れて暮らしてきたので、自分の同類を襲うことなど考えられなくなっていた。彼はリスを手なずけ、温かな午後なぞ、この利口な、《すごく利口な》小動物とふざけるのを大きな喜びにしていた。そのおかげで、利口という言葉をまだ忘れずにいた。ニキータは自分は道を間違え、迷ったのだと彼に教えられた。イギリス軍の前哨シェンクルスクに行くには、向こうのほう、あの星座に向かっていき、ついで河に沿って、《熊に用心して……》まだ二十日間歩き続けなくてはならない。あの森の中では、大海原でのように六分儀を使って位置を確かめる必要があっただろう。ニキータは来た道を引き返した。いまではあれが悪夢だったのか、彼の人生における無比の晴れ間だったのか知る由もなかった。

第九章

イエゴールは大きなベッドに横様に腹ばいになり、目の前の椅子に馬乗りに座っているダニールをじっと見ている。イエゴールは絹の細帯で腰の辺りをきりりと絞ったブルーズを着、水兵の長ズボンをはいている。赤皮の質素なトルコ風スリッパを履いた彼の足は枕をリズミカルに打っている。その顔はバカでかく見える。なんでも嗅ぎ付けそうな獰猛な鼻、血色のいい大きな口、ブロンドの髪の房が垂れかかる秀でた額。酔っ払っているとはいえないが酔いに似たもの、いや、むしろいまにも炸裂しそうな内面の嵐に揺り動かされている不安定さが、その視線、口元の深い筋、頸動脈の速い拍動に澱んでいる。

最期の勝負に賭けようとする賭博師の表情がその顔に浮かぶのをみて、ダニールは漠然とした危険が近づいてくるのを感じた。彼はこのならず者に、森林地帯に逃げこんだ緑軍のため、武器、弾薬、金を求めに来ていた。

「お前さんたちの緑軍ってのは青臭くていけねえよ」と、イエゴールはやっとのこと重い口を開いた。「わかるかい？」

ピアノの上に置かれた金色の枝付き燭台が、十二本の蝋燭のサフラン色の光を部屋に投げかけていた。缶詰が幾つか、白木のテーブルの上で口を開けている。皺くちゃの新聞紙の上には黒パン、魚の干物の切れっぱしが散らばり、吸い殻のつまった煙草箱、ブドウの葉模様のクリスタル・グラスが乗っている。投げ捨てた吸い殻が嵌め木の床に星のように散らばっていた。錦織りの背当てのついた肘掛椅子には銃がもたせかけてあり、その椅子には黒い絹の長靴下が蛇のようにぶらさがっている。洗面水を張った琺瑯引きの洗面器が白大理石の暖炉の上に置かれている。外側を板で塞ぎ、内側にはブハラ〔現ウズベク共和国の都市〕の絨毯を張った窓は昼夜の見分けがつかなくしていた。外から見たら、この死んだような大きな家は空き家に見えたに違いない。非常委員会の赤い封印がドアというドアを閉ざしていた。ここに入って来るには人気のない、怪しげな中庭か、隣家の壁にあけた秘密の穴を通って来る他ない。

「いいえ」と、ダニールがいう。「あなたは……」

イエゴールは虚空を睨んでいる。その足は枕を一層強く打つ。なにかいい考えはないかと探しているのだ。喧嘩のさなかでも、こんな風になにか飛び道具、コップとかインク壺とかナイフとかを探していたのだろう。声を変え、彼は呼ぶ、

「シューラ！」

シューラが入ってきた。赤と青の太い縞模様の長いトルクメン風絹ドレスを着たシューラが、音もなくベッドの足元にやってくる。

「なに？」

「足を脱がせろ！　さっさとやれ」

彼はベッドを被っているカーペットを神経質に足で打ち続ける。女は押し黙ったままスリッパと絹の靴下を脱がす。剥出しの足、爪がつぶれた赤い足が、枕に食いこむ。イエゴールは目を細める。

ダニールは背筋に冷たいものが走るのを覚える。

「まだ、なんか？」そばに別の男がいることなど気にも止めない様子でシューラが訊く。

頬骨の辺りが広がった丸顔、こめかみのほうに吊り上がった目、分厚い唇に真っ赤な口紅——その深紅色は口元で叫びを押し殺しているかのようだった——、額の両脇に撫で付けた黒髪、剥出しの腕。彼女はアジア人だった。

「コニャック」

彼は一息でそれを飲み干す。

「まだ、なんか？」

「ここに坐れ」

ベッドの縁に坐ると女はやっとダニールのほうに優しい視線を静かに向けた。イエゴールは女の膝を手に包んで、ギュウッと握る。

「どうだいこの掴み具合は？」と、彼はダニールにいう。「俺はお前さんの首をこんな具合に締めつけたかったよ。お前さんにしたって俺の足を脱がせたり、酒を注いだりしただろうぜ。おまけに俺がその顔に唾を吐きかけても、唾をふきとるのがせいぜいでなにも言えまいって。俺がそんな風にしたってニコニコしてる奴がいるんだ。さあ、イエゴールさまは今夜は上機嫌だ。いい潮時を選んで、面と向かって嘘八百を垂れにきたってもんだ。奴ら、お前さんのいう緑軍てのがどんなもんだか俺は先刻ご承知よ。奴らなんか犬に食われちまやぁいいんだ、ついでにお前さんもな。さて、酒でも飲もう。シューラ、ついでくれ。そっちのグラスじゃない……」

小さなクリスタル・グラスが一つ、どこか床の上で割れた。シューラは茶碗にコニャックを注ぐ。横から見ると、スラリとした体には大きな虎斑があり、剥き出しの腕はくすんだ色ながらすべすべし、濃い黒のヘアーバンドの下には中国人特有の狭い額。

「お前も飲め！」と、イエゴールが女に言う。

女は馬車引きが酒場で飲むように肘をあげて、ゆっくり飲む。曖昧な微笑の影が顔に皺を作る。ダニールは彼女の瞳に金色の火花が熱く燃え立つのを目にする。おそらく、蝋燭の反映にすぎないのだろう。イエゴールが独り言ちる。

「お前さんの緑軍は、俺が宮殿を襲ったときなにをしてたね？　あそこには俺が一番乗りだったろうよ、銃を手にさ。あそこの壁にゃ、俺の銃の跡がまだ残ってるさ。パーベル一世の肖像に銃を打ちこんだのも俺さ。あの白いキュロットに空けた穴はいまでも拝めるぜ。あそこを狙ったのさ、俺はね。おもしろくないかね?」

「どうでもいい」

「ああ、そうかい。俺はね、パヴログラードを襲ったんだぜ。聞いてるのかい?」

彼のうちにくすぶっていた漠たる怒りが一瞬消え、明るい親しげな口調になった。

「なんて名だったかな? ダニール? いいかい、ダニール、俺はパヴログラードの監獄に火をつけたんだ。ありゃ、おもしろかったな……。なあ、シューラ、覚えてるだろ、十二月にゃ、夜になると、広場で俺たちゃ稼いだもんだよなあ? あれも愉快だった」

あの〔ペトログラードの〕夜夜、彼らの一団は、光を失った目のような窓が並ぶ半月形の建物に囲まれた広大な広場に入っていった。見えこそしないが四頭立て二輪馬車を戴く、参謀本部のアーチは、凱旋門のように、闇をバックに口を開いていた。微風が雪煙をはこんでいた。と、その雪煙が、視界の最果てで、宙に舞ったまま煌めきだす。投光機の長細い光が冬宮の上空にあがったのだ。この巨大な光の剣は極北の空を無意味に引き裂いた。広場の奥の旧外務省〔現レーニン中央博物館分室〕が、聖歌隊員像の並ぶ橋〔歌手橋〕のほうに、安物の飾りみたいな一角を突き出していた。一団は、いまは忘れられた〔対ナポレオン軍の〕勝利を記念して立てられた、高い花崗岩の円柱〔アレクサンドル一世柱〕の足元までくると、ブロンズの格子を鋸で挽き始める。故買屋が《上等な銅だ!》と、いい値をつけてくれた。イエゴールは広場の四隅に据えられ、彼らの顔に砲口を向けているトルコ製大砲も盗もうかと思ったが、これはいい値がつかなかった。民警の窓が百メートル先で輝いていた。そこにもいい仲間がいた。イエゴールは欠伸をする。

「ダニール、仲間んとこへいって、イエゴールはお前らなんか糞くらえだって、言ってやれ。イエゴールは革命の味方だとな、でもコミッサールの革命じゃなく、イエゴール自身の、晴れやかな日々や結構な夜が待ち構えてる革命の、な。奴にもう一杯注いでやれ、シューラ、そしたら追い出すんだ」

ダニールは部屋を出る。シューラが燭台を手に先に立つ。大きな影が音もなく二人の周りで踊った。女は蝋燭の明かりを唇に近づけた。とげとげしい口紅がまるで叫びを発しているようだった。炎が消えた。突然の星の瞬きの中、夜の寒気が襲ってきた。

「すごい星だ!」と、思わずダニールが言った。

「すごい星」と、いま消えたばかりのとげとげしい唇が、後ろではっきり呟いた。

ピアノを叩きつけたような騒然たる和音が、どこかで、地下のシンフォニーのように鳴り響いていた。

イエゴールは腰を軽く振り、手振りをまじえながら部屋中を歩き回った。大声で「そうとも、そうだとも……」という。

「俺ゃ、パヴログラードを襲撃したんだ。監獄に火をつけたんだ。文書保管室に赤毛の子猫が閉じこめられていてな。俺たちゃ、煙がもうもうと立ちこめる階段に飛びこんでいったさ、俺とブリークはな。そいで、その哀れな子猫を火から救い出してやったんだ、そうとも。それから、小さな駅、なんてったかな、あの駅、そこの白壁の陰で午前中ずうっと、前日投降してきた将校たちの銃殺だ。そのあとが参ったよ。俺ゃ、ドニエプル河を泳いで渡った。ブリークは殺《や》られちまった。あの歳とったムジーク、俺に食い物をくれ、火で暖めてくれ、服をくれ、匿ってくれたあの農民、ありゃなんてったかなあ？　いい奴だった。変てこな名前だったっけ……。二台の機関車を衝突させて、鉄道を遮断したこともあったな、そう、ありゃ、マトヴェフカでのことだった。ありゃすごかった、二台の機関車がドカーン、猛スピード、突進、グオーン、ボイラーが吠える、爆発、黒、赤、白の炎が燃え立つ！　俺ゃ、間一髪、機関車から飛び降りたね。まさしく、間一髪さね！　背中に熱い爆風を感じたね、まったく。俺ゃ、あそこに残りたい気もあったんだ……。俺ゃ、俺たちゃ、そう、そうなんだ！」

突如、彼は思った、《いま、奴らがお前をとらえたら、お前は間違いなく、後頭部に弾丸をくらうことになる、そのほうがお前さんのためになるかもしれんよ、イエゴール》

彼は檻の中の獣のように長い欠伸をしながら呼んだ。

「シューラ、俺はうんざりだぜ……」

それから彼は何気なくピアノを開けた。頭の中はいろんなことがこんぐらがって、いまにも張り裂けそうだった。どういったら言い、どう黙らせられる？　なにを叫ぶ、なにを打ち壊す？　彼の両手は鍵盤を叩いた。心の底から轟いてくる音を求め、さらに野生の和音を、戦場の喧噪を、呟くような歌や妄想やすすり泣きの交じった幻想的嵐を爆発させんとして。


彼は酔っ払いの確かな足取りで長い真っ暗な廊下をわたり、女たちの部屋にむかった。《あばずれ小隊控えの間》は廊下の突き当たりにあった。少し開いたドアからひそひそ声が漏れていた。

「聞いた？」と、嫂のドゥーニャが訊く。

かわいいリンゴのカーツカが溜息をつく、

「そう、どうかしてるわ、イエゴールは。あのどんよりした目をみると、あたしつらくなる。ねぇ、マーニャ、マーニャ、あの人、もう終わりだって感じてるのよ、そうなんだわ、だからあたし、かわいそうで、あの人がかわいそうで……」

女たちはいつものように、小さなストーブを囲んで、三人ともクッションにしゃがみこんでいるらしかった。若い二人に挟まってマーニャばあさんは、蝋燭の下で、皺くちゃの手をトランプ占いのカードのほうに伸ばしている。老臭を漂わせ、その瞼は百年も生きたトカゲみたいだ、だが、生きることへの執念をたぎらせている。ああ！　なぜまだ生きようとするのか、鬼婆よ？　イエゴールはできることなら、熱い力に燃え立つ自分の命を掴み出し、不要になったボロ切れみたいに両手で捻じりあげ、だれかの顔に投げつけてやりたかった。だが、だれの顔に？　だれの？

赤茶けた仄かな光が差しこむ部屋のなかで、マーニャばあさんが答えた。

「あの男のことは心配いらないよ、カーツカ。男なんてみんなやくざ者さ。唾を吐きかけるがいいんだ。それにさ、あの男にはシューラがいるしね。シューラには気の毒なこったが。神様があの子をお守りくださいますよう」

イエゴールは体が重苦しく感じて壁に肩をあずけていたが、ほっとして微笑んだ。

「マーニャ、」と、蝮のドゥーニャが言った。「またニース〔南フランスの保養地〕の話をきかせて……」

「今度ね。あれは別世界だった。いい時代だったよ。お前さんたちはかわいそう……。でも、なんとかやれるんじゃないかね？　タータはどうしてるか知ってるかい？　鼻がつぶれ、穴のあいたスリッパみたいな声を出すんだから、コミッサールと寝るわけにもいかんだろうし。でもあの娘、うまい手を思いついたのさ。じゃりどもの服をはぎとるんだよ。《坊や、こっちにおいで、おもしろいもの見せたげるよ……》がきの手をそぅーっと握ると回廊に引きづりこみ、両びんたを食らわせてさ、外套、帽子、手袋を頂戴するのさ、いい稼ぎになるのさ……」

た口をきく。

「でもさあ、ブルジョワの子供なら、いい気味ってもんじゃない」と、蝮のドゥーニャが思い切った口をきく。

「どっちにしろ、こんなご時勢じゃ、子供はくたばっちまうさ」と、マーニャが呟く。

「おー、いやだ、いやだ」と、カーツカが言う。「子供がかわいそう」

「おだまり、馬鹿な娘だねぇ、宣伝アジみたような口をきいてさ。運河沿いに建設中の大きな家ん中に、子供の一団が巣くってるのは知ってるだろ。その頭目《かしら》が牢抜けのオレンカだよ。あの娘のこと、どう思う？　本当に大した子さ、まだ十三だってのに、子羊みたいにやさしくて、礼儀正しくてさ、おまけに抜け目ないこととといったら。オート麦市場で例の少年を殺したのは間違いなくあの娘だね。あの連中、なにを思いついたか知ってるかい？　奴ら、猫を捕まえちゃ食うのさ。皮は中国人に売るって寸法。教会の献金箱はくすねるは、行列ん中で食料配給券は盗むは……」

「ねぇ、ニースの話を聞かせて、マーニャ、ニースの話をお願い……」と、ドゥーニャが懇願した。

イエゴールはうつむいたまま、そっとその場を離れた。

スタシックはずいぶん遅くなってやってきた。伸びはじめた髭に氷の塊が張りついていた。古びた兵隊用外套は寒さでごわごわになっていた。二人は向かい合って肘をついたままコニャックと紅茶を飲んだ。スタシックは『警鐘』の最新号を持ってきた。黒旗をかかげ、車――どの車も機関銃とアコーデオンをつんでいた――で移動する歌唱部隊が通過した際、ウクライナのある町で発行されたものだった。イエゴールはそのタイトルに目を向ける……連邦臨時会議決議……。

黒旗をかかげてるのに、決議だの、組織だの、会議だのとはな！　イエゴールは飲んだ。その焼けつくような一杯のアルコールは彼を酔い心地に誘いながらも、奇妙にも酔いを冷ますようだった。

「そのパンフレット、しまえよ、スタシック」と、彼は言った。「見たくないんだ。俺は信じないね。俺にわかってるのはただ一つ、雪解けが来て、春の水が流れだし、増水した川が花崗岩のような氷の塊りや、くたばった犬、去年の汚物、古材なんかをすべて押し流すってこと……。それが春の増水ってものだろ、なにもかも海に流れこむのさ。俺たちもね。ああ、いいねぇ、流されるってのは、なにもかも目の前を流されていくってのは！　俺は氷の塊りさ。橋脚にぶち当ることもあるさ。艀《はしけ》の船体だって、俺がぶち当たると音をたてるのさ」

「で、その先は？」と、スタシックが訊く。

「その先、そんなの構いっちゃない。そのパンフレットをしまえよ、スタシック、俺は信じちゃいないんだ」

彼はさらに飲んだ。

「もううんざりさ、スタシック。お前は信じてるのか？」

「なにを？」

「自分が言ってることさ」

イエゴールは自分の重たい頭がいまにも落ちそうな気がしていた。彼は両手で頭を支えた。それでも頭は落ち、床を転がり、フットボールみたいに弾んで、額でピアノの鍵盤を叩き、嵐のような響きを掻きたて、その大音声のなかに吸いこまれていくのではなかろうか? スタシックは体をこわばらせ、鍵盤のように黒と白、黒い髭と白い肌を浮き立たせていたが、酔ってはいなかった。テーブルの上に広げた両手は、乱雑な部屋の中で一際くっきりしていた。スタシックは身振りと同様にきっぱりした言葉で答えた。

「君はスポーツマンのような頭蓋骨をしてながら、中身の脳味噌はまるで子供なんだな。信じるなんて、古くさい言葉だよ、イエゴール。いいかね、人間は自由の大地に立って初めて自由になれるのさ。だが、俺たちはそのずっと前に殺されてるだろう。忘れ去られてるだろう。わかってるさ。未来はきっとすばらしいだろう。だから手を拱いていてはならないんだ」

「そう、その通り」と、イエゴールが大声で言った。「俺もそう思う、スタシック」

彼はどっと笑いだした。

「俺たちがその前に殺されていればいいんだが。そうなると思うかい?」

「そうなると思うな」と、スタシックは厳かに言った。

額が鍵盤にぶつかる、とイエゴールは思った。すばらしい嵐が鳴り響き、彼を包んだ。恍惚として、大きな確信に彼は微笑みかけた。かくして、七月ともなればバルト海に昇る太陽は雲を引き裂き、突如光の波を海原に煌めかせるのだ。そうに違いない。彼はこのカオスのなかに、あたかも記憶をたどるかのごとく、なにかを探した。この海原の光景を思い浮かべながら、忘れかけた一人の女の名前を探し求めた。

「スタシック、組織のために金がいるだろう？　持っていけよ」

金はテーブルの抽き出しにあった。猥褻な絵葉書に交じった札束には紅茶がしみついていた。スタシックは乾いた紙幣を手際よく揃えはじめた。

第十章

ダニールはリュイタエフ教授の女中部屋に住んでいた。褐色の髪の女中がナイトテーブルの抽斗に残していった艶文を、彼は夜、寝る前に読むのだった。その中には、上縁にきれいな花模様のついた紙に書かれた、勿体ぶったのも混じっていた。《マドモワゼル・アグラフェーナ・プロコロヴァ、あなたの忠実な下僕が申し上げますが……》これは誕生日の宴への回りくどい招待で結んでいた。《あなたの終生変わらぬ誠実な信奉者が敬意をこめて……》その飾り文字は、市場の近くに屋台店をだしている代書人の書いたものだった。

朝早く帰ってくると、ダニールはまだ乳白色の窓の前で瞑想を語り合う二人の老人に出会うのだった。グラスに入った紅茶はワイン色をしていた。ヴァディム・ミハイロヴィチ・リュイタエフがこう語る、

「……ピョートルの馬がまたひと跳びしたんですよ。ロシアは彼が始めた革命を、また始めているんです。ピョートルのあと、ロシアは徐々に過去に落ちこんでいった。歴代ツァーリは西欧から

様々な制服と金だけを借用してきた。だがそんな表舞台の裏では、相変わらず古いロシアの大地が生き続けてるんです。信心深く、軛《くびき》に身を折り、十六世紀と同じ歌を歌いながらヴォルガ河に大筏を引き、木の鋤で畑を耕し、千年前と同じような家を建て、千年前と同じように酔っ払い、復活祭にはキリスト教徒として異教の祭りを祝い、お好みの化粧臭い太っちょ女を愛したかと思えば鞭打ち、異端者を流刑したり土牢に入れたりする古いロシアが、生き続けているんです……。この古い国はまだ無くなってない。熱い溶岩はほんの上っ面だけで、その下、深いところでは、その古い国が生きているんです」

歴史家のプラトン・ニコラエヴィチがそれを受ける。

「そのとおり。それに溶岩はじきに冷えちまう。溶岩が冷えきると、古い大地はたった一度の身震いで薄い灰の層を振い落としてしまう。そして昔ながらの、とはいえいつも若々しい草が再び白日の下に芽吹くことになる。灰はいい肥料になる。ロシアは混乱の時代を経ては、いつもその内的法則にしたがって再生を始める。まるで草木が驟雨の後、またぴんと立つようにね。《キリストが土《つち》塊《くれ》をひとつひとつ踏み捏ねた》この国は、傷に包帯を巻いては、その使命を続けるんです。その使命というのが西洋のものでも東洋のものでもない、ただロシアだけのものなんですな。いつの時代も似たり寄ったりな混乱を繰り返しながら、古いロシアはいつまでも己れの法則に忠実なんです……」

「プラトン・ニコラエヴィチ！　今年、まさにレーニンが議会で演説してるとき、モスクワから百十八ヴェルスタ離れたところで、一人の魔女が生きたまま火あぶりにされました。二百三十ヴェルスタのところでは疫病から村を守るため、おそらくスキタイ人にまで遡る習慣にしたがって、裸の乙女たちを犂《すき》につなぎ、畑や住まいの周囲に畝溝をつけさせたんです。我々はもっとも隠然たるアジアそのものなんです、そこから抜け出すには鉄の拳の力を借りる他ない。ピョートルがその手本です、彼は革命の先駆者なんです。覚えてるでしょう、《すべては強制によって成し遂げられる》って名句を。彼は手工業、統治機構、軍隊、艦隊、首都、風紀を生み出したが、すべて勅令と刑罰の力を借りてのことでした。髭を剃れ、ヨーロッパ風の服装をしろ、イジョーリ〔カレリア地方のネヴァ河とラドガ湖に沿った地域の古名〕の沼沢地にヨーロッパに向いたこの窓を開けろ、と次々に命令を発しました。丸裸の土地を前に、彼は言いました、《ここに都市が建つ》と。廷臣を叱咤し、雇われドイツ騎兵のように酔っ払い、いたるところに裏切りを嗅ぎ付け——事実、いまと同じようにいたるところ裏切りだらけだったのですがね——、自分が任命した大審問官以外だれも信用せず、皇后を打擲することさえ夢想し、懐疑と疑惑と苦悶のうちにその生を終えました。でも彼は正しかった。たしかに、この国のそこかしこから住民がいなくなった、そこかしこで苦役の下に血が流れ、呻きがあがった。でも、サンクト・ペテルブルグが建ったんです！　ピョートルはやはり偉大な、もっとも偉大な男です。彼は古いロシア人を、自分の息子までをも放逐したんですから。この古めかしい、受け身で無知で、汚らしく、ぬくぬくと毛皮にくるまっているこのロシアを、未来に向けて立ち上がらせたんです。動こうとしない馬を轡《くつわ》と拍車で後ろ脚立ちさせたんです。今日の布告には彼の勅令の響きが聞こえますよ。マルキスト用語で一言でいえば、新しい階級の到来、ってとこですか」

　プラトン・ニコラエヴィチはリュイタエフと似た者同志とはいえ、多くの点で対照的だった。彼はまったく動ぜず、リュイタエフは細顔だが彼は丸顔、リュイタエフは不安気なのに彼は確信に満ちていた。一つの顔の鋳型から、均斉を逆にして作られた二つの顔のようであった。プラトン・ニコラエヴィチはゆっくり答える、というのも自分の考えに納得すべく自らに語りかけていたからだ。ただその考えは人間になにも期待せず、表現というかりそめの完成を求めるものであった。

「違うな、ヴァディム・ミハイロヴィチ。クレムリンの連中同様、ピョートルもロシアの歴史における偶然の産物にすぎない。なにかを達成するには、こうした偶然は不可欠だろうがね。アレクセイ〔ペトロヴィチ。ピョートル一世の息子〕のほうが正しかったのさ、ちょうど十字架のキリストが永遠の敗者たる反キリストに対して永遠に正しいようにね。ピョートルが偉大だといっても、それは心ならずも一つの大義の道具になったからにすぎん。それも自分のものでない大義の、ね。なるほど彼は古いロシアの生存理由に攻撃を加え、それを刷新した。この混乱の時代もいずれ終わるだろう。南のスラブ人が、これはもっと健全で、もっと地に根を下ろしているんだが、最終的に、病んだ町々を回復させ、信仰における秩序と統一をもたらすだろう。我々はいわば中世を横切っているんだ。まもなく我々は生まれかわるのさ。そして、もう一度西洋に光をもたらすだろう」

「問題は剣によって解決されるさ」と、ダニールが言った。

「いいや。精神によってだ」

それは二人に共通の考えだった。それ故、二人の歴史家はどちらがそう答えたのかわからなかった。

「じゃ、剣のない精神とはなんです?」

「じゃ、精神のない剣とはなにかね?」

ダニールは二人の学者の目に同じような寛大な皮肉が浮かぶのを見た。彼は本棚に並んだ本に、事実や思想やさまざまなことが詰まっている本に目をやる。パンや虱や血が問題のとき、なんと役立たずなものなんだろう! マホガニーのライティングテーブルの中には多くの原稿が眠っている。歴史、あの碩学たちのどうしようもない嘘、そこには文字が並んでいるだけで、流された血の一滴たりとも見当たらない。人間の怒り、苦しみ、恐怖、暴力の痕跡とてない! 多くの日付や理論を知ってはいるが、破壊された村のむかつくような腐臭や切り裂かれた腹に大きな青蝿がたかり、罌粟《けし》の花がそれを覗きこむように咲いている光景などこれっぽっちも想像できないこの二人の知識人に、ダニールは憎悪に似たものを覚えた。

「ドストエフスキーは……」プラトン・ニコラエヴィチが話しだした。

「それは読んでないな。時間がなくてね。カラマーゾフの兄弟は彼らの良心と決疑論を戦わしていたのさ。だが俺たちゃ、肉を直に刻むんだ。良心なんて糞くらえさ。大事なこと、それは食うこと、眠ること、殺されないこと、殺すことさ。こいつが真理ってもんだ。問題は剣と精神で解決されるってわけだ。俺たちの剣より強い剣、俺たちにゃ解らない精神によってね。だがどうせ死んでいく身だ、わかるにゃ及ぶまい。俺たちが死ねば、そこの本も書かれている思想もみんな死んでいくんだ。ドストエフスキーだろうがだれだろうが、おそらくそこの本やあれらの思想や、ドストエフスキーや良心の危機や中途半端な虐殺のせいで、死んでいくのさ。そんなとこさ。おやすみ」

日が長くなり、白夜の訪れを告げていた。ステップでは雪が溶け、ところどころ黒い土がのぞき、刺のある黄色い草も顔をのぞかせた。小さな流れが小鳥のように囀《さえず》りながら四方八方に流れ、大地の襞という襞で光っていた。増水した川は、まだ冷たいが青みを帯びた澄んだ空を映していた。森では、白樺の白く細い幹に、笑い声がときたま絡まった。光沢のない銀のスパンコールが大気中に漂っているようだった。春の先触れのなま暖かさは肌にやさしかった。ぬかるんだ通りを行く通行人はその温もりに顔はおろか心までさらしていた。その視線は、不安が消え、ほっと一息ついたかのように、空を漂うきれいな白雲にじっと注がれていた。生きることの楽しさが、辻公園で遊ぶ子供たちと共によみがえってきた。それは人気のない広場や野良犬に食い千切られた馬の死骸のうえにも舞い漂った。馬の頭蓋骨は真新しい象牙色になり、溶けかかった雪の土饅頭からのぞいていた。毛の生えた皮の断片が寒気に洗われて、崩れかかった肋骨にぶらさがっていた。ロココ様式の教会〔聖イサーク寺院〕は五つの小さな金色の丸屋根を、色のない空に、白っぽい青空にそびやかしていた。その白さは澄み渡った爽やかな大気の反映だった。戦争が、死が、餓えが、恐怖が、虱がいまだに跳梁してるとは信じられなかった。ネヴァ河は、花崗岩の両岸に挟まれ、大きく盛り上がり、巨大な白い氷の塊を押し流していた。無数の氷魂は北の湖沼地帯から、鈍い衝突音をたてながら海に向かって流れ落ちる。そして海は、波の揺蕩、泡玉に煌めく光に身をゆだね、さらにユカタン半島やフロリダ半島に発し大西洋、ノルウェーのフィヨルド、スウェーデンの荒野を渡り、ここロシアの氷原にまで広がってくるメキシコ暖流の生暖かい風に身をゆだねている。海軍省の金色の尖塔の頂点には、ごく小さな金色の舟が、一つの思想のごとくくっきりと軽やかに、大空を航行していた。赤旗の色が以前にも増して鮮やかだった。

庭には草木が芽吹き始める。やがて鮮やかな青葉が町中を走る川や運河を包みこむようにどっと萌えでる。生きることの喜びが突如思い起こされ、酸っぱい気分を味わう。遙かな氷山の反映のように青みを帯びた空の下、夕べともなれば寒気が身を包む。もはや夜はなかった、黄昏が永遠に続く。灰色、ブルー、モーヴ色、銀白色、真珠色、それらが刻々に鮮やかさを増しつつ、夜中まで続く。白い仄かな光は朝日を浴びると燃え盛る。瞬く運河の向こう、黒い木々のシルエットを通して、百年来後ろ脚で立っている馬を御する騎士像の上空で燃え立つその光は、人の目を捉えて放さない……。二人連れが川岸を当てもなく歩く。空は彼らに光を注ぎ、川は彼らを孤独で包む。カップルは口元に微笑みを浮かべて行き交う。彼らは昨秋河川交通が国有化されたとき、船乗りたちが見捨て、いまは腐りかけている艀の前で立ち止まる。やがてこれらの艀は解体され薪になるだろう。これはたいへんな仕事になろう。各区貧民委員会はこれらの船の残骸をめぐって厳しい応酬を繰り返していた。

窪んだ目を雪解け水にきらきら輝かせ、ブロンドの髪をこめかみで短くカットした大柄な女の子が、廃校になった学校の擦り切れた詰め襟を着たその恋人にこう尋ねる。

「ねぇ、手伝ってくれる?」

その耳にキスしながら、恋人は《いいよ》とささやく。というのも、この少女はつい最近、なにもわからず、善意から、戸惑いつつも情熱にかられるまま、この腐った艀の一週で、彼に身を任せたのだった。むっとする河の臭いが長い夜の銀灰色を浸していた。水に漬かった板は踏むとしなり、船底にあたる波は鈍くぴちゃぴちゃと音をたてていた。あの日、二人は好奇心から、既に恋の喜びに包まれているゆえにあの喜悦のことなど考えもせずに、ここに来たのだった。少女は危うく四角い真っ黒な穴、その底には水が音たてて流れている穴に落ちそうになった。

「ほら、ほら!」と、彼がびっくりして言った。

少女は笑っている。

「危ない橋なんて数えたらきりがないわ！」

急にあたりの人影が消えた。二人の頭上には突き抜けるような空、そして剝がれた底板の大きな隙間にのぞく、その空を映す波模様。

「きれいな空！」と言いながら彼のほうに唇を突き出す。

恋したら体を与えなくては、と彼女は単に思ったのだ。痛いかもしれない、少し恥ずかしい、でも、目を瞑り、唇を熱くして……。そうしなくてはならないんだ、その後で幸福におののける、それだけを考え……。でも、どうするんだろう？ 本にだってはっきりとは書いてなかった。《わからない、私どうしちゃったのかしら、ごめんなさい、好きにしてよ、好きよ、愛してる……》いまでは、くっきりと花弁型をした彼女の唇は、恋の情熱と日常事をまぜこぜにしていた。

「冬に備えて薪を貯えましょうよ……。ねぇ、あたし、もっと物事がわかるようになりたいの、なにを読めばいいか教えて」


もう一つのカップル。女は髪を丸刈りにし、茶色の皮のハンチングを被り、まるでスポーツマンみたいだ。こめかみと眉がわずかに金色を帯びている。それに瞳にも金色の光。男は黒皮に刻みこんだ赤い星章がついた軍帽をかぶった兵士。彼女は地区委員会から出てきたところだし、男は第二十三連隊の政務部から出てきたところだ。二人は〈夏の庭園〉のベンチでいつも落ち合うのだった。そのベンチから数歩のところにオランダ風の館があるが、これはこの街が沼沢と森の中に出現し、ぬかるみの車道に沿って板の歩道が敷かれ、広大な荒地に囲まれ、公園といっても森の外れに他ならなかった頃、ピョートル大帝が私邸として建てたものだった。ディアナやアルテミシアの像が木陰のあちこちでその優美な動作を中断していた。庭園の簡素な装飾を施した鉄柵は北方の壮大な蒼光に黒く浮き出していた。その向こうにはネヴァ河が流れていた。

二人はかたく握手する。気持ちを表に表しもせず。二人とも同じ背格好、同じように気力を漂わせている。女が跳びはねる雀を目で追いながら言う。

「帝国主義論についてよく考えてみたわ。こないだの晩、あなたが言ったことは正しかった。ヒルファーディング〔ルドルフ・ヒルファーディング（一八七七―一九四一）〕の第四章を読み返せばわかることね。でも、自由の問題に関しては私の言うことが正しいわ。いいこと……」

地球を縛りつけている鎖を銀河から走りおちてくる一条の赤い稲妻が千切っている絵が描かれた、色刷りの表紙の小冊子のなかから、メモがびっしり書かれた紙切れを取り出す。

「マルクスはこう書いている……《価格は労働の所産をすべて社会的象形文字《ヒエログリフ》に変える……》《交換を行う者においては、その社会的運動は、自分は制御できないがその制御を受けるような、事物の運動の様相を帯びる》人間にではなく、無名の事物の運動に隷属してるから自由なんだと皆は思っている。でも《人の相互的独立は、いたるところに存在する物質的依存体系によって補完される》」

「それは過去のものだよ。必然を意識したとき僕らは自由になるんだ。意識こそが自由なんだ。『反デューリング論』第十一章を読んでごらん。不可避的歴史発展を知ることによって、プロレタリアは、なすべきことを成し遂げつつ、必然の支配から自由の世界へと移っていくんだ。第一章と第二部を読んでごらんよ」

「いきましょう」と、女が言う。

立ち上がると、彼は女の肩に腕を回し、小声で、「クセニア！」

彼女は彼がなにを言おうとするかわかっている。でも、どんな言葉で？　彼女はその言葉を待った。喜びで胸が膨らむようだった。

「クセニア、僕たちはお互い必要なんだ。僕たちは自由なんだ、だって……」

二人は黙ったまま、灰色の台石の上に大きな斑岩の甕が乗っているところまでやってきた。そこで始めて、彼は不器用な素っ気なさで、思い切って聞いた。

「来るかい、クセニア?」

彼女はただ頷いた。それから、目の中で喜びが微笑むのを見られないよう、遙か遠く、血の上の救世主教会の色とりどりの丸屋根に目をやった。こう頷くために、彼女は今朝、ゆっくり体を洗い、きれいな下着をつけ、フランス香水の小瓶を持って出ようか出まいか迷ったのだった。富裕階級の退廃が生んだこの贅沢品を使うことは恥ずべきことではないかしら？　とはいえ、地区委員会は重要ポストについている女性活動家に、税関で没収した香水を配給していた。そこで、この無用な自問にこう結論を下したのだった、これは贅沢ではなく、衛生上のこと。彼は自分のこんなお洒落に腹を立てたりはしないだろうか？　でも、自分の剥出しの腕に爽やかな香りを嗅いだら……。

二人は庭園を出た。一台の車が二人を追い越すと急停車した。一人の男が、丈のある軍靴を履き、脇腹に拳銃を下げ、二人のほうに走ってきた。クセニアはその男が三歩ほどのところに来たとき、やっとそれがリュイジクだとわかった。

「散歩してるなんて、なにが起こってるか知らないんだな。すぐに地区に戻れ。みんな動員されてるんだ」

リュイジクは車に戻った。そのとき始めて彼は、弾玉に打たれた一瞬後に弾玉を感じるように、このカップルを目にしたとき彼の胸を射し貫いた痛みの鋭さを感じた。フォードの脂じみた古いクッションに倒れこむと、彼は革命のことを忘れて、自分があまりに、取り返しがつかないほど、歳をとったんだと思った。

第十一章

エストニア第一連隊は、五月二四日、敵側に寝返った。五月二八日、第二旅団第三歩兵隊が裏切った。第三大隊は、旅団付きコミッサールのラコフを伴い、ヴュイラ〔ガッチナ近郊〕に露営していた。共産党メンバーである一人の旧親衛隊将校が、一小隊の兵を擁して、早暁、共産党員全員を逮捕させた。ラコフは藁葺き小屋でただ一人必死に防戦したが、最後の弾丸を自らの頭に打ちこんだ。他の共産党員は全員虐殺された。朝露に濡れた野原で五人の女性が下着姿のまま銃殺された。夜明けに一人の将軍が到着した。殺戮後、一時間かけて赤い星章をもぎ取り、国章に替えた。戦争画に描かれる光景さながら、居並ぶ新たな指導者の前を、部隊は音楽隊を先頭に行進した。数日が過ぎた。ガッチナ〔ペトログラードの南約五十キロの都市〕では、街の各市門で一連隊が戦端を開いた。急遽呼集した援軍は徐々に集結していたが、弾薬も食料も靴も衣服もなかった。クロンシュタット防衛体制のフィンランド湾南側拠点となっている〈高地〉の要塞に派遣した監察隊は、なんとも楽観的報告をもたらした。《守備隊は戦意、規律とも完全、寝返りの兆候皆無》飢えた軍隊、動揺する大工場、チフスとコレラで激減した住民を養わなくてはならなかった。新聞は命令によりこうした事態を報じなかった。食料列車の到着は報じられこそすれ、果たして出発したのか、途中飢えた街で止められたのか、到着することはなかった。防衛会議は近隣の農村部での食料調達をひそかに許可した。ところが農民は鎌で武装し、旧式の機関銃を地中から掘り出し、木材のなかに隠した銃を取り出し、労働者派遣隊を追い払う、あるいは夜陰にまぎれてアジテーターの腹を切り裂いた。東方教会の司祭たちは〈反キリスト〉の終焉を告げる。宵ともなれば、秩序、平和、資産の尊重、ユダヤ人の懲罰、白パンの配給を約束する白軍の告示を読むために、人々が集まってくる。前線から白い丸パンが届き、手から手へ渡り、人々の賛嘆を買う。小さな街では容疑者のリストが作られ、白軍到着と同時に告発せんと待ち構える。だれもが前々からけりをつけたいと思っていた隣人の名をそこに登録する。緑軍は近隣地域全域を制圧する。彼らは熟練指揮官からなる統一司令部の命令にしたがっている。いかなる党派のためにも戦うことを望まず、ただ白軍にも赤軍にも属したくないこれらの脱走兵は、避難場所である森の色の旗を掲げていたが、ついには正規軍に変わらぬ部隊を編成し、白軍と行動をともにし、赤軍を敵に回すにいたった。というのも、赤軍は未だ最強だったからに他ならない。四千の緑軍はヴェリキエ・ルーキ地域を占領していた。プスコフ地域では一万五千の兵を擁し、組織的戦闘を展開していた。当然、共産主義者を銃殺した。

敵機はクロンシュタット上空に飛来し、赤銅の輪の付いたきらきら光る爆弾を投下した。それが爆発すると、五月の地上と空に巨大な白い花が生まれた。イギリスの潜水艦が、六月四日、赤軍の魚雷艇を攻撃したが、撃沈された。五十名の兵が海底に沈んだ、同時に、こんな歌を黒人の節でおもしろおかしく歌ったあの陽気なテッドも。

どんな船とて同じこと
挙げ句の果ては海の底、六百ヤードの海のそこ
ご心配には及びません、ハイ、及びません

だれもこのことを知らなかった。イギリス海軍大臣の昼食が一度そのために湿っぽくなっただけだ。〈高地〉の要塞、〈葦毛の馬〉の要塞、それにオブルーチェフが寝返ったことを、なぜだか街中が知った。微風が沖合から切れぎれな大砲の音を運んできた。

小児用無料配給を告げる白いビラの脇に、国内防衛軍指揮官のサイン入り掲示が現れた。《無法者は、死刑に値し、裁判なく銃殺されよう》死は家という家に影のように忍びこんできた。この真新しい掲示を前に、銃口がゆっくり自分らに向けられるように感じて、だれもが背をまるめた。当地指揮官は電話で参謀部副官に直接報告を求めた。同志ヴァレリァン、アメリカ式に刈りこんだ胡麻塩の口髭、肉付きのいい鼻、短く刈った髪のヴァレリァンは、《十五ヵ月の前線で下士官に昇進

した元旋盤工にしてはなかなかやり手の》指揮官の目をまともに見据え、こう報告する、
「二隻の装甲艦が前線の砲撃に応じています。コミュニスト大隊は禁足命令下にあります。撤退・破壊工作担当の三人および五人委員会は審議続行中です。飛行機工場は七時間で破壊できます。この破壊作戦の監督には私自身があたります……」

臨時中央委員会の赤い封印が付いた封書は、はるかに重要な情報をもたらした。中道＝右派の反革命組織は市内に、五人グループに別れた百四十六の支援組織と信じるに足る千人ほどの同調者を見こめるという。これらの勢力は一夜にして動員可能らしい。モスクワでの家宅捜索で押収した計画――これは青い円で囲まれていたが――によると、この組織は白軍が市に直接攻撃をかけると同時に、市内二十ヵ所ほどの戦略拠点を占拠する計画である。中道＝右派の地区委員会を主宰しているのは、〈教授〉と呼ばれる高齢者であるが、彼はおそらく本物の教授（優秀な大学および旧神学アカデミーで学んだ模様）であろう。押収した手紙から推察すると、重要な使命を帯びた密使が南部から到着し、市内に潜伏中とのこと。

中道＝右派関係のファイル四二は、同志ツヴェレーヴァが管理していた。彼女は、小柄でどちらかといえば不美人、いつもいい身形をして、非常委員会メンバーのテレンティエフとアルカディの監督下で働いている。午前二時、ツヴェレーヴァがいつものように鏡の前で服を脱ぎ、狂おしい微

笑みを浮かべて自分の柔らかい乳を愛撫していると、ナイトテーブルの上の電話が長く鳴った。

「もしもし、こちら、議長だ。まだ寝てなかったかね？　ここに来てもらえないか、十二号室だ」

これまで一度も議長が直接電話をかけてくることはなかった。不安の入り交じった誇りが、目が細く、腰ががっちりし、欲望と自尊心と猜疑心に苛まれ、あらゆる男を雄としてしか見ないくせに、男に身を任すこともできず、肉体的餓えに取りつかれて生きているこの小柄な女の背筋をすくっと伸びさせた。急いで、目立たぬように薄化粧をし、睫毛に軽く墨をいれ、その効果を確かめ、真っすぐなプリーツの入った黒のドレス――これは体を細く見せてくれる――にするか、尋問のとき着る軍服の上着にするか、暫しためらったすえ、結局ドレスを選んだ。赤い絨毯を敷きつめた長い廊下でだれにも出会わないのが残念だった。というのも、彼女の顔つきを見れば、最緊急な、しかも秘密な用件でこんな時間に呼び出されたことにだれもが気づいたに相違ないからだ。

議長は肘の擦り切れた古い部屋着を着ていた。パールグレイの絹の太い綬が幅広な格子縞のシャツの襟に垂れ下がっていた。近づくと、彼の顔は非常に大きく、むくんでいるようだった。腫れぼったい目、重そうな瞼、一方の鼻孔の縁には小さなピンクの疣があった。

「かけたまえ、同志。中道＝右派事件の担当は君だね？　ところで、例の陰謀はどこまで進んでいるのかね？」

彼の声は低く、この白一色の小さなサロンをさまよう彼の視線同様、冷淡だった。つまらない仕事をさっさと片付けたいようだった。シャンデリアは皓々と輝いていたが、外の広場はすっかり明るくなっており、広げた翼がついた兜をかぶった騎馬像が空に浮き出ていた。

「ともかく、この事件の調査を推し進めてくれ。状況はわかっているだろう。月曜四時に詳細な報告をしてくれたまえ」

ツヴェレーヴァはその柔らかい手を握り、うれしさに目を輝かせ、お辞儀をした。

「かしこまりました。必ずそうします」

彼女は腰の線を際立たせる軍服の上着を身につけると、委員会へ走った。立派な建物が立ち並ぶだだっ広い広場は、朝のこの時間、ガランとしていた。敷石の一枚一枚が寄木細工のように、くっきりとしていた。足音が鳴った。それが奇妙に響き渡り、こだました。一群のコミュニストグループが、家宅捜査に出向くのか、角を曲がった。水兵が先頭にたち、白いヘアーバンドを巻いた女性労働者に熱心に話しかけながら行進していた。ついで、背広姿の老人が、煙草を唇にくわえ、負い皮に銃を入れたまま、続いた。しんがりは若いカップルだった。みんな陽気だな、とツヴェレーヴァは思った。聖イサーク寺院の金色の丸屋根の上空にピンク色が広がっていた。荘厳な清々しさが街に降りてきつつあった。

委員会の部屋はどこも電気が明々とともされていた。エンジンをかけたトラック、オートバイ、黒いリムージンが入り口に並んでいる。階段で二人の兵士とすれ違う。髪を乱し、泣き喚く老婆を引立てていた。廊下の奥には、タイプライターがうずたかく雑然と積まれていた。腹を見せている海老のようにひっくり返って、奇妙な腹部構造を見せているのもあった。フェノールの臭いが漂う。頭に包帯を巻いた負傷者が二十八号室から出てきて、壁をつたいながらトイレに向かう。ツヴェレーヴァは窓の向こうの小庭に白い棺が並んでいるのを目にした。金庫を開け、ファイル四二を取り出す。

ほとんど情報はない。中央委員会は彼女の情報がなにを意味しているかわからなかった。中央集中機能を失った組織。貴重な情報提供者もこの組織的劣悪さを乗り越えることはできなかったのだ。彼が見知っていたのは、三人の男と彼らのグループの首謀者だけだった。しかも三人の男というのが、旧将校二人と一人の薬剤師で、彼同様、余り詳しい事情に通じていたわけではなかった。その首謀者を逮捕したところで無駄だ、と彼女は思った。というのも、それは拷問にでもかけない限り決して口を割らない頑なな男だった。拷問という最後の手段、ツヴェレーヴァはそれをテレンティエフに示唆した、テレンティエフは委員会に示唆した。無駄だった。先入観が優ったのだ。では、打つ手は？　実のところ、ファイル四二に分類すべき二つの新たな書類があった。一つは別の密告者の報告で、その密告者は、彼の愛人——売春婦なのだが——の話だと、南部で恐ろしい赤軍捕虜の処刑を目撃した一人の若い軍人が、最近やって来て市内にいると知らせてきた。その軍人の特徴はかなり明確だ。名前はDで始まる。もう一つは《革命に忠実な画家、ヨハン＝アポリナリウス・

フックス》と署名が入った密告で、これとまったく一致する情報をもたらしていた。情報源は同じに違いない。《D——ダミアン、ダニエル、ダヴィド、ドゥミッド、デニス、ディミトリィ、ドシテ……》

相談をうけたアルカディは、フックスの名を聞くと口元に笑みを含んだ。

「明日にでも、そのグループを逮捕させろ。私も尋問に立ち合おう。情報の真偽はともかく、そのDを捜すんだ。どんな些細なことでも見逃してはいかん。その男の特徴を住宅委員会の信頼できるメンバー全員に送れ。家宅捜査班の班長たちにも知らせるのだ」

第十二章

「これで終わりだ。クロンシュタットは炎に包まれている。連隊は次々に寝返っている。街の食物といえば燕麦だけだ。大きな陸軍病院にも麻酔薬はないときてる！　お前さんたちは未来社会、未来社会と言いながら、奈落の底まで滑り落ちてしまったんだ。兵隊だってもう戦う気がないんだよ。お前は生贄になりたがっている、それというのも、お前はブルジョワの娘で、その上、ブルジョワ理想主義とこの馬鹿げた理想主義との塊みたいなものなんだからな。わしらとて、この馬鹿げた理想主義に一目置いているさ。それがやがて、無垢な目と澄み切った意識でわしらの首を絞めあげることになることをお前さんたちに知ってもらいたいからだ……。さあ、お馬鹿さん、前線に送ってもらったらいい。あの蝨だらけのムジークや、ここ五年来ドイツ、トルコ、ブルガリア、オーストリア、ポーランド、チェコスロバキア、イギリス、フランス、セルビア、ルーマニア、日本を相手に戦い、おまけにこれまた動員された別のマトベイ、別のチモシュキー、別のイヴァンを相手に戦っているあのイヴァン、あのチモシュキー、あのマトベイたちに言ってやんな。お前さんたちは、この地上に社会主義を建設するために、二年ですむか十年かかるかしれないが、パンも靴もなしでこんな生活を続けなくちゃあならないんだよ、ってな！　それにイヴァンの腿から弾丸を引っこ抜かなきゃならん場合でも、クロロフォルムがないから眠らせてやることもできないんだよ！　また冬がきたら、去年兄貴が凍え死んだように、今度はお前が凍え死ぬんだよ、ってな。わしは、わしはな、凍死体が薪のように並んでいるのをこの目で見たんだ。イヴァンも、チモシュキーも、マトベイも、髪の金色のも赤いのも、みんな若くて、トルストイのように立派な鼻をしとった」

クセニアは歯をくいしばったまま軍服のベルトを締めていた。淀んだ明るさがじっと空に立ちこめていた。部屋の奥、イコン――クセニアが不在だと、その前に赤い小さな明かりをともすのだった――の近くで、母親は長椅子に横になり、顔を背皮に押しあてたまま眠ったふりをしていた。アンドレ・ヴァシリエヴィチは低く独り言を言っていた。その言葉は髭にこもって、呪文に似てきた。

「お前さんたちの革命はもはや屍でしかない。葬る他ない」

特別の許可なく夜八時以降外出禁止。建物の出入口監視の義務。労働の義務。二十四時間以内に飾り武器も含め（飾り武器だからと言い訳するのは至極簡単）すべての武器を引き渡すこと、違反した場合は死刑。戦時革命評議会議長の電信命令は、赤軍に勤務する旧将校の家族リストを作成すること、それら家族は旧将校が軍隊への忠誠を尽くす保証人とみなすことを規定していた。人質の逮捕。自動車、モーターバイクの通行厳重監視。家宅捜査。身分証明書検査。不審者逮捕。街を防衛区画に分割。コミュニスト大隊動員。投機者に死刑。スパイに死刑。裏切り者に死刑。脱走兵に死刑。横領着服者に死刑。偽情報流布者に死刑。死刑、死刑。

「アンドレ・ヴァシリエヴィチ、十七人の銃殺者リストが張り出されたの。アーロン・ミロノヴィチの名前があったわ」

大きな子供の肖像画――彼女の娘時代の肖像画だが――が入った額のガラスが、アンドレ・ヴァシリエヴィチの姿を映していた。こう言ってしまったからには、もう二度と見たくない姿だったが。この髭に覆われ、幽霊みたいにぼやけた顔は、目の位置に暗い穴が開いていた。息苦しいかのように、彼は襟に手をやった。いつもきちんと締められているネクタイが横にずれた。いまや彼は、このガラスにかつて何度となく姿が映ったアーロン・ミロノヴィチにそっくりだった。

《もうたくさん！》階段でクセニアはふっと独り言ちた。ひげ面で太鼓っ腹、ねちねちした微笑を浮かべた一人のユダヤ人の姿が、彼女の目の前に浮かんでは消え、消えては浮かぶのだった。その男の引きつった微笑が血溜りの中に消えていく。クセニアは暗い階段の途中で立ち止まり、手摺りを握り締めた。喉がひりひりした。冷静に、明確に考えようと努めた。《私たちは間違っていない。私は必要なことを望んでいる。必要なことをこれからもし続けよう》心のうちでさらにこう付け加えると、ほっとした、《どんなことであろうと、どんなことになろうと》
午前二時だった。灰白色の通りには、ところどころ戸口の凹みに見張りの姿があった。女民兵が銃身を真っ直ぐ立てた銃を肩に、四辻を行ったり来たりしていた。クセニアは敵意のこもった視線に晒されているのを感じていた。これらの家々がすべて敵だった。遠い砲声が爽やかな大気を時々かすかに震わせていた。

……大勢のチモシュキー、マトベイ、イヴァン、可哀相に、もう戦う気もないなんて。でもそれもしょうがない。私たちがしているのは彼らの革命なんだ、彼ら同士が戦わないですむように、私たちが戦っているんだ。それなのに彼らはもっと血を流さなくてはならないんだ。彼らは苦しみ、生きようと望み、目をかっと見開いている、けど、たとえ辛くとも人間としてなにをしなくてはならないかが見えないんだ。私たちは彼らに代わって、見なくてはならない。でも、法律は厳しすぎる。だから彼らは反逆する、逃亡する。自分らの弱さのしっぺ返しを食《くら》ってるんだ。レオニード・アンドレーエフの戯曲、『王冠を戴いた餓え』と同じだ。餓えは貧乏人に君臨し、下層民を暴動に追いやり、やがて下層民に背を向け、金持ちの前に頭を垂れる。だって、下層民っていうのは、いつだって、所詮、金持ちの下女なんだから。無数のイヴァンは歴史とはなにかを知らない。でも歴史は彼らを駆り立て、引きずりこみ、粉々に挽き砕き、動員だ、動員だと早鐘を打っては何百万ものイヴァンを藁葺き小屋から引き立て、家畜用貨車に積みこみ、ユーラシアに入植して以来木の鋤しか扱ったことのない、あるいはゆっくりと蜂の巣箱を引っ繰り返すことしかしたことのない手に連発銃を握らせ、ヨーロッパはプロシアへ、アジアはアルメニアへ大挙送り出し、フランスの港で縦隊行進させ、シャンパーニュ地方にその骨をばらまかせ、鉄兜のセネガル兵やターバンを巻いたシーク教徒兵やパイプを銜《くわ》えたトミー〔イギリス兵〕と一緒に、ドイツ軍に立ち向かわせるんだ。ドイツ軍、その指揮官はすべて学位取得者で、ガスの煙幕をはり、豚面のマスクをして戦場に向かう一糸乱れぬドイツ軍に……。彼らが自分で身を守らなかったら、だれが彼らを守ってくれるというんだ、私たちでなかったら、だれが彼らを導くというんだ？　明日、私たちが敗れたら、彼らは禽獣に戻ってしまうだろう。土地を返してしまうだろう。絞首刑にされる者、鞭打たれる者、動員される者が出よう。新聞や学校を作っては、永遠の掟とはこれなんだと彼らに教えこむだろう。労働者都市の広場に、機械の兵隊さながら、整列させられよう。そして、赤旗が見えたら、彼らは銃の引き金を引くことになろう。彼ら自身に他ならない私たちに向かって、引き金を引くことになろう。

地区委員会の前には幾つもの行列ができていた。そこはかつての王族の小邸で、いまは書類、文書、タイプライター、機関銃、それに藁ぶとんに横たわる武装した男たちで一杯だった。白地に矢車菊模様の絹の壁布を張った部屋はどれも、女子記録員のいるテーブルのまわりで人が押し合いへしあいしていた。《メイヤー工場の同志、第二中隊、教会の前に》──《コストロフ工場と水道局の同志、正面に》──《叉銃、休め！》　建物前の広場を行き交うこの蟻の群れの動きは驚くほど冷静だった。

地区の参謀本部スタッフ、すなわち黒皮のコートを着た男、真っ白な白髪のせいで輝いて見える老女、ハンチングに背広姿の小太りの小男が、胸に弾薬盒を下げ、特別部隊のほうに向った。そこには、あらゆる年令の男女が整列していたが、大抵は惨めな身形をしていた。くたびれたフェルト帽もあれば、襟首にぶら下がったペチャンコの軍帽もある。外套を着て、ハンカチで鉢巻きにしている労働者もいる。鼻眼鏡も何人か。付け替えカラーをしたのも、芸術家風の蓬髪もいる。だれの手も銃を掴んでいる。

「各班のリーダーは右手に集合」

クセニアはその動きに便乗して、人で溢れる広場に出る。細かな透かし彫りを施した金の十字架――逆さ半月の勝利の十字架――を戴いた三つの金色の丸屋根が、青みを増す空に聳えたっている。石壁は明るい緑青色を帯びている。途方もない静寂の中を、十字架が空に漂う。どの顔も不安を浮かべ、話し声もほぼない。回廊では、一人ひとりサインをして、証明書を受け取る。任務――家宅捜査に関する指令。サイン（機密）

《知識人の住居に特別の注意を払うこと……》

《X＝軍人、二二〜二四才、髪は栗色、中背、濃い眉毛、よく笑う、胸の前で腕を組む癖あり、モスクワ訛り、最近南部から到着。左手首に長い外傷跡。頭文字D》

なにか病気に蝕まれているのか顔が真っ黄色の大柄な労働者が、汚れた下着もあらわに、クセニアにささやく。

「パン二百五十グラムと鰊一匹、もらえるそうですな。家宅捜査も悪くなさそうじゃ、な?」

コンドラティが椅子の上に立ち上がった。彼の声が、朝の澄み切った冷気のなか、頭上の空に聳える三つの金の十字架に劣らず、朗々と鳴り響いた。

「……内部の敵を武装解除する……。秩序、規律、断固たる態度……。わが軍の水兵がいま〈高地〉の要塞に攻撃をかけている……。ここ数日が決定的な……。プロレタリアート……。我々は戦う、我々はもちこたえる、……の連中に災いあれ……」

「汚い連中がいるぜ。俺の班でも、昨日、一人の若造が弁護士の家で、金時計をくすねたんだ。俺は彼の身体検査をさせた。俺も、彼の顔を殴りつけてやったぜ。だが、後になって、やっこさん、俺に大いに感謝したってわけだ」

「で、時計は?」

「負傷者基金に回したよ。ブルジョワなんて、糞食らえだ、なあ」

「思い出してほしい」と、コンドラティが声を張り上げる。「パリ・コミューンでは三万人が死んだ。フィンランド・コミューンでは一万五千人、死者がでた。いいか、ヤンブルグ〔西シベリア北部のオビ湾沿い〕では三百人が絞首刑にされたんだ。だが、我々はだれ一人、だれ一人として……」

クセニアは部下のためのパンと鰊をもって、外にでた。各班は広場に集まっていたが、一見無秩序に見えながら秩序の芽生えを見せはじめていた。クセニアの班には、〈禿鷹号〉の水兵、頭の後ろでお下げ髪をお洒落に髷に結った三十才くらいの疲れ果てた女労働者、それに、赤毛に近く、唇の厚い、獅子鼻の、眉弓の秀でた、無愛想な若い兵士の姿があった。クセニアはその兵士に名前を聞いた。「マトベイ」と返事が返ってきた。その他、メイヤー工場の若い労働者二人。二人ともまだ髭が生えておらず、一人は肩が歪み、びっこだった。このグループは人気のない通りを次々に通り抜けた。水兵は黙って煙草をすっている。兵士は銃口を下にむけ、銃を負い革に入れている。もっとも負い革といってもロープでできたものだった。女労働者が言う、

「四時ですって？　七時だって終わらないでしょうに」

彼女はこう説明する、

「夫に食事させられるように帰りたいの。夫は無党派だけどいい労働者よ。ひどい生活だこと！」

「ここよ」と、クセニアが言った。

眠りこけた家は家宅捜索など思ってもいなかった。赤い斑のある白猫が、足音を聞きつけ、地下室に逃げこんだ。空ではピンクの濃淡とトルコ石の色調とがせめぎあっていた。街に、河口に、海に、要塞に、進攻してくる敵軍縦隊に、晴れやかな一日が明けようとしていた。窓という窓が重くカーテンを閉ざしたこの大きな家の入口には、この六月の早朝、耄碌した老人が肩の辺りがテカテカになった古びた外套にくるまって、警備にあたっていた。白い山羊髭のため、いやに長く見えるその皺くちゃの顔は、毛皮の衿に埋まっていた。

「ナフタリン漬けにしておいたほうがましだぜ、こいつは！」と、びっこの労働者が冗談を言った。

アパルトマン二十六号の例の秘密評議員は両手をポケットに入れたまま、言葉をかけられるのを待っていた。その醒めた、鋭い、憎悪に満ちた目は、巣の入口で不意をつかれた猛禽類のそれだった。

「さあ、開けてくれ」と、〈禿鷹号〉の水兵が命じた。「俺のことは知ってるな」

「令状を見せてもらいましょう」と、評議員が無表情にこたえる。

クセニアは令状を差し出す。三人特別委員会の印璽、六名に許可。

「どうぞ、お入りを」

彼らが通り過ぎるとき、この老人は身震いした。中庭で一行は三組に分かれた。クセニアは兵士マトベイと組になった。

敵意を見せる薄闇に包まれたドアをたたく。長いことたたいた。というのも、住民は大きな不安を抱えたまま眠っているか、眠っている振りをしていたからだ。やがて、裸足の足音が廊下を走ってきた。怯えた声が訊く、《どなたです？》彼らは横柄に答える、《開けろ！》鉄の閂と鎖が外され、錠が引かれた。鍵の音と同時に彼らは中に入った。爽やかな夜の外気の後だけに、内部の澱んだ空気が喉を打った。住居の惨めさ、言い換えれば朽ち果てた快適さが、水兵、女労働者、せむしの若者、クセニアら闖入者の目にたちまち飛びこんできた……。近くの簡易ベッドに五十がらみで薬罐頭の痩せ細った男が寝ている。紐を解いた大きな靴がベッドの下でぽかんと口をあけている。窓の縁には、焜炉、鉢植えのサボテン、髑髏マークのついた毒薬の小瓶がのっていた。男はこの髑髏にそっくりだった。

「あなたは？」

「第四チフス患者隔離所付きの医師です」

　書類は正規のものだ。

「失礼しました、市民《シトワィアン》」

「いや、どういたしまして」

　彼の寝床の枕元に小さなイコン。パレフ〔ロシア・イヴァノヴォ州にある都市。一八世紀以来イコン制作で有名〕の初期細密画匠の手になる、銀細工を施した古い聖母子像のイコン。隣接したどの部屋でも、女たちが、母親も娘も、部屋着に長い編み毛を垂らし、怯えきって、浴槽に隠した宝物、すなわち三十キロのジャガ芋を気遣いながら震えていた。ついで、客間では、書類検査をしている間、リンパ質の娘が起きあがり、青ざめた腕で編み毛をかきあげながら、飾り棚にある宝石入りのイヤリングにちらちら視線を送っていた。

　マトベイはどの部屋でも中央で立ち止まり、見たこともないあれこれに好奇の目を振り向けていた。小便臭い階段では、一同は息がつまりそうだった。ドアをノックするたびに、向こう側に墓室のような静かさが広がった。マトベイはぶっきらぼうに言った、「……さっさと終わらせようぜ」

彼らがヴァディム・ミハイロヴィチ・リュイタエフ教授宅に行き着いたのは朝五時ごろだった。ダニールは大きく開いた窓の前で、例の薄笑いを浮かべ、腕組みしたまま、下の階の中風の老婆のところで押収した旧い騎兵用サーベルを手にしているマトベイに声をかけた。

「やぁ、元気かい、兄弟？」

その瞬間、その場を立ち去ろうとしていたクセニアは、一つの文句、読んだか聞いたかした文句を思い出した。だいぶ前、こんなたまらない仕事が始まるずっと前、こんなすばらしい空の蒼さが窓に映えるようになるずっと前、ともかく重要な、ある人物の特徴を伝える文句──《胸の前で腕を組む習慣……》だれだったたっけ？　コンドラティだったかな？　クセニアは、神経の緊張と疲労と漠たる肉体的充足感──というのも、太陽が昇りはじめ、朝の大気はますます虹色の輝きを増していたから──とがもたらす一種の陶酔状態と闘っていた。コンドラティ、血色のいい顔、小麦色の髪、歯並びのいい、雄弁家の口……。そしてこのアジテーターの頭上はるかには、球根状の丸屋根が三つすらりと空にのびていたっけ。彼、手を振りかざして演説する彼はそのことに気づかなかったが、いかなる思想より深奥な空は、光り輝くそれらの十字架とともに彼の頭上に聳え、彼の身振り手振りに劣らず雄弁であり、彼の演説に不可欠なものだった。何事であれ、必然性でつながれているものだ。我々は周囲にある豊かなもの、力あるもの、美しいものにまったく気づかずにいるものだ。

「なんて素晴らしい朝なんだ」と、夢見心地になった囚人のような声でマトベイが言った。「こんなとき、野原にいたら気持ちがいいだろうな」

ダニールが陽気に大笑いする。

「そうともさ！　まあ、小鳥の声でも聞くこった！」

隣の学校の庭で小鳥が無数、囀っていた。クセニアも一瞬聞き入った。と、彼女は不意にダニールに手を差し出した。

「さようなら、同志！」

彼女は隣の部屋にちらっと姿が見えたリュイタエフ夫妻に会釈すると、そこを離れた。

マリー・ボリソヴナ・リュイタエフはその後ろ姿に声をかけた。

「やさしい方ね、あの可愛らしいコミュニストさん。あの人の姿を見たとたん、あたし、ほっとしたわ。もいちど寝ないの、ヴァディム？」

「いいや、この思いがけぬ家宅捜査のおかげですっかり目が覚めたよ。それにもう夜も明けてるし。いろんな考えが浮かんでくるんだ、筆を執ることにする。お前はもいちど寝たらいい、マリー」

クセニアは家宅捜査が終わると、この壮大な光に包まれた街の中をもう少しを歩いてみたくて、地区委員会に寄ることにした。通りを曲がるたびに新たな遠景がひらけた。運河の湾曲部にケーブルで吊った簡素な橋が架かっており、その入口には赤銅色のライオン坐像が金色に輝く翼を広げていた。木々の爽やかな緑が透明な陰影を帯び、彼方に輝いていた。小宮殿の白い円柱は、小波にその輪郭を乱されることもなく、運河に姿を映していた。白雲が一つ、街の上空同様、この水に映る空にも漂っていた。

《私たちは死ぬんだ》と、クセニアは考えた。《なにもかも終わってしまうだろう。でも、こんな雲が、そのときでもこんな空に、こんなふうに空を渡っていくんだろう。この水に映る、そんな雲を見るのはどんな目なんだろう、戦争も、餓えも、恐怖も、死の苦しみも、徹夜の仕事も知らない目、人が人を打ちのめすのを見たこともない目かしら？　私には考えることさえできない。そんな未来がこれっぽちも私には見えない。私は洞穴から出て、光の注ぐ入口にたたずむ人間みたいなもの。眩しい景色を見ることができないんだ。でも眩しくても見なくちゃ、だめ。そうすれば、そんな世界がおぼろげながら見えるようになるかもしれない。生きてればわかるかもしれない。

でも、私は生きなくてはならないんだろうか？　私たちはなにもかも打ち砕かなくてはならない。なにもかも焼き尽くさなくてはならない。さっき、あそこに入ったとき、あの老婦人の目に恐怖が震えてるのが見えた。不憫だった。雨上がりの地面でみみずを踏みつぶすように、私は自分の憐愍の情を押し殺したんだ。この上なく大きな愛は憐愍の情なぞ望まない。老婦人よ、人間に道を譲って、人間が進み昇ってくるんだから！　労働者は、打ち壊し、建て直し、鉄を鍛え、川に橋を渡すように、この世界を変革するんだ。私たちは一つの世界から別の世界に橋を渡すんだ。そのとき、黒人も、黄色人も、褐色の肌をした人々も、奴隷のような人民も……》
ゆえなく高ぶる考えに言葉がついていかなかった。寺院の十字架がきらきらと彼女の目を惹いた。
《旧い信仰よ、私たちはお前も打ち砕くだろう。キリストを十字架から降ろすだろう。そんなものは忘れたほうがいい。この地上にもはや恥辱や苦悩の象徴などなくなればいい。無知蒙昧がなくならんことを。知識、自分や現実をしっかり把握した人間の確かな眼差し、それこそが世界を新たに再発見し……》
ピンク色に染まった通りの奥から、銃剣の林立したトラックが次々に姿を現わした。凹んだ舗道に揺れ傾き、跳びはね、地面を揺らしつつ走っていく。まるで人間の塊と、ぎくしゃく軋み、汚れた油に塗れ、くたびれ切った重量車とでできた隕石さながら。それぞれのトラックには、外海の空気に洗いすすがれた六十の分厚い胸、雨霰と飛び交う榴散弾に、虚しく熟れた石榴《ざくろ》のように、弾け飛ぶことを覚悟した六十の頭、死と勝利を見据え、突進を続ける決意をみなぎらせた六十の顔、銃身を冷たく光らせた六十の銃、熱い腹と雄雄しい胸にピタリと巻かれた九百の薬莢が積まれていた。艦隊水兵の黒ベレーのリボンが彼らの頭のまわりで踊っていた。このトラック隊が姿を消すと、沈黙がいつまでも震えていた。
この人間とトラックの塊が幾つも通り過ぎていく強烈な響きが徐々に自分の中で弱まっていくの

をクセニアは聴いていた。同じ意欲が確かな弾道にしたがって、彼らを障害と危険へと運んでいく。それはまた、彼女を自分の任務へと向かわせるのだった。同じやむにやまれぬ心が、すべての行為を結びつけ、弱気を抑え付け、逡巡を押し殺し、一切の力を一つの公分母に還元し、人間を軍隊よりもはるかに柔軟で情熱的な軍団に編成する。

《自分の部署にとどまり、自分の任務を果たすこと、私たちは、もっとも確かな科学が発見した歴史の法則そのものに他ならぬ唯一の思想に駆り立てられている多数者なんだ。私たちは達成されて然るべきことを達成しつつあるのだ。もっと大きな群衆が私たちの背後に控えている。その不分明な意識を体現している私たちを通じて、彼らは考え、意欲し、行動するのであって、他に行動しようはないのだ。たとえ私たちが屈しても、人間の未来を律する法則は変わらないだろう、同じ戦いが同じ階級同士を対立させ続けるだろう、同じ勝利が明日のために用意されるだろう。水は何百年もかけて断崖を浸食するんだ。陸地の緩慢な滑動がどのように起こるか知っている者は、浸食によって風化した岩を最後に突き倒す波の大きさとはどの程度のものかを知らなくとも、断崖がついには崩れ落ちることを疑わない。私たち一人ひとりは、クセニアよ、あなただってそうなのよ、一滴の雫にすぎない。でも、波の大きな力に力を添えているひと雫、消え去る前に、景色の大きな一片、空、岩、大きな波のうねり、水泡の煌めき、虹、を映すひと雫なんだ。

よく考えてみれば、なにもかも至極明瞭。私は、この旧い石像建造物を倒し、打ち砕く波の一雫

でいいんだ。すべてに同意しよう。そう、それでいいんだ》

委員会では、どの部屋も乱雑で、しけもくの饐えた匂いに満ちていた。夜警は大理石の大階段に座り、銃を股に挟んだまま眠っていた。剥製の熊が踊り場で薄ら笑いを浮かべていた。リュイジクは、陽のあたる庭に向かって大きく開かれた窓の前を、ただ一人、大股で歩いていた。二人は目に喜びを湛えて顔を合わせた。

「要塞は取り返した」と、リュイジクが言った。

と、彼は両腕を大きく開き、どうしたことか、彼女をひしと抱きしめた。二人の唇が合わさった。やがて、二人の間に広がる気まずさを、この喜びの泉を飲み干したい気持ちのせいで額にまで浮かんできた赤らみを打ち消すように、彼は急にたずねた。

「不審な者はいなかったかね?」

「ええ、いません」

彼女の子供のような額に皺が寄る、気がかりがその顔を歪めたのだ。

「とはいえ、もしかして……」

クセニアはポケットに手配書を探る。《……わざとらしいほど笑う、胸に腕を組む習慣、モスクワ訛り、Dで始まる名前……》

「私としたことが……。リュイジク、すぐ電話しなくちゃ」

第十三章

「なにもなくても平気なの」と、女同志ツヴェレーヴァは甘い抑揚のこもった声で言う。「花さえあればね。笑わないで」と、付け加える。「私の生活って、そのくらいもの悲しいんだから」

アザレアをいっぱい挿した花瓶、非常委員会と直通の電話、帝政様式の荘厳な——金の網目模様にリボン飾り付き——卵形額縁に入ったローザ・ルクセンブルグの写真、それらに挟まれ、青色の書類綴りが小さな仕事机の上に山と積まれている。彼女は時々、帝政時代の温室管理官に親しげに電話する……。「私のこと、すっかり忘れたりしないでね、ヤコブセン。ええ、いいわ、明日、花を送ってね」ヤコブセン、リューマチで体が不自由で、ぼけた顔をしたヤコブセンは、杖をとると荒れ果てた温室へと向う。温室の一部を維持するのが精一杯なのに、冬になれば、幾つかの珍しい植物のために、夜には、自分の暖房の火を割かなくてはならなかった。人知れぬ英雄的行為によって守られた回廊状の温室の湿気の中で、ただ一人いまなおその職にとどまっている、無口なガヴリルと出会う。七十歳の割には敏捷なガヴリルは、長い園芸家生活で数々の傑作を生み出してきた。ブルガリア、イタリア、カリフォルニア、日本、インド、どこのであれ、バラというバラに通じ、いまなお、新種を作っていた。

「ガヴリル・ペトロヴィチ。ほら、あの方がまた花のご注文だ」

二人は一瞬悲しげに目を合わす。この二人だけが、帝政が、ヨーロッパが、おそらく世界が誇る最高の温室、一八……年には日本の皇太子が訪れ、極々希少な菊科の花を見つけて目を丸くした温室、その温室の衰退にいまなお立ち会っているのだった。インドネシアの羊歯、ブラジルの蔓草、極北の寒さの中で真っすぐ立ったまま枯れ、子供の死体のように見るも悲しげに立ち尽くすセイロンの棕櫚に囲まれ、生命を拒絶する冬の寒さに晒される回廊を、二人は夏でも出ることはなかった。

「それじゃ、またわしが行きましょう」と、ガヴリルが呟く。「そうせずばなるまいて。いやはや、なんとも哀れなものよ、わしらは！」

ヤコブセンは、そのとき、小さな赤い鉢に、ふんわりした羽毛のような緑の芽が黄色い粒を取り囲むように並んでいるのに気づいた。

「おやっ！　ガヴリル、これを枯らさずにいたのかい？」

ガヴリルのひびだらけの手がその小さな鉢を愛しげに撫でる。

「容易なことではなかったですよ、イヤコフ・イヤコヴィチ。でもご覧の通り芽が出てきましたよ！」

二人はともに、その小さな小さな芽を覗きこむ。でも戸外の冷たい風が二人をとらえた。

「イャコフ・イャコヴィチ、あの魚たちは死にそうで……」

ヤコブセンは十分覚悟していた。

「えっ、そんなことって！」

「魚たちは飢え死にしそうなんです、イャコフ・イャコヴィチ。例のドイツ人の店は閉鎖されたんです。どうも彼は投機していたらしい。店の水槽は小さな天使の死骸だらけで、それはそれは胸が痛くなる有様です。わしは昨日、公教育委員会の階段をあちこち昇りました。四時間待って、やっと中等部の委員に会えたんです。面と向かって、こう言ってやりました、《わしの魚たちに餌をくれて当たり前だろう！　あんたたちがあれを国有化したじゃないか！　養って当然だ！　わしだって、根っからのプロレタリアだ、いいかね、聴いているのかね！　わしのエンゼルフィッシュが死んでるんだ、わしのパントドン〔淡水熱帯魚の一種〕が……》わしは外に放り出されちゃいました、イャコフ・イャコヴィチ、わしらなんて、そんなとこでさ！」

ヤコブセンは提案する。

「あの方に魚のことを話してみてはどうだろう、ガヴリル・ペトロヴィチ？」

白っぽい紫陽花の鉢を四鉢、首から太い紐で胸の前に提げた板に乗せて、老ガヴリルはたっぷり一時間、通りから通りを歩いた。薄葉紙に被われた花のお通りに、道行く人は好奇の目を向けた。往時のお祝い、結婚式、聖人祭を思い起こさせたのだ。どこから来た花かな、どんなお祝いかな？　ガヴリルが着いたとき、ツヴェレーヴァは意気揚々としていた。地区委からの封書がファイル四二の求めていた二人の容疑者の逮捕を告げてきたのだった。ダニール某、リュイタエフ教授宅にて逮捕、身分証明書は偽造と思われる……。《あの教授が！》彼女の政治的訓練の幼さからすれば、なんたるお手柄だろう。この事件を処理した彼女に、同僚は誰彼なく驚きの目を向けるだろう。あの偽善者どもの祝福の声がすでに彼女の耳に聞こえていた、超然と威儀を正して答える自分の声も。《私には、大事件も小事件もありませんわ。党のために仕事をするだけのことです》委員会所属予審判事を鼻にかけているあの新米どもはぽかんと口をつむぐだろう。今晩にも議長に報告をしよう、《ご要望どおり、この事件の調査を進めました……》

ガヴリルは彼女が上機嫌なのを見て取った。贅沢な昼食の残り――グリュイエールチーズ、ソーセージ、本物の紅茶――が、この老園芸家の目を惹いた。してみると本当なんだな、お偉方たちに特別の配給があるって噂は。まあ、指導者なんだから……。

「ガヴリル、あなたって本当にすてきなお友達よ。それにしても素晴らしいのは、あなたの紫陽花！　ところでヤコブセンは元気？」

この嫌味な女は、この暑さのなか、わしの喉が渇いているのを知ってるくせに、お茶の一杯も出そうとしないんだ！　ここ十ヵ月、わしはやくざな人参葛の代用茶しか飲んじゃいないのだから、哀れなものさ。ガヴリルは溜息をついた。顔の無数の皺は泥がしみこんでいるようだった。小さな黄金虫の翅鞘《さやばね》のように、目が光っていた。

「同志ツヴェレーヴァ、あなたにぜひお願いがございます、またこれはイヤコフ・イヤコヴィチのお願いでもありますが……」

《拒否することを知らなくてはならない。感傷家であってはならない。義務が第一だ。丁寧に、かつ決然と断ること。女だから泣き落とせるなんて思わせないこと》同志ツヴェレーヴァの愛想のいい笑顔はよそよそしい厳格な表情に変わっていた。

「おっしゃってみて」

ガヴリルは背筋にゾクッときた。椅子に投げ出したハンチングを拾い上げ、なにも言わずに逃げ出したくなった。だが、エンゼルフィッシュやパントドンの命がかかっている。

「では申し上げますが、私どもの魚が死にかかっていまして……」

女の目が微笑みに輝いた。

「まあ、お魚ですって?　で、私にどうしろと?」

種子類、穀物の粉、さまざまな土、みみずといった必要なものが、例の逃亡したか投獄されたかしたドイツ人の閉鎖された店にある。店は封印されている。なにもかも腐ってしまう、魚は死んでしまう。ツヴェレーヴァはうれしそうに詳細をノートにとる、住所、地区。

「それでしたら、助けてあげられますわ、そのお魚！　今日にもそのドイツ人の店を開けさせましょう。すぐに電話しますから、行ってごらんなさいな！」
彼女は電話で命令やそれに近い依頼を執拗に言い張るのが好きだった。ご存じのように、生まれついての組織者というのがいる。彼らは自分の考えに耳を傾けさせ、操縦桿を操り、明確な指示を与えるのに巧みだ。その一方、無政府主義的でロマンチックな気質の者がいる。そうした人は党にとっては結局、間に合わせ的人材にすぎない。
ガヴリルは浮き浮きした気分で帰った。煌めく銃剣を林立させたトラックが黒い上半身と熱気あふれる顔の大きな束を幾つも揺すりながら、何台か通り過ぎた。無数の手が銃剣の先でベレー帽を振っていた、真っすぐな茎の先に咲いたくすんだチューリップさながら。髪が額にふりかかり、口はなにかを叫び、目は片片と稲光を放っていた。力強いコーラスの声がモーターの音に交ざり合った。

俺たちはこの世界に
労働の赤旗を翩翻とひるがえさせるぞ！

ガヴリルはこの兵士たちが戦いに勝って帰ってきたのだとわかった。初めて彼の喜びが彼らのそれと一体になった。ガヴリルは思わず十字を切った。カザン聖堂の前だったからだ。《生きるんだ、ともかく生き続けてくれ、わしらの餓えたる共和国よ！　戦争が終わったら、温室だって生き返るんだ。イヤコフ・イヤコヴィチ、きっとまたあれが見られますよ……》

　キルクは二一八号室に、フルムーキンは三一一号室に、リュイジクはずっと上の階に住んでいた。執行委議長は二階の最上等のアパルトマンを占領していた。そのドアの脇の壁には、電話ケーブルの束が穴をあけている。あまり代わり映えしない人々のなかにあって、キルクは一際目立っていた。キルクが愛するのは革命、エネルギー、それに、秘かに、アウトローだけだ。かつて、トランプ〔わたり労働者〕また放浪者として、アメリカ合衆国を北から南へ、南から北へ、冬はフロリダ、春はマンハッタン、夏は五大湖畔と季節を追って渡り歩いていたとき、アメリカの路上で習い覚えたのがアウトロー生活だった。仲間のところに、森の中に、公園、納屋、ときには結構な留置所に寝泊まりしたものだ。キュクロプス〔一つ目巨人〕そっくりなビルと一緒にやった森林労働者のスト、ありゃおもしろかった！　濃い右の眉の上には、そのときの傷跡が、くっきり赤みを帯び、ピンクの線で二分されて、残っている。彼のまん丸いギョロ目はなんでも鷲掴みにし、人を強圧し、憎めない厚かましさで相手の遠慮を強要する。

「俺をお払い箱にでもしてみろ、かえって俺に手を焼くことになるぞ！」ブーツを履いた足を肘掛椅子に投げ出し、彼はそう言うのだった。

耳まで裂けているようなその口は、なにもかも承知で悪事を働く男特有の引きつった作り笑いを浮かべる。

「軍隊に新しい軍服が行き渡ったら、俺はどうなるのかね?」

ツヴェレーヴァはいつものことながら、うっとりと自分の姿を鏡に映す。部屋の大きな姿見が自分のちょっとした身振りでも、その銀色の輝きのなかに映し出すように自分の席に座るのだった。《ヒステリックな女だ》とキルクは思った。《娼婦の気性、それにメーテルリンクの芝居向きのあの尼さん面……》

「あなたは党に仕えなくては、キルク」と、彼女が答える。

ともかくそう先のことではないわ。どちらかといえばアナキスト、本物のプロレタリアじゃない、むしろルンペンプロレタリア。入党して間もないくせに、なんでも批判するし、指導者の肖像に向って《ご尊顔、有り難く拝ましていただきましょう》といい、執行委員会では、議長の最後の演説を《おっそろしく退屈、数字は全部デタラメ》といって座を白けさせる。ツヴェレーヴァは、いつの日にか第三革命というばかげた冒険に連座した廉で彼を尋問している自分の姿を心に思い浮かべていた。

《爪の先までお役人、議長のスリッパにさえペコペコしやがって。でも、明日にでもコンドラティ一派が勝つとなれば、口を開くたびに《同志コンドラティ、同志コンドラティ》と猫なで声を出すだろう。あの花はどうしたのかな？　あの女は間違いなく執行委で特別配給を受けているに違いない、ココア、はしばみの実、俺の負傷した部下用のコンデンスミルクさえ……》

「尻を蹴飛ばされて無理やり革命をしているやつもいるぜ」とキルクが云う。「〈高地〉の事件を知ると、オブルーチェフ前線守備隊はコミュニストを逮捕し、彼らを銃殺するか地下室に幽閉するか長いこと議論し、揚げ句に間違っちゃいかんてんで、白軍の命令を待つことにしたんだ。ところが俺たちが〈高地〉を取り戻す。俺はあの南京虫どもに電話して、無条件降伏するのに十分間待つといったんだ。奴らめ、たちまち地下室からコミュニストを引きずりだし、てめえらの将校をそこに押しこめやがったぜ。まったく下司野郎どもだぜ！」

彼は青い絨毯に大きく唾を吐き出す。

「ところで同志ツヴェレーヴァ、委員会は中道＝右派事件を、あなたと一緒に調査するように命じてきた」

ツヴェレーヴァは眉もしかめずにこの直撃を受けとめた。彼女はさまざまな屈辱を当然のこととして受け入れなくてはならないことを知っていた、いつか仕返しできるようになるまでは。

五人の中道＝右派メンバーの逮捕は、偶然ながら、ニキータという名のこれまで知られてなかった人物の逮捕に進展した。ニキータは尋問に答えようとしなかった。そこで特別法廷は彼を独房に入れ、厳重な監視下においた。これはなかなかしぶとい男らしかった。キルクは覗き窓から彼を観察する、腕に頭を乗せ、目を閉じ、床に仰向けになっている。《ありゃしゃべらんぞ》ところがダニールの上着の衿に、数字がたくさん書きこまれた紙切れが縫いこまれているのが見つかった。ボブロフはその紙をツヴェレーヴァの手から受け取った。ボブロフというのは、小綺麗で、細心綿密、いまでも旧内務省の自室に毎朝通っているかのようにきちんとした服装をした六十がらみの小男である。彼はルーテル派の中年女と、ドイツ人の家政婦に育てられている二人の幼い醜い娘と暮らしている。帝政と二つの政体の崩壊も、彼の習慣をほとんど変えなかった。きまって冬は毛皮裏つきコート、夏は裏が絹の黒い薄手の上着に、いまではこの街でみかけるただ一つの、手入れの行き届いたパールグレイの山高帽といった恰好で、ただ毎朝通う道筋を変えただけであった。無感動で信心深い彼も、ときに道すがら、にんまりすることがある。細かな二本の乗馬用鞭の模様が金色に輝く古い中国絹のネクタイ、そのネクタイを囲むように白い頬髭が垂れ下がる顔がにんまりすると、オペレッタに出てくる助平爺を髣髴させた。ウィーンの娼家街の辺りで身につけたこの《パリ》仕込みのお洒落を彼はずっと守り続けている。きわめて無関心な見物人然として、ちょっとした気晴らしに、道すがら掲示の見出しに目を向けることがある。《労働者動員。公共事業に振り当てられた非労働者は登録の義務。信者に手をだすな！》技師の制帽を被ったみすぼらしい男が通りで彼に近づき、こう呟く、「役人の成れの果てでして、二十四年間立派に務めました、二人の息子は前線で戦死、四ヵ月服役、人の子イエス同様、頭を横たえる石とてありません」するとボブロフは立ち止まり、ゆっくり財布を取り出し、ルーブリの札束から、彼がキリスト教徒として適当と思う施し、パン二百五十グラム分の額を抜き出すのだった。彼が施しを与える乞食は、かならず身形がよく、かつてはブルジョワジーだったと思われる人だった。旧体制下同様プロレタリア独裁下でも、内密の指令が一切の面倒から彼の身を護っていた。委員会に隣接する建物にある彼の執務室の内部はこ二十五年、ほとんど変わっていない。政治警察の建物から移ってきたとき、室内を一切変更しないよう、彼自身が目を光らせたのだ。色分けされたダンボール箱、仕切り棚、カードボックス、書類綴じ、アルファベット順の名簿、地図、複雑な数字表、膨大なノート、古典文学全集、『聖人伝』、新聞の束、写真のアルバム、『イギリス海軍暗号表』、その隣にはゴーゴリの『死せる魂』。レールモントフの傑作詩集『悪魔』のなん種類かの版もあった。ボブロフは巧みに暗号化された文書を解読していた。彼は頭脳のありとあらゆる錠前を開ける鍵を持っていた。暗号文の頭に1・81・Vとあると、彼はその鍵は一八七三年版レールモントフ作品集第一巻、八一ページ、「ムツィリ」第五詩節にあると奇跡的に見抜いてしまう。テロリストが好んで使う名前、頭文字がKの人がよく採用する偽名、愛人、気違い、殺人者、恐喝犯、スパイ、理想主義者、民衆組織者が好んで使う数字、彼はそれらにも詳しい。ボーデン湖の景色（白い帆、華麗なホテル、山）の下に〈上天気、心に残る思い出、リネット〉と書かれた絵はがきを持っていくと、彼はこう翻訳する、《手形受け取った、金額不十分、スパイ一三一号》しかも湖上に浮かぶヨット、ホテルの窓の数、山のギザギザ模様、切手のギザギザの数から読み解くらしい。しかも正確ときている。旧体制下、警察幹部連がきわめて特殊な任務のため、彼を政府の大臣連中に紹介したのだった。大臣連は皇室に繋がりのある売春仲介業者と結託して、まだ年端も行かない、痩せた不品行な娘たちを彼に委ねていて、彼はつらい思いをしながらも、毎月二十五日、無残にもその娘たち五人から八人の処女を奪うことに加担したのだった。新体制になると、特別配達員が五つの赤い印璽で封印された封書を彼のところに持ってくるようになった。同志ツヴェレーヴァは彼が執行委員会メンバー以上の、議長のそれに比肩するほどの食料特別配給を受けられるよう気を配っていた。もし彼の頭の記憶装置がもっぱら技術的機能と化してしまっていなかったら、彼はかつて、クラクフ〔ポーランドの都市〕に亡命した非合法中央委員会の暗号文書を警察のために解読していたことを思い出して然るべきだった。いま彼は、ダンチヒ〔グダニスク〕に逃れた旧政府の暗号文を中央委員会のために解読しているのだった。どっちにしろ、解読方式に大きな違いはなかった。

21・2・2・M・B・6・4・H・O・6・2・4・60・2・R・11・A・4・M・9・10?・・4・2・R・9・Sという暗号の意味を読み取るのにたいした時間はかからなかった。すなわち《カース、八、イギリス人河岸、信頼してよし》ただし彼は暗号手が二つ間違いをおかしていると確信していた。他人の知謀のうちで彼がなにより恐れるのは、間違いがひき起こす非合理的混乱だった。常に天才と紙一重であるが天才なら犯さないような、あっというような愚かしい間違いに陥らないよう、かつて彼は『間違いの手引き』を書こうとしたことがあった。その手引きで彼は、軽率と大きな数字こそが人間精神の不倶戴天の敵であると力説するはずだった。

ボブロフのお陰でカースは逮捕された。カースは驚くほどボブロフに似ていた。不幸な実業家カースは、旧公安警察の書類から、二重スパイだと判明した。ツヴェレーヴァの前に座ると――キルクは彼の横顔をじっと見つめている――、彼は震える声でとってつけたようにこう言った。

「市民《シトワィエンヌ》、非常委員会の警戒の厳しさが、プロレタリアの高邁な理想の正しさを私に納得させてくれました。白状しますが私は陰謀を企てました。ただ、独裁に正面切って反対するためであり、またとんでもない考え違いのせいでした。いまはひたすらその償いとして後悔の証拠をお見せしたい気持ちで一杯です。私には反革命政府での非常に重要なポストが約束されてました。復活同盟の三十人のメンバーの名前をはじめとして、陰謀組織のすべてをあなた方にお話しする用意がありま す」

病弱な彼はいまにも倒れんばかりの恐怖心を堪えて、健気にも最後の切札を出してきた。手の震えを気づかれまいとテーブルの下で両手を握り締めていた。だが頭がすっかり震えていた。

「私はあなたがたの組織をよく知っています。あなたはキルク、保険衛生委員会、経済評議会、金属局指導部、第七軍調達特別委員会のキルクさんで……」

「市民」と、ツヴェレーヴァが言った。「もう結構。非常委員会はあなたの誠実さが本物か否か調べることにします」

第十四章

「カースを前にしたツェヴェレーヴァの姿を想像してても見ろよ。カースときたら山羊髭を生やした木偶ってとこさ、おまけに怖じ気付いているのが手に取るようだし、糞の臭いをぷんぷんさせる肥溜めみたいに裏切り、それも考えられる限りの裏切りの臭いをぷんぷんさせてるんだぜ。二人の後ろにゃ、自分の仕事ぶりや俺たちのやり方にいかにも満足そうなボブロフのでぶっちょが控えてやがる。俺たちちゃ、奴にいい給料を払っている。明日にも俺たちが絞首刑になったところで、奴は必ずだれかいい給料を払ってくれるご仁を見つけるさ。もしかしたら、ツヴェレーヴァも俺たちと同じ枝に吊されることになるのかと考えると、俺ゃ、ぞっとしないね。墓の向こうまでいやな奴と付き合うなんてご免だよ。絞首台は、影の薄い嫌味な奴らさえ格好いい、完全な歴史的英雄に変えちまうんだからな。ああいった女は、体制がどう変わろうと、鏡に姿を映してご体裁振るだろうし、自家用車を持つだろうし、白いパンにキャビアをのせるだろうな。例え〈大工場〉のボイラーマンたちが帳面上でだけ牛乳の特配をもらっている場合でも、さ。いいかい、頬がこけ、痩せ細って三角形になった彼らの面を見ると、俺ゃ、彼らにお説教をたれるのが恥ずかしいんだ。俺は執行委のテーブルで膨れっ面をする、それから彼らのとこへ行って演説をぶつんだぜ。同志よ、頑張らなくてはならないんだ、頑張ること、ひたすら頑張ること！　彼らだって、そりゃ百も承知だ、ただ、彼らはくたばってるんだ。

　ツヴェレーヴァみたいな奴は、人間が完全に変わるまでは、体制の如何にかかわらず必要不可欠だってことはわかってる。俺たちゃ、確かに懸命にやってる、だが成功しなくちゃなんにもならん。上等な靴をはいた足をルノーのステップにかけながら、あの女、こうのたまうんだぜ、《中央委員会のあの報告者、お話が上手でしたこと！　四時間があっという間でしたわ。同志アルテームは将来を約束されていてよ》彼女のあの嗅覚、常に強い側にいるという嗅覚に気づいただろう？　あいつが少数派に投票するのを見たことがない。どうなるかわからんときには姿を消す。ところが、どうやら安定多数派ができあがると奴さん、前々からそちら側にいたことになっている。古参中の古参でございとばかり、ぴたっと路線に乗ってる。それを思うと、唾を吐きたくなるぜ。ブルースターラインの船に乗ってた頃噛んでいた、まずい噛み煙草を噛んだような気分さ。

　ああいう連中はどんな窮地でも必ず切り抜ける。この共和国がもちこたえたら、ツヴェレーヴァが俺たち全員を葬ることになるだろう。最悪の事態がやってこないとしても、結局俺たちはなにか解決不能な問題でしくじることになるだろう。俺たちはきっと、馬鹿なことを言ったり、したりしてしまうさ！　君は見せしめに殺されるかもしれない。俺は、中央委の最大派閥のお墨付きの報告者を、叩きだすかもしれない。ただ一人反対票を投じるかも知れない！　そんなことをしてれば、ゆくゆくはアウトになるんだ、それが当然だし、それでいいんだ。俺たちみたいなのがいなくちゃならないんだ、それなりに意味があるんだ。ただ、ツヴェレーヴァみたいなのが、俺たち亡き後も生き延びることになるのさ。

ボブロフや奴の手下たちもだな。カースもそうだろう。というのも、あの悪党を銃殺にはできないからさ。奴は役に立つ、貴重な人物だ。国内防衛を左右するほどさ。前線で、つまらぬ作戦のために最良の労働者大隊を犠牲にすることはできても、カースを犠牲にはできない。俺たちが利用し、働かせているああいったウジ虫は、いまはたしかに多くの仕事を一緒にしているが、やがて幅を利かしてき、ついには俺たちを貪り食ってしまうんじゃないかな？　軒先を借りて母屋を取るってやつじゃないかな？」

キルクは話をやめた。目の前には木の幹に寄りかかったオシポフの潤いのない顔があった。田園が遙か向こう、霧の中にぼんやり姿を浮かべていた。

「貪り食われるかどうかはともかく」と、オシポフがいう。「役に立つかどうかだ。なすべきことをなす。この点ではだれも俺たちに文句は言えまい。ボブロフやカースのようなウジ虫野郎にしろ、我々のために仕事をしているというのは、こりゃ一つの成果だ。もちろん、彼らの目的は、最終的には金持ち階級に仕えることさ。いまはともかく我々に仕えてるんだ。後で追っ払えばいい。まずは勝利することさ。武器になるならなんでもいい。言葉どおりにとらんでくれよ、キルク。どんな武器でも、いつでもいいとは限らない。どんな手段を取ろうと結果が同じだとはいえない。一つの結果はいつだって相応の手段を望んでいる。武器の選択は戦闘の目的如何だ。

ツヴェレーヴァのこと、君はピリピリしすぎるよ。彼女を買い被ってるんじゃないか？　だれかが書類を書きこんだり、密告を丹念に調査したり、カースみたいのを取り調べたりしなきゃならないんだ。彼女じゃなけりゃ、だれにやらせようっていうんだい？　それぞれ性格にあった仕事に就いてるのさ。人材が豊富というわけじゃないんだ。我々は一握りなんだ。何百万の人間、物凄い数の大衆はいるが、彼らは我々の背後にいる。死を賭し、傷つきやすく、流感にやられ、良心の危機にさらされ（こいつは流感より大変だ、気をつけろよ、本当さ、笑ってる場合じゃない）、戦っているのは僅かなんだ。我々はその僅かなのだ。党は垢がたまったっていうのか。それは確かだ。エカテリノスラフ〔ドニエプロペトロフスク〕にアナキストがやってきたときのことを覚えてるかい？　彼らは大きな黒い幟を掲げてたが、そこにはこう書いてあった、《権力より恐ろしい毒はない！》その通りだ。ところがその毒を我々は必要としている。いままで我々に向かって権力を振っていた連中は、それが毒だとは知らなかった。だが、我々は知っている。そいつを無くしたいんだ。それが進歩ってものさ。アナキストといえば、あの幟の後ろからボディーガードに囲まれてポポフが馬でやってきたっけ。奴も独裁者だ、自分じゃそう思ってないだろうが、役柄上言わなくてはならないセリフを全部ごちゃまぜに使う独裁者だ。

……やがて、わかるだろう。でも、君や俺ではない、労働者階級がだ。彼らがやがてその目で見ることになろう。時間に関しては、俺は楽観主義者なんだ。いまのところ、俺は慎重に構えてる、むしろペシミストかな。冬を越せるかどうか断言できない。でも我々の前に、時間が、五十年、百年があるんだってことは断言できる。世の中の仕組みが剥きだしになった。どう動いてるか、みんなによくわかるようになった。これは我々の力がなしえたことだ。我々はいい方向に進んでいる。我々は敗けるかもしれない、でもそうなっても、この方向がいいことに変わりはないだろう。

我々の欠点は自分のことを考えすぎることだ。なにかにつけ、俺、俺って言う。この俺神話が血にしみついてるんだ。でもこれは我々の責任とは言えない。大衆の時代になったら、個人にどんな新しい位置が与えられるのか、我々はまだ知らない。きっと、とても大きいと同時にほとんど取るに足りない位置だろう。この前線地点で、この木立からあそこの小屋までだが、塹壕にいる二百人の兵があと数日持ちこたえるように仕向けられるのは、君、そこで眠っている奴、俺の三人なんだ。そして、その数日こそ、未来を救うに足るものなのだ、この前線地点はまさに勝敗を決する分岐点だと言える。そう考えると、我々は重要だ、大事な存在だ。これまでの人生で俺がどんな地点に立っていたのか考えてみると、〇五年、地下印刷所、〇七年、戦闘組織、ついで徒刑地。ついでイルティシ河〔アルタイ山脈南西斜面に発し、シベリア西部でオビ河に合流〕の畔に流刑、たった五人の流刑囚で、ソーニアは気が狂ったっけ。理性と体力を維持し、希望を失わないことがなにより大事だった。それがなにより難しかったんだが。時々、夏の夜、ステップに行ってでかい焚火をしたものさ、妙に心が晴れやかになった。俺は火の上を跳びはねたが、内心、奈落の底に飛びこみたかったさ。わかるだろ、俺は理性を維持したんだ。理性はいまだって役に立つ。それから、一七年には〈大工場〉だ。信じられない日々、すごい日々だったよ、兄弟。君はどこにいた？ ラ・ショ・ド・フォン〔スイスの都市〕？ どこだい、それ？ あっ、そう。ついで党内での戦い、蜂起に賛成か反対か。委員会の決議投票次第でなにもかもひっくりかえるようなときが何度もあった。チャンスを逃せば、敵がそのチャンスを捕まえるかもしれない。それに、委員会は組織次第だから、一切は一人ひとりにかかってる、一人ひとりが自分の信念のために闘わなくてはならないんだ……」

「それで、オシポフよ、投票を誤魔化し、書類上の過半数をでっちあげては、大いに革命に貢献してるつもりになってる、ご立派な組織者がいるってわけだ……」

「奴らのことはほっとけよ。人間一人、いや、百人、千人、何百万人を、真実に目をつぶり、印刷物をやたらに出して、一時的に騙すことはできよう。でも、相対立する階級を騙すことはできない。階級対立に起因する出来事は、錠前みたいに無理にこじ開けたりできないんだ。我々一人ひとり、それぞれ務めを果たしており、大事な存在だってことはわかるだろ。君や俺だって、そうなんだ。暗くって君の顔はよく見えないが、君が笑ったりしてないのはわかるよ。そうなんだ、君も立派な役割を果たしてるんだ、痔にくるしんでいようが、疑問を抱いていようが、無意味な反逆を企んでいようが。君は君の一角で頑張っている、力の限り頑張るだろう……。でもね、もし今朝俺たちがここにいなかったとしたら、委員会はこの役を立派に果せるような別の者を派遣してきただろう。もし俺が刑務所の図書係をしてなかったとしたら、政治家は別の奴を見つけてきただろう。そうだろ？　俺たちは必要不可欠というわけではないんだ。死んだ者たちのことを考えてもみろ。サッシャ、ポーキン、ヴラソフ、グレゴール、フュガー、仲間だけで、この一年だけで、これだけいる。彼らがいなくなっても、俺たちはなんとか持ちこたえている。新しい奴らが来たからだ。そこに眠っている連中のうち、俺たちに劣らず、俺たちに取って代われる者は、二人や三人ではきかないだろう。労働者階級に人材が欠け、時いたっても、必要な人間が現れないなら、大衆の先頭に立つ人間、ということは、躊躇い、沈黙し、手探りしている何百万の人間の意欲を体現する者ということだが、そういう人間が現れないなら、そういう人間が必要な数だけ現れないとしたら、それはプロレタリアートが勝利を得るほど成熟していないということだ。そうなったら、また炭坑に戻り、地底でこき使われるがいい！　牛馬のごとくこき使われ、酒を食らい、旦那衆のためにあくせくするがいい！　我々には死ぬか続けるかしかない。明日か明後日になれば、どっちのほうに向かってるか、わかるだろう。

キルク、問題はプロレタリアートなんだ。これが大事なんだ、だからこそ党が、革命が大事なんだ。いまのところ、我々は十分強固だ。俺は労働者の拳を信じている」

「俺はそれほどじゃないな。一度、〈大工場〉の人間に、どっちに挙手するか目を光らせたりせず、我々こそ優勢で断固としてこれを通すぞと感じさせたりせずに、投票させてみるがいい、こりゃ、たいへんなことになるぞ！」

「だからこそ、投票させるわけにはいかないんだ。腹が空き、疲れ切っていることは彼らは百も承知なんだ。彼らのうち最良の者はもう出かけてしまったし。だからいまは投票なんてしても意味がないんだ。浸水した船のなかで投票するかね？　水を掻い出すだろ。自分は助かりたいばかりに《勝手に逃げろ》と叫ぶ奴の頭を、船長は殴り付けるだろう。〈大工場〉は南方面特別動員に四十八人送ってきたよ。投票なんかよりこのほうが大事だ。

たしかに、俺たちのほうがいいものを食っている。ときには俺だって気が引けるよ。だが、どうしろって言うんだい？　戦場では、司令部はよりうまいものを食い、より危険にさらされないようにするのが、軍隊の決まりさ。ここはまだいいほうだ、そうだろう？　君は代えの軍靴を持ってるかい？」

「いいや、それにしてもツヴェレーヴァは、いつも乗り回している車の他に、深靴を山ほど持ってるぜ。彼女みたいな連中が、〈セレクト〉のストックを要職についている女闘士で分けるように決めたんだぜ……。ところがヴァール工場ときたら、女性労働者の半数は裸足でやってくるんだ……」

「言っておくが、ここの司令部はそれでも他よりましなんだ。人間の生地の問題だ。ともかく、労働者階級が踏ん張っているうちは、汚い連中はそれをいいことにして、たらふく食ってるのさ。ただ、労働者階級には、あの豚連中より時間がある。彼らがヨーロッパの半分を征服したら、難なくあの豚野郎どもを片付けるだろう。窒息しないためには、そうしなくちゃならない……」

木の影が浮かびはじめた薄明のなか、だれかが身動きした。白い霧の帯が川床の上にたなびいていた。

「あそこで眠ってる奴」と、キルクが言う。「ああやって眠っていると、顔もなければ心もない一人の男、XでもYでもZでもいい、街角をうろうろしている輩ってとこだが、ある夜、ゴルディンが奴に訊いたんだ、《結局革命をするとはどういうことかな?》その返事がふるっていたよ。我らがアントーノフは、まるでチョコレートの切れた自動販売機が硬貨を戻してくるように、間髪を入れずに答えたね、《中央委員会から与えられた任務を果たすことです》へんっ、奴にとっては確かにそうさ。通達、令状がすべてでさ。《同志アントーノフにチトフ工場を国有化することを命ず》彼なら、そんな令状がなくともやりかねないだろうがね。ところでそうした命令が馬鹿げたものだったら? だれかが中央委の公印をだれにも気づかれずにポケットにしまいこんだとしたら?」

「君の想像は行き過ぎだ。兵隊に君の言うことが聞こえなくて幸いさ。これらの兵士の前で大声でそんなことを言う奴がいたら、君だって逮捕するだろう。アントーノフは間違っていない。あれも一つの考えさ。彼は一人で考えることができない奴なんだ。でも党が考えていることを立派に語ることはできる。ゴルディンよりはましさ。ゴルディンときたら、考えすぎるし、一人でしか考えないし、自分の考えに酔ってしまう。世界を理解し、再発見し、新たに作り替えたいと思ってるんだ。要するに彼は詩人で、頭でっかちなロマンチストにすぎない。命令、方法、一致団結が生死を分けるようなときには、むしろ危険な男だ。一階級の団結は、たとえ間違っていようと、何人かの孤立――その何人かがどんなに先見の明があろうと――より強力なんだ。ただし原則的な間違いは別だがね。組織以上の闘争手段を、歴史は生み出さなかったし、人間は作り上げなかった。これは君だって十分わかってることだ。錆びつかない武器はなく、撓《たわ》まない道具はない。生きようとする者は常に目を光らせているだろう。プロレタリアートが自ら十分な力量を持てば――きっとそうなると請け合うよ、ここナルバでなくライン河の畔まで我々が進んだら、すぐにもね――、ふんだくり屋や山師どもは、もう甘い汁を吸えないだろう。プロレタリアートがまだ世界を肩に担い運んで行けないのは、最良の武器を使うことを潔しとせず、ボナパルチストを見逃そうとしているからじゃないか？　とはいえ、君、ボナパルチストはブルジョワに随分尽くしたよ。プロレタリアにもボナパルチストが必要になるかもしれんな」

オシポフは自分が言ったことに愕然としたようだった。片方の、陰になった手が、不透明な空気の中で、枯れ枝を探り、それを掴んだ。枯れ枝は乾いた音をたてて折れた。と、気が落ち着き、静かに軽く笑った。

「たとえ頭の中でにしろ、腐った枝に捉まっちゃ駄目だ。俺がボナパルトの輩を容認するのは、十分尽くしてもらったお返しに、いつかは銃殺してやるぞという堅い決意があるからだ。というのも……」

二人とも、長いこと黙ったままでいた。僅かな間隔をおいて立てられた防柵とともに、平野の景色が二人のまわりにぼんやり浮かんできていた。

「というのも」、とキルクが後を受けた。「俺たちゃ、旧い歴史を繰り返しにやってきたわけじゃあないからさ。そんなんなら、ご免だ……。革命に対するきれいな思い出だけを残して消えていくほうがましだ。血？　血がすっかり消えちまうなんてこたぁないさ」

オシポフが、低いが叫びにも似た声で、言った。

「そうとも、そうなんだ！　棍棒によって、というのは敗北によって、叩きこまれたああした考えを追っ払うんだ。きれいな自殺なんてものはない！　そんなのは、きれいにだろうがそうじゃなかろうが、ともかく自殺なんてしっこない文学者の作り事さ。負け犬の哲学さ。そんなのは、もうどうだっていい。持ちこたえること、頑張ること、生き続け、働き、組織し、なにもかも、堆肥だろうがなんだろうが、とことん利用すること、それが大事なことさ。堆肥だって必要さ。首を括る、それも生半可なことじゃない。それはそうさ。でも、歴史の前でポーズを取る、偉ぶる、英雄ぶるのはごめんだ。生きること、それこそが労働者階級が骨の髄まで望んでることだ。我々の背後にいて、我々が鍛えているつもりでいるが実際には我々を突き動かしている、餓えた労働者たち、彼らが心底望んでいるのは、それだ。あきらめるか続けるか決断を迫られたら、彼らは続ける。そうだ、我々も闘い続けよう、生きる習慣を身につけよう」

突如太陽が昇った。雄鶏が一羽、鳴いた。犬が吠えた。白い雲が口をあけ、金色の波が魔法のように青白い草の上に流れた。オシポフは林檎の木の根方に坐っていた。キルクは地面から青白い林檎を拾うと、噛み付いた、と、十二才の頃覚えた横手投げでそれを遠くに放った。

「そうとも」、とキルクは大きな声で言った。「生きる習慣を身につけようや。いい習慣だ、兄弟。まったく！」

できることなら、彼は草原を小馬みたいに走り回りたかった。オシポフはあらぬ方に目をやり、煙草をすっていた。微笑んで軽く開いた唇は、卵形の苦渋に満ちた顔に子供みたいな表情を与えていた。軍服と心の奥底から滲みでる歳月の言いようのない重みとがなかったら、この二人の男は、目覚めるたびに生き返ったように感じる少年期と青年期の狭間に引き戻されたような気分になれたことだろう。

「俺は非常委員会に任命されることになりそうだ」と、オシポフが小声で言った。「兄弟、いい事件を教えてやる。工場がそっくり、地所、建物、設備、二十七人の労働者――まあどれもたいした代物じゃないがね――、それに副工場長ごと、盗まれちゃったのさ！　俺はその事件の鍵を嗅ぎだしたとこだ。なんだと思う？　国有化できなかったんだ、というのも、全然登録簿に記載されてなかったのさ。消えちまったんだよ、なんてこった！」

傍らに寝ていた男が毛布をはいだ。赤茶けた髯がはえ、青い目が輝くアントーノフの四角い赤ら顔が現れる。百歩ほど向こうで、兵士たちが塹壕から姿を現す。形の崩れた上着を着た一人の兵士が、餓えで痩せ細り、脇腹にぶつかる木のケース入りピストルの重さに足元をふらつかせながら、委員会から派遣されたこの三人のほうに向かってきた。小さな頭がやたら目立つ、ブカブカのハンチング。老農夫のように皺だらけだが、子供ともとれる顔立ち。

「パルフェノフだ、大隊付きコミッサールの」と、アントーノフが言う。「ヴィルドボルグ印刷所の若者だ」

オシポフは一気に現況を伝える。

「ここ一週間（本当は二週間だった）交代なし。四、五日は衣服・弾薬の支給なし。持ちこたえられるかね？」

年齢不詳の若者の鼻は少し曲がり、先が尖っている。頬は頬骨が飛び出しそうなくらいこけていて、唇には無数の皺が刻まれている。

「やってみます」

塹壕の縁に集合した兵士たち――百四十の土色の顔――を前に、まずアントーノフが口火を切る。

「同志諸君！　第三インターは……」

演説するアントーノフの足元に坐ったオシポフはノートをとる。《第二大隊、兵士百四十。労働者八、サラリーマン四、農民百三――うち身分不明十五、脱走経験者四十。司令官および兵四名、我々の到着時に敵方に逃亡。最初のミーティングで《内戦やめろ！　長靴を！》の叫び。衣服欠乏・全員、食料欠乏・全員、長靴ない者・二十七。弾薬・極度に欠乏》質問に移る。〈士気〉は？　どう言ったものか。地面から飛び出した、土と見紛う百四十の顔に向かって、アントーノフははっきりと、区切り区切り語りかける、しかも全員の頭に染みこむよう二度三度繰り返す。三国協商側は我々を殺そうと躍起になっている、とはいえ強力であると同時に無力でもある。ドイツではハンブルグ――世界最大の港――の我らが兄弟が勝利を収めつつある。世界は我らが一九一七年以上に驚異的な革命に突入しようとしている。我々は和平を宣言している、世界各国における勝利と蜂起が和平への道を切り開くであろう。我々は土地を手放さない、将軍連や、銀行家、地主、裏切り者といったその一味は、我々から土地を奪いかえそうと狙っている。（あれらの餓えた犬どもは歯ぎしりすることになろう……）ときには乾いた銃声のごとく、ときには激しい風にはためく旗のごとく、言葉がくっきりと鳴り響いた。ひと塊になった怒りは、冷めた高揚に変わっていった。親しげな冷笑と頑なな視線が演説者のほうに引き寄せられていく。彼が口を噤んだ途端、この瞬間を待っていたかのようにだれかが叫んだ。

「下着がねえんだ、蝨《しらみ》にはくわれっぱなしだ！」

別の声があがる、

「ハンガリーのソヴィエトが倒れたってのは本当か？」

「たしかに倒れた」と、アントーノフが声を上げた。「ハンガリー・ソヴィエト万歳！　万歳！」

彼の両の拳と喉が、まるで勝利を告げるかのごとく、敗者たちへの歓声を発した。パラパラと反応する声、それが一瞬お互いを探り合う、と、やがてひと塊になった。

「バンザイ！」

それはこの百四十の兵士が立っている大地のどよめきそのものとなった。多くの兵はハンガリーの存在さえ知らなかった。彼らはなにやら勝利が告げられたと思ったのだ。そこに解放の希望を認めたのだ。《これでいいんだ》とオシポフは思った。そして、〈士気〉の欄に、《申し分なし》と記した。

第十五章

秋の終わりの日々は、波のごとく押し寄せる事件に押し流されていった。どれもが、死を近づけては遠ざけ、死を回避したかと思うと死を確かなものにする、生死にかかわる事件だった。あまりに打ち続く事件の波に、もしやこれは凪ではないかと錯覚するほどだった。不断に機械音を聞かされ続けると、沈黙に似た状態が生じ、そうした状態に陥ると、人は心臓の鼓動を聞いたり、パイプをふかしたり、女房の夢を見たり、醒めたまま うつらうつらしたりするものだが、まさにそれに似ていた。

田園では刈り入れが終わっていた。収穫は隠された。かつて赤旗の下に古い鎌で闘った農夫は、小麦を地下に埋め、〈反キリスト〉が近づくと早鐘を鳴らした。他方、彼らの息子ともいえる者たちは、旧帝国軍の古びた軍帽に赤い星を縫い付け、納屋を物色しにやってきた。労働者たちは、石もて追い返されないように、村の古老に演説をぶった。彼ら労働者は、餓え、憎悪、規律、信仰、戦争、友愛、チフス、愚行にもみくしゃにされ、窮地に陥っていた。この奇妙な大陸の辺境では、徒党の群れと化した軍隊、軍隊にまで膨れあがった徒党の群れが、熱に浮かされた蟻塚さながら、蠢いていた。黄色と青――砂と山嶺――の地では、一人の下士官がアタマン〔コサック隊長〕になり、鉄道員を生きたまま機関車のボイラーに放りこませていた。その一方で、人民の子である彼は、苛立つ部下に、かつての上官の娘たちを与えていた。昔ジンギス・ハーンの弓兵が通ったステップでは、装甲列車が大砲の盲目の目を敵に向けていた。オーデコロンを振った妙に清潔な肌をし、列強国の制服の下に真っ白な下着を着けたジェントルマン、体中虱だらけで、明日をも知れぬ身で地べたに寝るとはどういうことかが皆目わからぬジェントルマンが、寝台車の窓からロシアの大地が流れていくのを眺めていた。ワシントン、ロンドン、パリ、ローマ、東京から彼らの元に指示が送られていた。彼らはジレット剃刀の替え刃を持っていた、これはイルビト〔西シベリアの都市。十九世紀までシベリアの毛皮と中国の茶との重要な交易地だった〕の老中国人に何人もの厚化粧の寵姫を買ってやれるほど高価だった。彼らは威信、金、高慢さ、キンキラのカフスを持っていた。これは、一文無しで陰謀好きで愚かで、取り巻きの将校たちに隙あらばと狙われている大臣、さらに将軍、元帥、どうやらこうやらまだお勤めを果たしている地方総督らを平身低頭させ、屈従させるに十分だった。彼らはその磨かれた爪のように、まろやかな考えを持っていた。野蛮と文明、ユダヤ人＝癩、スラヴの無政府状態、ドイツの金《きん》、レーニンの裏切り、トロツキー＝ブロンシテイン〔トロツキーの本名〕の狂気について、あれこれもっともらしい考えを持っていた。とはいえ、クラブやカフェに通ったり、シャワーを浴びたりできるようになるには秩序の勝利が不可欠だという結論は同じだった。彼らは、アミュー印の鰯、鮪、アルゼンチン・ラプラタの牛、プリンスの鰊などの缶詰ケースをもっていた。ごく近くで銃声がすると、彼らはパニックに陥った車の中に、ジュネーヴ赤十字の旗の下に逃げこむ。すると、獣と饐えた山羊の乳の匂いをぷんぷんさせた黄色人のパルチザンがやってきて、どこにも開け口のない不思議な缶を、いかにも羊飼いらしい指の間に挿んで、たまげたようにひっくり返してみるのだった。オリーブ色がかった皺だらけの顔が幾つも、驚いたように、また陽気に、客車の鏡の前に立ち止まる、そしてお互いに、なんだこりゃ俺だ、笑ってるのはお前だぜ、この髭のは俺だ、と自分を見つけてはしゃぎ回る。というのも、彼らは砂漠の住人であり、いままで一度も自分の顔を見たことがなかったからだ。

やがて、そのうちの一人が、鏡に映った自分の姿と睨めっこしたり、笑いかけているうちに、なぜだか知らず、形而上学的眩暈にとらえられる。俺が笑うとあいつも笑うなんて、我慢できねえ、もう一人俺がいるなんてご免だ！　こんなわけのわからん魔法にけりをつけてやる！　彼は銃の銃身を掴むと、節だらけの根っ子でできた銃床で鏡を割る。この上なく恐ろしい呪力に打ち勝とうとする砂漠の住人なのだから、無理もない。彼はプロメテウスといったところだ。呪縛を断ち切ろうとさえするだろう。炎を奪うことさえ恐れなかったかもしれない。とはいえ、彼は筋肉と怒りの裡にごく自然な力を秘めている野生人でしかなかったが。閑話休題。

彼らは缶詰の鰯はまずいと知った。

重要なのは、ヴォスクレセンスコエ（復活）駅を奪還したことだった。革命軍事評議会に電報を打て、左官、機械工、教師の三人は迷彩の皮でできた丸いテントの中で、疲れ切ってぐっすり眠っている。クレムリンに通信連絡は回復したと電報を打て、僅かながらも救いのチャンスだ、天秤のこっち側、共和国側の皿に、一粒の砂が加わったってとこか。チャンスか？　トルキスタンではヴォスクレセンスコエを奪還した、シベリアではロジェストヴェンスコエ（降臨）を失った。かまうものか。報道機関にはこう伝えろ、《トルキスタンに前進。勇敢なるアリ・ミルザのパルチザン部隊》

「アリ・ミルザ？　彼は敵に寝返ったんじゃなかったか？」

「かまうもんか。こう打て、赤色パルチザン軍の革命評議会は……」

ロジェストヴェンスコエ（降臨）では、エピファーネ助祭が贖罪のためのミサを歌っている。ヴォスクレセンスコエ（復活）では、ミーティングが開かれ、今後駅の名をプロレタルスカイアと改めることにしたが、住民の大半はこれは女の名前だと思っている。アリ・ミルザの首はいまどこにあるのかね？　彼のたった一枚のこの写真、こいつは革命博物館のためにとっておけ。扇状の立派な顎髭、メガネ、一八九〇年頃の西洋の実業家みたいだな。それにしてもこの体に巻き付けた弾倉ベルト、この宗派特有な丈高なターバン、華奢な足に巻いたイギリス兵のゲートルはなんだね？　お里が知れるねえ。投降した彼の首は、舌を切られ、コサックの旧下士官のテントの前で槍の先に突きさされていたらしい、完全に髑髏《されこうべ》になるまで。酔ったアタマンは、その日、それはボリシェヴィキのルーキンの髑髏だと主張したんだ。それでアリ・ミルザはまだ生きているという伝説が生まれた。アリ・ミルザの偽物が砂漠で馬をとばし、ティムールの城塞の廃墟の中で眠っているのさ。

そんなことはどうでもいい。

解放を謳う諸軍団が、機関銃と蓄音機で重くなった二輪馬車に乗り、茫々と生い茂った草の中の路を駆けめぐっていた。酔っ払った騎兵たちは、地面にめりこんでこそいないが、しゃがみこんだように低い、白い古家が並ぶ小さなユダヤ人街を強奪していた。すると、女、娘、八歳の洟垂れ娘までが性病にかかってしまうのだった。一人のアメリカ人女性医師が、こうした恐怖にさらされた町々を定期的に回っていた。彼女は医薬品を約束し、統計を取っていた。医薬品は届かず、統計はでたらめだった。他の騎兵部隊が前にいた部隊を容赦無く追い払い、追いかける。百四の軍団、でもどうして百四なんだ？　まあ、いいじゃないか。それに、より強力で規制のとれた三十の軍隊。さらに、シベリアと南方の二つの大軍隊、これは本物の司令部の指揮を受け、本物の砲兵隊をそなえ、本物のジャーナリストと従軍商人を伴っていたが、この二つの軍隊が、角笛という角笛を鳴らし、ラッパというラッパを吹き鳴らし、あたかも獲物を追い詰めるように、共和国を窮地に追い詰めていた。その上、これほど強力ではないが、別の二つの軍隊が後方に控えたまま、我々の喉元に襲いかかろうとしていた。その戦車はシェルブール〔フランスの都市〕から、その銃はロンドンから、手榴弾はバーメン〔ドイツの都市〕から、金は世界中から届いている。もう終わり、もう終わりだ。

……この攻囲された国の端にあり、餓えにさらされ、いままさに潰《つい》えんとしながらも生者の無頓着さを持ち続けるこの街！　生きとし生ける者にとって、日々はどこか似通っているものだ。最上の栄光の日も、死にさらされる日も（これは後になってみてわかることだろう、あるいはわからないかも、なにせこれとて生者の考えにすぎぬ）、取り立てて他の日と変わっているわけではない。酸っぱいキャベツのスープがありさえすれば、空が晴れやかでありさえすれば、電車がいつものように走ってさえいれば。ほら、今日も走ってるぜ！　それに上機嫌とくれば、普段の生活ってものだ。わが友クーキンが穿ったことを言った。《まったく幸いなことに、人間は身近に迫った苦しみを感知する触角を持っていない》この呑気なハーモニカ吹きは、彼なりに有用な市民だった。すなわち、街の中心にあるその界隈で、部屋の中で兎や雌鶏を育てることを最初に思いついたのは彼だった。蛇腹にはキューピッドの飾りがつき、床は寄せ木張りの大広間で生まれたひよこや子兎を、安く売っていた。まったく幸いなことに、掠奪に曝された街の悲痛な叫喚も、敵の勝利の後、また我々の勝利の後、弾薬節約のため銃床やハンマーで次々に打ち砕かれる頭蓋骨の鈍い微《かす》かな音も聞こえてこなかった。《もし人類が》と、クーキンは続ける。《五分間でも集団的感知能力を身につけることができたら、人類はただちに癒えるか、くたばるかするだろう》クーキンは馬鹿なのか、頭がおかしいのか、まともなのか私にはわからなかった。ハーモニカ教授します、二時〜六時。軍人、労働者は割引料金。この広告が彼の生活の足しになっていた。《私はずっと社会主義者だった》と、クーキンは断言する。《なぜなら社会主義は音楽に大きな未来を約束しているからだ。それにハーモニカは……》十二日の事件を私に報せてくれたのは彼だった。彼は党幹部より二十四時間前に、新聞発表の三日前にこの事件を知ったのだった。

さまざまな陰謀が企てられては、斧で壊される蜘蛛の巣のように霧消し、またぞろ仕組まれていた。各種委員会が開かれていた。一部の委員会独裁にけりをつけようとする委員会は、自派の独裁を謀る他の委員会と手を結び、審議中のある大きな委員会を爆破した。我々の古い武器、すなわち雷酸塩〔起爆剤〕、爆弾投擲手の有効性、要人殺害の信念が、奇妙なことに、今度は逆に自分たちに降りかかってきた。兄弟殺しの委員会と親密だった諸委員会が、急にそのやり方を否認した。この葬列は赤い幟の下を通った。腸チフスはもっとひどかった。いったいなにを食えばいいんだ？「ねぇ」と、クーキンが頭を横に振る。「一日、黒パン二十五グラムの第四カテゴリーはどうやって生きていけってゆうんです？　もしそれが反社会主義的でなかったら、私は慈善兎小屋を作って、資本主義者の生き残りにも食べさせてやりたいとこです……」

このアナキストのテロ事件後、スパイ、反革命分子、外国の手先、旧貴族、元資本家、旧高級将校、王党派教授、賭博経営者、不運な政治ゴロ、六十七名が銃殺された。これは壁に貼りだされた読みにくい新聞に、八ポイントの活字で二段抜きの見出しで報じられた。南方戦線は状況が悪化している。六十七名？　ちょっとした小競り合いの血の代償だな。その六十七名にしたって、立場が逆になったとしたら、我々に手加減を加えるような奴が一人でもいただろうか？　戦線の向こう側で、教会で「テ・デウム」を歌ったり、教養ある人士が民主主義への回帰を発議している間、どんなことが起こりつつあるか、我々は知りすぎるほど知っていた。我々の名前が同様なリストにすでに載っていることを感じていた。列強国の政治家は、封鎖の布告を発したとき、墓場行きになる、この国の子供の数を考えたろうか？　家父でもあるあれらの大臣どものうちもっとも温厚な大臣だって、その柔らかできれいな手を、あのヘロデ老王以上に、無垢な血で汚したことになるんだ。ヘロデ王の悪業は十分喧伝されたたし、少なくもイエスだけは助かったんだが。

「奴らの考えでいくと、だれを殺したっていいわけだ。だれかも、何人かも、ないわけだ」

「やっとわかったようだな。のんびりしちゃいられないんだ。我々に必要なのは理路整然たる考えなんだ。今日は十二日。街が二十五日までもつか否かが問題だ。もしもたないなら、どんな考えも悪いということさ。我々は殺されちまうんだから。もしもつなら、どんな考えもいいということだ。いま、勝つためには、生き延びることが肝心なんだ」

「それにしても、可能性は薄いな」

「そうおもうかね？　だと、六十七名じゃ、十分とはいえない。前もって復讐しておくんだ。そうすれば、可能性が高くなる。他に手が考えられるかね？」

聖イサーク寺院の巨大な円天井に映えていた残照がなくなった。夏の終わりだった。ネヴァ河の花崗岩の両岸に並ぶ艀は腐りかかり、急いで解体されていた。ネヴァ河は海のほうにコレラ、チフス、赤痢の菌を運んでいた。河には船の姿がなく、橋だけが大きな空間に浮き出ていた。要塞、海軍省、旧王宮の上に聳える金色の尖塔は、まるで昔の宮廷用佩剣のようだったが、白みを増す空に青ざめていた。〈夏の庭園〉では、彫像が落葉を見下ろし、無聊をかこっていた。庭園の奥の格子柵は追放された女神像を閉じこめていた。真っすぐ延びた通りはどこも、春より閑散としており、車道はところどころ崩れ、建物の壁は鱗が剥げて癩病に罹ったようになり、割れた窓ガラスと見捨てられたショーウィンドウはますます数を増し、まるで破産し、競売にかけられ、夜逃げした後のようだった。だが、こうしたことすべて、どうということなかった。ソコローヴァはプチ・テアートルで『緑の蝶』を踊っていたし（入場料は小麦粉払い）、偉大なテナー、スヴェーチンはオペラ座で『セヴィリアの理髪師』に再登場しようとしていたし、タマラ・ストルベルクはコンセルヴァトワールの大ホールでヴァンサン・ダンディ〔フランスの作曲家。「フランス山人の歌による交響曲」が有名〕の曲を演奏していた。市場では、くたびれた燕尾服で馬鈴薯十キロほど手に入れることができた。だが、新品のシルクハットでは角砂糖五個がいいとこだった。《そんなのを買うのは、もうサーカスぐらいなものさ》と古着屋はいったが、サーカスも小屋を閉じようとしていた。飼育係は、パン屑しか餌がないために痩せ細ったライオンを喰っちまおうかと目論んでいた。皮のソファにはバカ値がついた。というのも、どこやらの靴屋がそれから長靴、深靴、さらに洒落女用にハイヒールまで作り出そうと頭をひねっていた。

地区経済高等評議会は工業指導部の再編成にとりかかった。と、たちまち、運輸、調達、農業の各委員会と衝突、中央評議会と摩擦、労組地区委員会の介入、市執行委員会のそれとない反対、共和国中央執行委員会の不満、党中央委員会への提訴、人民委員評議会の審議、経済諸組織臨時会議の招集、軍の物資調達最高委員会の猛烈な抗議……を招く。

十二日の事件が起こったとき、フレシュマンは工業部門の縦組織に関わる新テーゼをコンドラティ・グループと共に急ぎ起草すべく（第七回ソヴィエト会議決議、第八回党大会決議第四章、中央委員会回状四八二七号、および一八九四年三月のエンゲルスのゾルゲ宛書簡、参照のこと）、特別に前線から帰ってきていた。

四千の兵の上に雨が降り始めていた。彼らは崩れかけた塹壕を出て、水浸しの畑を渡り、死んだような村々に避難を始めた。空きっ腹を抱えたあのイヴァンたち、あのマトヴェイ、チモシュキーたちには、空漠たる地平線しか見えなかった。冬が来ていた。塹壕の雪、凍える手足、空きっ腹、荒れ果てた大地。聖母マリアよ、救世主キリストよ、革命の、世界のプロレタリアートの指導者たちよ！　いつになったらこんなのは終わるんです？　俺たちのことを思い、理解してくれる者はいないのですか？　もう懲り懲りだとだれに叫んだらいいんです？　兵士らは森に逃げこんだ。そこには緑軍がいた。白でも、赤でも、緑でもない、新しい色を考えだそう！　もうだれとも闘いたくない！　俺たちは土地を手にした、和平を宣言した、もう沢山だと言ってるじゃないか、それなのに、まだ終わらないんだ、終わりっこないんだ。兵士たちは戦線の向こう側に逃げ出した、そっちのほうがましなものが食えそうだったから。なにかといえば抵抗、抵抗と説くユダヤ人のコミッサールなんて、もう真っ平だ！　後生大事なクレムリンのために勝手に死ねばいいんだ！　大地の人間はもううんざりしてんだ。（とはいえ、彼らは戻ってくるだろう、向こう側はもっとひどかったのだ）

イギリス軍の軍服を着た白軍は、十二日に攻めてきた。第六師団はその攻撃を前に雲散霧消した。数人の兵は、すでに葉を落とした木々の枝の武骨な手招きに吸い寄せられるかのように、湿った草の中で必死に闘い、殺された。それらの死体の中に、胸くそ悪いユダヤ人を捜し出すと、その髭のない汚れた顔に唾をかけた。『ゲーテの哲学』の著者〔リヒテンシュタット＝マズィーン（一八八二－一九一九）〕はこのように死んだ。今度こそ終わりだ、街は一週間以内に奪取されるだろう。

雨がしとしと降っていた。教授とヴァレリァンは状況は好転していると思っていた。カースが内通していた。

「だが」と、教授はいう。「ああした狡賢い奴はいつだって仲間を裏切るもんだ。いまのところ、奴は我々の仲間をだれ一人売ってないがね。奴はチャンスを窺っているのさ、我々のほうが旗色がよくなってきたからね。彼は私ではなく、あの老いぼれのリュイタエフのほうを買っているみたいだよ！」

「軽率ですよ、彼は」と、ヴァレリァンが言う。

「カースは決して軽率じゃない。私など知らなかったと言い訳できるからね。これからは十分用心して彼の言うことを聞くとしよう。《その人のことは知ってるように思うんですが、断言はどうも……》とでも言ってね。これはなんともうまい手だ」

彼らはあの乱雑ではあるが快適で広い書斎で、レーピンの描いたトルストイ像に見守られながら、追放者リストを準備していた。《カースのリストは完璧だ》教授は派手に彩色されてはいるが、雨ざらしになった、木製のポリネシアの偶像に似ていた。えらの張った肉付きのいい顎が、いかにも学者らしいネクタイに乗っかっている。とはいえ、無論、彼は教授ではなかったが。その目の黄色い角膜は、赤い細脈がいく筋も走り、鋭く光っている。縦長でつるっ禿げの頭蓋骨はランプシェードの下で緑っぽく見え、骨張った鼻は石灰色で無表情な顔の真ん中に三角形を作っている。例の六十七名のうち何人かは、彼とごく親しい関係を持っていた。それ故、彼の虚ろな眼差しはガラス玉の目のように、ただ光を反射するだけだった。

街はなにも知らなかった。だが、いいようのない不安が街中をさまよっていた。雨に運ばれ、逃亡兵から伝えられ、行列に並ぶ女たちの口から口へと伝えられ……。女たちは《懲罰の時は近づいた……》という白軍の声明文を読んでいたのだ。そんなある日、ツヴェレーヴァは驚くべきことを発見した。容疑者ダニール・ペトロヴィチ・ゴフの本名はニコラス（コーリア）・オレストヴィチ・アズィーンだった。一年前、不穏活動の廉で偽名で逮捕されたが、アルカディのサイン入り命令書によって、経緯不明のまま、ただちに釈放されていた。この容疑者の姉は厳しい監視下に置かれたが、老齢の身寄りのほか親しく付き合う者はなく、それら身寄りもファイル四二とは無関係だった。ただ、彼女は一目でグルジア人とわかる軍人を家に迎え入れていた。ある日、彼女はその軍人とディエツコエセロ〔現プーシキン市。一九一八年までツァールスコエセロと呼ばれた〕の公園に散歩にいった。彼女はピンクのリボンのついた大きな麦藁帽に、白づくめの衣装といういでたち。男はオールを漕いだ。密偵もボートに乗り、何度かこのカップルに近づくことに成功、男は委員会の大物であるとの確信を得た……。ここまできたとき、ツヴェレーヴァは、恋人の漕ぐボートに乗っているその恋する乙女にも優る幸福感に浸された。有能なカースは、委員会のさるメンバーがブルジョワ出身の娘と付き合っているのを以前から知っていて、いつかそれを利用しようと思っていたと打ち明けた。

ネヴァ河は力なく、その青緑色の水を海のほうに運んでいた。白濁した空の下、雨は容赦なく街に降り注いでいた。荒れ果てた畑、海沿いの荒野、樅や裸の白樺の林を縫うように、雨水は流れをつくって流れていた。ぬかるみの大地を、形をなさぬ路を、灰色の兵たちが流れとなって街に向かって逃げていた。予期せぬ勝利に酔った白軍がそのあとを追っていた。非常委員会の新しい委員長は前線からの最後の電報を三時に受け取った。状況は絶望的だった。だれかがノックした。アルカディかもしれぬ。確かにアルカディだった。

「なんのニュースかね?」と、テーブルの上の、青いリボンで結んだ電報を見ながら、アルカディは尋ねた。

「悪いニュースだ」と、顔も上げずにオシポフが言った。

アルカディは肩をすくめた。新たな部隊が来なければ、街は終わりだ。でもなぜオシポフは顔を上げないいんだろう? アルカディは待った。少しも恐れてはなかった。しかし、オシポフの白い額が上を向き、驚くほど青白いその顔を見たとたん、それとない、大きな不幸の予感が彼のうちに生まれた。

「なんということをしてくれたんだ、アルカディ?」と、オシポフは聞きとれないほど小さな声で言った。

その言葉は、粘土の塊で作った塹壕の壁が剥がれるように、彼の口からポロリとこぼれた。

「なんのこと?」

オシポフは肩を落としたまま立ち上がった。

「なんのこと、なんのことだと? オルガ・オレストヴナ・アズィーンを知ってるな?」

「ああ」

「二月に彼女の弟を釈放したな？」

二人はすぐに、深淵の底のように深い事件の核心に入っていった。

「それじゃ、君を逮捕しなくてはならない」と、オシポフが言う。

「俺を疑ってるんじゃないだろうな？」

「君を疑っちゃいない、でも俺にはどうしようもない」

オシポフは言い訳するように、小声でこう言い足した。

「逮捕状にはテレンティエフの副署があるんだ」

テレンティエフだろうと、他のだれかだろうと……。白茶けた沈黙が部屋を大きく感じさせた。振り子時計――キューピッドとプシュケ――のチックタックが、空虚な秒を刻んでいた。アルカディは、窓の中に、細かい雨がきれぎれだが無数の糸で、忘れようにも忘れられない向かいの建物の黄色い壁に、線を刻んでいるのを見た。それから、まるで夢でも見ているように、大きな声で愚にもつかないことを言った。

「ひでえ天気だな。あの壁は青く塗り直したほうがいいな」

「なんてぇことをしてくれたんだ、なあ、なんてぇことを！」と、さらにオシポフは呟いた、おそらくは大声のつもりで、おそらくは自分の心のうちで。
二人は手を握り合った。

第十六章

獄中、攻囲された街、検閲制下の国、こういったところで悪いニュースが伝播する様《さま》は、不可解かつ驚くべきものがある。内戦の時期、住民はいつもの街の雰囲気のなかにも、敗北の微かな兆しを嗅ぎ付ける。政府機関が、状況は好転していると、いくらビラを出したところで無駄である。住民は明日にも撤退が始まると知っているのだ。人寂びた通りを電光のごとく走る沈黙、その沈黙の中に、新たなテロルの先触れたる騎兵が明後日にも姿を現すだろうと見抜いている。人々は花を手にラッパ手の前に進みでるだろう。家々は隈無く漁《あさ》られるだろう、不審人物は、羊皮の大きな黒い縁なし帽を被った見慣れぬ歩兵に挟まれ、口元を血塗れにしながら機械的な足取りで歩んでいくだろう……。キエフの住民は十一回の占領を経験した。この街の住民は、恐怖か期待かを嗅ぎ分けながら、右往左往する。それというのも、我々の恐怖は相手の希望によって作られるし、我々の希望は相手の恐怖を織りなすからだ。成り行きまかせに漂流する街。非合法に持ちこまれた外国の新聞は、密かに手から手へ伝えられ――これは命懸けの行為だ――、ストックホルム電として、この街が奪取されたと報じる。と、別の至急電は《わが特派員発、国民軍はここ三日以内に市に入る予定》と訂正する。お読みになりましたか、マダム！　靴屋も店に戻ってきますよ、銀行も再開しますよ、やれやれ！　白軍は三十キロ先の旧王宮を占領したっていうじゃありませんか、戦車だってあるっていうし……。闇市じゃ二千人も増えたもんで、パンの値が三倍にはねあがりましたな。革命政府のアッシニア紙幣なんて紙屑同然ですとも、革命は止めを刺されようってんですから。

行動の刻。もはや退却は不可。ここ数ヵ月来凍ったジャガ芋をひまし油で揚げたものばかり食べていたため、すっかりむくんだ一人の老古文書館員が、パーヴェル一世時代の立派な家具である、上院議長室のマホガニーの大机をこじあけようとしている。そうしなくてはならないのだ！　心臓は早鐘のように鳴っている。恐れていた時がやってきたのだ。明日になったら、おそらくこれらの文書は焼けてしまうだろう、なんとしても、あの偉大なる扇動者の自筆文書を救わなくてはならない。彼は痩せ細った肩に文書をかつぐ。通りを行く彼のびっこの姿は、もし奇跡的に二十歳に戻り、手にした熱狂的ラブレターをその晩読み返すことになったとしても、これほどうれしそうではなかっただろう。唇をきっと結び、笑いを押し殺している。短いペチコート姿の二人の女兵士に見張られて、ブルジョワ作業班がトリニテ橋の前で塹壕を掘っていた。老古文書館員は彼らのゆったりした、おそらく無駄になる作業にちょっと目を向ける。流行遅れの短いマント姿の女たちが木道用の材木を手押し車で不器用に運んでいる。男たちも不機嫌そうではない。いま街がとられたって、俺の知ったことか！

共同体《コミューン》のストックが盗まれる、あるはずもないストックまで売られる。いったい明日はだれの懐が膨らむのか？　逃げ出すための金、身を隠すための金、身分証明書を手に入れるための金、裏切るための金、遊ぶため、金を貯めるための金。秘かに教えられた電話番号を回せば、女衒がバレー団の可愛い娘を紹介してくれる。大公の愛妾がよろしいかな？　惚れっぽいセンチメンタルな娘？　それとも変態にしますか？　平等主義を掲げるこの街のそこかしこに、秘密のハーレムが生き残り、宝石さえあれば規律や集会、ときには革命さえ忘れて、享楽に耽ることができるのだ。それに宝石なんて見つけ次第奪いさえすればよい。収用されたとはいえ骨董屋は、おそらく漂流物の盗用者にすぎないのだから、貴重な細密画さえ譲ってくれよう。これが相変わらず高価だし、隠しやすく、運び易いときてる。小さなスーツケースを手に、夜、国境を越える。闇に包まれた森の中で、そいつをしっかり守ることだ、そうすれば金持ちになれる！　密輸入者は非常委員会の密告者でもあろうから、二、三千ルーブリも払えば、フィンランドまで（あるいは待ち伏せの罠まで）道案内してくれよう。でも、ダイヤモンドはどこに隠す？　よーく考えろ。靴の踵？　ありきたりだ。新手は、外套のボタンの中。何気なくマッチ箱のマッチの下。徒刑囚がやるように、尻の穴……。黒の皮コートを着た、我々にそっくりな男たちは執行委員会の夜警の任務につくと、共同体のストックを、またすでに盗品である貨車積みの食料までをも売ってしまう。長いこと戦艦の船倉にいながら、まだ土の匂いから抜け切らない荒くれ農夫は、それらの細密画――パーヴェル一世（カルムイク人みたいな鼻、赤く腫れぼったい目、三角帽）、青白い顔の公爵夫人、ナポレオン――を見ると、気難しい顔をほころばせる。で、もし街がもちこたえたら？　変態女かセンチメンタルな娘でも抱くか？　突如顔が紅潮し、こわばる。両方だ、かまうもんか、俺は男だぜ、それに金だってご覧の通り……。五時。執行委員会のテーブルで夕食を摂りに行く時間。腐りかかった馬肉入りの汁気たっぷりのスープが飲めるのはここだけだ。ついで、議長に報告。《食料事情、劣悪。グロモフ、いつまでもこうじゃないだろうね……？》グロモフはひたすら熱情の人、説明は乱暴、プロレタリア的献身そのもの。《輸送ときたら、鉄道員の野郎ども、てめえの腹のことしか考えねえで、どいつもこいつも投機屋だ！》――《だったら、なにか提案してみることだ、グロモフ、いいかね！》――《市場での徴発を提案してますよ。軍隊式にいくとしまさぁ》（市場では、民兵が空に銃を発砲し、女たちが慌てふためきパニック状態に陥るなか、一昨日ダイヤ入りヘアピン二個でアンドレ・ヴァシリエヴィチに売られた小麦粉と米が徴発されることになろう）

広大な学院〔スモーリヌィ女子学院。ペトログラード・ソヴィエトが接収した〕は、一階では騒乱の日々のような混雑が少しはあるものの、二階以上はガランとしている。どの部屋もガランとしているのは動員のせいか逃亡のせいなのか？　議長にはまったくわからなかった。彼の足取りは力ない。両手をポケットに突っこみ、小さなカフェから出てくる紳士のような足取りで、長い直線の廊下に沿って行く。かつての女学生の共同寝室には、一つ一つドアに番号が付いている。八二　党委員会、八四　幹部配置局、八六　報道、八八　国際局。議長は国際局に入る。白木の仕切りで作られた、剥き出しの薄暗い控え室では、二人の少年給仕が、ブレーメン・グループの分裂に関するPCA〔ドイツ共産党〕のメッセージのゲラ刷りを真面目な顔つきで校正している秘書に聞かれないよう、笑いを押し殺しながらレスリングをしていた。議長の出現に二人はその場に立ちすくむ。だがもじゃもじゃ髪の大きな顔は微かに微笑を湛えている。少年たちは急に大胆になる。

「ご覧の通りもうズボンも靴もありません、同志！　配給券にサインをお願いします、同志！やった！　サインしてもらえるぞ！」

「秘書課に言いなさい。議長がそう言ったと言うんだぞ！」

彼の背後で、二人は音をたてずに踊り回る、靴が手に入るぞ！

だだっ広い、白一色のホール。議長は、薄いブロンドの髪の速記タイピストに口述する。《世界の労働者諸君……！》TSF〔無線電信〕は今晩、すべての人に、すべての人に、世界中のすべての人に、北部コミューンの最後のアッピールを発するだろう！　要するに、港を封鎖し、明日にも平べったい軍帽の大隊を上陸させようとしている大艦隊に立ち向かうには、我々にはもはやこの無線の声しか残されていないのだ。《イギリス軍兵士および水兵諸君、君らもプロレタリアや農民であり、我々は諸君の兄弟であることを忘れないでほしい》議長は言葉にリズムをつけながら、部屋の隅から隅へ歩を運ぶ。タイピストはこっそり彼を盗み見る、と、議長は窓辺で言葉を探しながら硬い髪を引っ掻き回す。タイピストは、これはいつものことだ、この人はいい顔をしている、ラテン諸国担当補佐官宛の鰊の配給をもらい損ねてしまいそう、撤退の際は議長用特別列車にきっと乗せてもらえるわ……と考える。

一師団の司令部がどの駅にも設営されている。戦線は郊外の外れに沿って広がっている。国内防衛軍の抵抗線と退却線は運河のカーブに沿っている。これこれの街角はしっかり防衛しなくてはならない。生存者は河に沿って退却せよ、ただし二度退路を断たれる恐れがある……。そうなったら、ダイナマイトと銃火に猛威をふるってもらうことになろう。コンドラティは静かな口調でそう語る。「そうなったら、我々は橋を爆破する。工場を爆破する。執行部、非常委員会、旧省庁舎を爆破する。港の倉庫に火を付ける。この街を火山にする。これが私の打開策だ」

議長は別の打開策を選ぼうとする。青みを帯びた大きな彼の顔は、少し浮腫《むく》んで、電話に齧り付いている。擦れた声が、六百四十キロ離れた共和国の中心地に、飽くことなく悪いニュースを伝えている。食料なし、援軍なし。敵の進軍は食い止めようもない。戦車、そう、戦車だ。部隊は士気低下、まず頼りにならない。街には陰謀につぐ陰謀。背後からやられる危険性もある。北部戦線の部隊は攻撃を受けたらひとたまりもないだろう、残念ながらその点は確かだ。イギリス艦隊は……。

そうなんだ、守りきれない。撤退、だな。無駄な血を多く流したくない、プロレタリアの鮮烈な力を温存すること……。

非常委員会はアルカディ事件審理のため、規定に則り全員出席のもと、開かれた。フレシュマンは、被告人代理に指名され、のちほど前線の状況について報告することになっていた。オーク材の羽目板を張った小会議室に十二人の顔が並ぶ。オシポフが議長を務めていた。事件はごく簡単に報告された。

一見ごく控えめな表現をとったツヴェレーヴァの報告書は、買収の容疑を匂わせることに終始した。オルガ・オレストヴナ・アズィーンはアルカディから弟以外の者の釈放を得ていないし、また釈放に関して当事者から礼金を受け取らなかったと証明するものはなにもなかった。カース証言のどちらともとれる一節はこの推定を裏付けていた。（この忌まわしい報告書は、ファイル八一を同志ツヴェレーヴァの手から取り上げ、キルクの手に引き渡すことをオシポフに決心させたのだった。一部の人たちはこれにには作為があるとみた。すなわち、〔ペトログラード・ソヴィエト〕議長派は内輪な会話の中ではあったが、《このおかしな友情の証し》を必ず中央委員会に報告すると非難していた……）

マリー・パヴローヴナは、この件の書類を中央政府指導者に届けるためモスクワに派遣されたのだが、一人の痩せこけた男を前にしていた。男は過労のため、年とった幽閉者のような顔をし、心労に打ちのめされているようだった。肩骨が緑色の上着の下で突き出ていた。彼はこれ神経の塊といった風で、切れ者で、動きにも神経が張りつめており、自制、寡黙、沈黙の人だった。鋭い横顔、ピンとした山羊髭、相手を真っすぐ見据えながら心ここにあらずといった眼差し。この眼差しは、おそらく内的緊張がにじみでたその透明さのせいだろうが、冷徹そのものだった。テーブルの上には大きなどっしりしたインク壺が一つ、これは青紫色の石目が通った生肉色のウラル産奇石でできていて、《最後の独裁君主の裁き手、革命の不屈の帯剣騎士……》たるエカテリンブルクのプロレタリア連中から贈られたものだった。蓋をしたこの見事なインク壺には当然ながらインクはなかった。というのもこの政府指導者は判決に万年筆でサインしていたから。この万年筆はクエイカー教徒のジャーナリスト、M・パプキンスから贈られたものだった。戦線地図。等身大のカール・マルクスの肖像画の下、二つの窓の間には、奇妙な飾り武具——飾り鋲を打った大きな木の根でできたさまざまな武器、ロープの切れっぱしにぶら下がった瘤だらけの槌、銃口を断ち切り、銃床を欠いた銃、木の幹にはめこんだ金属パイプみたいな、歪んだ大砲みたいなもの——、さらに長方形の厚紙に《タラソフ団掃討、タンボフ政府、一九一九年二月》とタイプライターで打った跋文。

指導者は書類を開く。ツヴェレーヴァ報告書。オルガ・オレストヴナ・アズィーン尋問調書。アルカディ・アルカディエヴィチ・イスマイロフ（アルカディはフルネームで書かれていた、そのため自分のことではないかのように感じられた）尋問調書。二人の供述はぴったりあっていた、まるで二人の被告は前もって詳細に打ち合せていたかのようだった。被告オルガは、当時、弟の無実を信じていたと言明していた。アルカディも彼女の言葉を信じた。一ヵ月後、彼女は彼の愛人になる。この点については、彼から詳細な供述を引き出せなかった。秘かな密告によれば、この一件は非の打ちどころなき協力者である同志ツヴェレーヴァの手から故意に引き離され、元組合活動家キルクの担当に移されたとのこと。

「厄介な事件だ」と、指導者が言う。（彼は虚空にじっと目を注いだ）「私がやらなくちゃならんかな……」

ドアが静かに開き、だれかが赤い封筒をもってきた。指導者はその澄み切った目をマリー・パヴローヴナのほうに向け、こう尋ねる、

「ともかく、君らの委員会は腐敗しすぎちゃいないかね？」

生真面目な老嬢はギクッとする。彼女がパリ、ラ・グラスィエール通りに住み、彼のほうは中国国境に近い、アルタイのウスチ・カンスコエに住んでいた頃、二人は手紙で連絡を取り合ったこともある二十年来の知己なのだ。彼は慌ててこう言い足す、

「気を悪くせんでくれ、マリー・パヴローヴナ。君も知っての通り、人間というのはすぐ堕落するものだからね、とくに若者はね。さて、この件は君が処理してくれ、君に任す。では、また後で

……」

この信頼の証《あかし》は恐らく最悪の解決法だった。というのもこの指導者の危惧は非常委員会の中にも蔓延していたのだ。

事態を紛糾させたもう一つの要素。このスキャンダラスな事件が噂になって広まっていたのだ。議長は党の大集会の席上、泣く子も黙る非常委員会にまで広がった腐敗の芽のことを、はっきりほのめかしてしまった。《我々は恐怖政《テロル》の諸機関を容赦なく浄化するだろう。プロレタリアートの剣はきれいでなくてはならない》と、彼は雄弁な身振りを交えて叫んだのだった。会場の拍手はしばらく鳴り止まなかった。

アルカディはコンドラティ・グループに属していた。アルカディを種に、このグループ自体が標的にされているのがわかる。こうした欺瞞的攻撃が今度は議長に向けられるようになる、党も委員会も判決をくだしていない事件のことを漏洩する権利は、何人にもないはずだ。だが、アルカディを犠牲にすることは、この一派が彼の失策のとばっちりをかぶらないためには、止むを得ないことだと思われた。

さらに、ゾーリン事件。まったく無関係な事件だったが、困ったことにこの事件がだれの心にも引っかかっていた。この委員会の下っ端役人は、食糧配給を受けるため、自分が作成する任に当たっている引換券のスタンプを偽造した廉で、つい先頃無審議で銃殺されたのだった。

内規十五条は有無を言わさぬほど簡潔明瞭だった。議論は、困惑の交じった長い間を置きながらも、速やかに終わった。最後に、マリー・パヴローヴナが、中央委員会の唯一の出席メンバーだったが、淡々とした口調で言った、

「十五条の適用を提案します」

オシポフが採決をとる。イヴァノフ？　賛成。フェルドマン？　賛成。オグノフ？　賛成。フレシュマン（コンドラティ・グループの第一人者）も賛成票を投ずる。テレンティエフは、投票のときになって、発言を求めた。彼の大きな赤ら顔、捲れあがった唇、狭い額がしばらく光に浮かび上がる。何色ともつかぬ磁器のような目がぐるぐる回る。顔に劣らず赤いごつい手が、吃るような細かな手振りを刻む。

「これは単なる女性問題にすぎない。アルカディは潔癖だ。彼ほど立派な人間はそうざらにいるものじゃない。俺よりずっと、百倍も優れた男だ！　あえて言うが、彼を銃殺する資格など俺たちにはない。俺は無教養な男だ。ほら、この手足を見てくれ、その俺がどちらにサインするか見てくれ……」

彼は鉛筆を掴むと、サインする仕種をする。だれかが援護してくれないかと目で探す。十一の顔は無言のままだ。オシポフは頬杖をついたまま、哀しげに聞いている。その目からは光が消えている。テレンティエフが、顔を真っ赤にして、しどろもどろに話しだす、

「俺は彼を信じている。なるほど、革命では言葉だけで人を信じちゃならないのはわかっている。俺たちは首を差し出さなくちゃならない、そうとも、俺たちゃ情け容赦ないんだ。それでもだ、俺にはできない！　俺たちは、してはならない……」

彼は黙った。

「終わったかね？」と、オシポフがそっと訊く。「では、反対だね？」

キルクはじっとテレンティエフを見つめる。残るは六人、これは決定的票になるかもしれぬ。テレンティエフは、充血し、俯き、首の静脈を浮かばせ、緑色のクロスにごつい両手をピタッとついて、目に見えぬ壁に追い詰められたように、自分自身と格闘している。

「いや」と、首を締めつけられたような声で彼は言う。「俺は賛成だ」

キルクは怒りにかられたように《反対》を投ずる。遅きにすぎた、反対は彼だけだった。オシポフは、最後に、はっきりと言う、

「私は、賛成。十一対一、十五条の適用が決定しました」

その晩遅く、キルクはソヴィエト会館の百三十号室のドアをノックした。オシポフは、裸足のまま、痩せた腰のまわりに古い乗馬ズボンを巻きつけ、下着姿でベッドから出てくると、不安顔で彼を迎え入れた。

「なにかね？」

「ご挨拶だね！　なんでもないよ。ただ、兄弟、私たちは罪を犯したよ」

「罪だって？」オシポフは反論した。「仲間の一人がやられたからか？　仲間の血を代償にしてでも非情であり続けねばならないことは君だってわかっているだろうに？　私たちのうち、いつかはそんな巡り合わせに遇わずにすむものが一人でもいるとでも思っているのかい？

　できることなら、私だって彼を助けたかった。でも、君もわかっていただろうが、全体としての責任を分かち持つ他、手立てがなかったんだ。君はドン・キホーテだ、ただ独り騎士を気取ってみせたりして。君にはおもしろいかもしれんが、そんなのはなんにもならんさ。

　それに、いいかね、この事件はもうどうってことないんだ。今週君が死のうが私が死のうが、どうってことないのと同じさ。君はいいところにきてくれた。私はもう精も根も尽きてしまってね。衛兵隊のグリシャを起こしてくれ。彼に私のオートバイを運転させて、スモーリヌィに向かってくれ。シュリッセリブルク〔現ペトロクレポスチ。ラドガ湖畔の都市〕から六千の兵が到着したんだ。その宿舎、食料、武器を調達し、しっかりした部隊にしなくちゃならん。早くしてくれ」

第十七章

事務所はそれぞれ、普段通りに働いている。ということは、働いている振りをしているということだ。通りはそこかしこ行列。工場では特別集会。地区委員会では臨時会議。電話。街は、どこか街外れで沸き起こった事件が、獲物に襲いかかるようにこの街に襲いかかってくるのを待っている。敗者に災いあれ！　だ。若い妊婦——妊娠は嫌疑の矛先を鈍らせるから——と白髪の老婆が、明日街が奪われても、非合法組織が党活動を続けられるように、偽造身分証明書を準備している。だが彼女らは自分たちがすでに敵に売り渡されていることを知らない。彼女らの住所が握られていることを、彼女らが買っている偽の外国人パスポートが二重に偽物であることを知らない……。どの連隊も決戦に備えてはいるが、その準備は締まりがなく、きっとすさまじい潰走を招くだろう。各委員会の周囲に駐屯している党の特別大隊は、撤退に備えた手立てがなんら講じられていない、指導者らは列車や自動車を使って逃げ出せる、なのに俺たち下っ端は殉死することになるんだ、とささやいている。労働者は活動を停止した工場で、小麦粉を要求し、金属、工具、仕切り板、鉄板、ロープ、ケーブル等々、なんでもくすねる。雨をはらんだ黒雲は、裏切り行為、放火、敗北、処刑の噂を運んでくる。コサック兵はガッチナの宮殿を略奪した。大作家クプリーン〔一八七〇―一九三八。革命後はフランスに亡命〕は敵方に寝返った。《奴らはユダヤ人、コミュニストを一人残らず絞首刑にするんだ！》放課後、水たまりが点々とする校庭で、ラシェルとサラ――二人は聖書に出てくる砂漠に接する棕櫚の木の下で生まれたかのような姉妹だったが――は、突然子供たちに囲まれる。

「ユーピン〔ユダヤ人〕、やーい、ユーピン、お前ら、そのうち、腸を引っこ抜かれちゃうんだぞ！」

「子供も？」と、ブロンドの髪を三つ編みにしたマドレーヌが訊く。

「みんなさ、だれもかもさ！」

二人のユダヤ人娘は手をつないだまま逃げ出す。だが、やがて来る恐怖がすでに二人を異様な空虚で包みこんでいる。

「腸を引き抜くって、なんのこと？」ラシェルが姉に訊く。

姉は泣き出したい気持ちを抑えて、歩を早める。

「黙りなさい。あんたにはわかんないの」

共和国そのものが崩壊しようとしているとき、どうしてこの街が持ちこたえられようか。専門家たちは輸送、物資調達、伝染病などの問題を深く掘り下げて検討した。奇跡が起こらない限り、解決しようがない、と結論した。防衛最高会議で、《破産ですぞ！》と彼らは言い放った。彼らは尊大な預言者的態度こそ見せなかったが、威風堂々と退去する。ある者は、鉄道の損耗は三ヵ月足らずで致命的になると知っている。ある者は、すべての大都市は同じく三ヵ月足らずで、飢え死にする運命だと知っている。これは数学的結論なのだ。最小限の弾薬製造計画さえまったく実現不可能だ、伝染病はさらに広がりつつある、と言明する者もいた。彼ら専門家の書類には、革命の体温表が一切おさまっている。その発熱曲線は瀕死を告げている。歴史を力ずくで変えることはできない。恐怖政治で生産を組織することはできない、しかも、地球上でもっとも遅れている国民が相手では！　この革命という大冒険に乗り出し、いまや絶望の淵に立たされながらもエネルギッシュに活動している人々に対する敬意から、彼らは判決を下すのだけは辛うじて控えた。あの人々の過失はどんなに些細なものでも、長い研究の対象になるだろう。あの人々をどう解釈したものだろうか。それこそが問題中の問題だ。こうした敬意がこもった控えめな判断には、恐れ、皮肉、それにたぶん後悔が入り混じっていた。

専門家たちは退席した。最高会議の真ん中で二人の男が向かい合っている。最高会議の面々はどれも、恐るべき赤字を抱えた企業の重役会さながら、もっともらしい数字に覆われた書類を前に、ふさぎこんだ顔を並べている。マイナス資産――ブダペストの白色テロ、ハンブルグの敗北、ベルリンの沈黙、パリの沈黙、ジャン・ロンゲ〔フランスの社会党左派の代議士〕の躊躇、オリョール〔モスクワの南約三百キロ〕の陥落、トゥーラ〔モスクワの南約二百キロ〕への脅威。マイナス資産――昨日まで我々はなにものでもなかったこと。ただし、いま我々は悲惨から、闇から、永遠の敗北から抜け出ようとしている。プラス資産――イタリアからの電報、トリノのストライキ、シベリア・タイガ地帯でのパルチザンの戦功、ワシントンと東京との敵対、セラッティ〔イタリア社会党員。彼の提言でイタリア社会党は共産主義インターナショナルに加盟する〕とピエール・ブリゾン〔フランスの国際派社会主義者。反戦・平和主義者。週刊誌「ラ・ヴァーグ（波）」の主宰者〕の論文。プラス資産――プロレタリアの知識、意志、血。もう一つプラス資産――脇腹に戦争の傷を負った文明世界の大きなマイナス。フィンランドの白色テロで殺された一万一千人の犠牲者は、プロパガンダによって、プラス資産に組みこむ……。

そのとき、大勢の参加者の苦慮と沈黙の中、議論は二人の人物に絞られてきた。いたるところ、住居、事務所、クラブ、新聞、公共建造物の入口、なんとか写真を飾る名誉にありつこうとする、おべっか使いの写真屋のショーウィンドウなど、うんざりするほどいたるところに、その肖像を見かける二人。この二人は、炭鉱国有化に成功して上機嫌なとき、このイコノグラフィーについて、こんな皮肉な会話を交わしたことがあった。

「なんという肖像の無駄遣いだ、まったく！　これは行き過ぎだとは思わんかね？」

「これは人気の裏面なのさ。出世主義者やバカ者どもが人気を煽っているのさ」

二人は質こそ違え、ともに皮肉好きだった。一人は、いかにも人がよさそうで、大きく秀でた額、少し目立つ頬骨、がっしりした鼻をし、ひと房の赤みがかった顎髭を生やし、健康と率直さがあらわな表情をしていた。よく笑うが、緑色の煌めきに充ちた目は、そのたびに一層細くなり、吊り上がったようになる。高く禿げて凸凹の目立つ額と大きな口、陽気な表情。その顔立ちにはヨーロッパ人とアジア人の特徴がはっきり見て取れる。もう一人はユダヤ人、唇をきっと結んだ口、その口元に走る大きな襞に、ときとして、鷲のような獰猛さが浮かぶ。鋭い知性を秘めた眼光、いかにも人民の指導者然とした風貌、近視眼的な人なら古めかしい自尊心と取り違えそうな内なる確信。さらに、笑うとメフィストフェレス的表情を浮かべるが、これはたぶんうわべだけのものだ。というのも、人生とはすべてこれ征服していくものだと思っている、青年特有の楽観的能力を、彼はまだ失っていない。二人は自分たちの肖像を嘲る。

「せめてあれの印刷を差し止められるくらいまで、生きていられたらなぁ！」と、一人が言えば、

「聖人の列に加えられないように生きるとしようや！」ともう一人が受ける。

二人は、最古層の岩盤に立脚しない限り、世界をひっくり返せないことを心得ている。

この街の死活は二人の手に握られる。一つの街が、たとえこの街にしたところで、どうだというんだ！　南方戦線のほうがもっと大事だ。だが、ここで持ちこたえなくちゃならん、トゥーラの武器庫、中央首都、ヴォルガ河とウラル山脈の要衝、革命の温床を、守らなくてはならん。たとえ退却してでも、時を稼ぐこと。軍隊を集結すること。ここまで辛酸を舐めたからには、もう失うものはないはずだ。守りきれないとなったら街から退却すればいい。敵だって、この街を食わせることはできまい。それが白軍と連合軍の軋轢を生むことになろう。すでに二人のうちの一人は、計画に

おいては大胆この上なく、計画の実行においては慎重この上ないこの人物は、敗北を受け入れつつも、新たな勢力の結集に取りかかっている。

もう一人は例によって、力による解決に傾いている。最良の防御は攻撃にある。二十万のプロレタリアは、疲れきっているにせよ、自分らに軛を課そうとする、数の上では十分の一の敵に、持ちこたえることができるはずだ。二十万のプロレタリアは、隷属に身をまかす無気力な大衆ともなりうれば、輝かしい勝利あるいは恐ろしい敗北に向かって突き進む群衆とも、古い軍隊より強力で恐れを知らぬ軍隊を自ら生み出しうる、不屈で容赦ない勢力ともなりうる。曖昧な意識は従順な群衆を反逆的群衆に変える。明確な意識は大衆を目覚めさせ、組織させ、やがては軍隊を結成させる。これに必要なのは、人間という酵母を措いてない。

徹底抗戦のテーゼが勝利を収める。この軍指導者は黒い蓬髪をゆする。冷笑を含んだ目の輝きが、鼻眼鏡の奥の心配げな視線を隠す。口元が緩む。

「バシキール人部隊を派遣する！」

二人の笑顔が、一瞬、会議の狼狽を誘う。それは妙案だ、あのステップの騎兵部隊、フィンランドが反抗に動いた場合、ヘルシンキに投入するはずの部隊！（バシキール軍が戦火の中でどれほどの働きをするかは別問題だが）西側ではずいぶんとインクが流されることになろう。それも悪くはないな。敵の報道機関を操るのも肝心だ。

「これを愚挙ととってくれれば、効果はてきめんだ」

「私としては、愚挙とも、異国趣味とも、一か八かの賭けともとってるがね」


灰色の大隊が、郊外の通りという通りを通って流れこんだ。タヴリーダ宮殿の白い大円柱列の下に並んだ三千の兵士は、押し黙ったまま、トロツキーがまるで破門宣告でもするように、革命の脅威を謳いあげるのを聞いていた。革命の脅威は徐々に広がり、明日には白い湖ともの思わしげな森の国で勝利を収めるだろう。すなわち、ブロンドの髪と明るい顔色をした国民、清潔さと豊かさを誇り、ボート遊びに興じ、クヌット・ハムスンの小説を読む娘たちを、世界中でもっとも治安がいいことを、さらにはそのコミューンを血の海に沈めたことを誇りにしている国民、その国民のしゃれた家々の中にまで、この脅威が影のようにじわじわと入りこむであろう。

「ヘルシンキからこの街にいたる道はまた、この街からヘルシンキにいたる道でもある！」

三千組の手が拍手する。というのも、これはチャンスを逆転すること、危機を力に変えることだからだ。殴りつけようとして手を振り上げる者は、身を守ろうとして手を振り上げる者より強いと感じるものだ。

「フィンランドのブルジョワジーよ、お前が国を外国に売ったとき、我々は口をつぐんだ。お前の飛行士が我々を空爆したとき、我々は口をつぐんだ。我々の同胞を虐殺したとき、我々は口をつぐんだ。杯はもう満ち満ちている！」

そうとも、もう我慢の限界だ、だれもがこの陰にこもった熱気の中でそう感じている。見分けのつかぬ兵士らの額に新たな怒りが浮かび上がる。

「さあ、打ちかかれ、思い切り打ちかかれ！　我々はお前らを絶滅してやる。お前らの城門にバシキール第一師団をさし向ける……」

ステップからやってきたこの若い民族が、ウラルで死んだ同胞の、虐殺されたすべてのコミューンの死者たちの仇をとってくれんことを！　きれいに髭を剃ったあの商人ども、数ヵ月来我々の破滅を図っているあの商人どもをやっつけてくれんことを！　ヨーロッパよ、追い詰められた革命は向き直り、お前に新たな顔を見せるだろう。平和を求めたプロレタリアをお前ははねつけた。プロレタリアがお前の科学で武装し、新たな世界を打ち立て、その世界を自らの肩に担おうとしたがゆえに、お前は彼らをお前の文明から追放した。さもあらばあれ！　我々はこれまでの我々とは違う。我々には、かの詩人の言葉はうべなるかな、スキタイの騎兵隊もあるのだ！　明るい建物が立ち並ぶ小奇麗なお前の街々に、赤煉瓦の小鐘楼を持つルーテル派教会に、お前の議会に、快適な別荘に、銀行に、事なかれ主義の新聞・雑誌に、スキタイの騎馬兵を差し向けよう！

反転することを知らぬ、毛脚の長い赤毛の、背の低い馬にまたがり、灰色あるいは黒の羊皮の縁なし帽をかぶったバシキール騎馬兵が、直線の広い大通りを進軍していくのが見えた。騎馬部隊を先導するのは鼻眼鏡をかけたコミッサールたちだ。カール・マルクスの肖像入りメダイヨンを、バッジ代わりに、上着にピンでとめているコミッサールもいる。大半は幅広で筋肉質ののっぺりした顔に、小さな目をした黄色人遊牧民だ。馬の蹄が土を踏まず、時折自動車がガタゴト走り、水飼い場がない街の中を、騎馬行進していくのをおもしろがっているようだった。こんな街中にいることは、蜜蜂の巣も羊の群れも、山や平原に区切られた地平線もなく、耐えがたいものだろうに……。彼らのサーベルは赤いリボンで飾られている。喉を絞るような声で歌をうたい、口笛が歌をつんざく。そのたびに馬のたてがみに戦慄が走る。

夜になると司令官、コミッサール、委員会メンバー、党に属する者たちは、外出を許され、娼婦を求めていかがわしい通りをさまよう。やがて、彼らのほぼ全員が病気だという噂が流れた。彼らは金払いがよかった。多くは故郷では金持だったのだ。彼らは穏やかかで、好奇心が強く、街の女に優しく、かつ手荒だった。白く塗りたくり、絶えず場所を変え、勝手におしゃべりばかりしている街の女を、彼らはいわゆる武骨さで縮みあがらせていた。彼らは、蝮のドゥーニャ、かわいいリンゴのカーツカ、鼻ぺちゃマルファを知った。彼らのうちの一人は、かわいいリンゴのカーツカのピンク色の腹に、骨の柄がついた反りのある短剣を突きたてた。彼らの故郷では、女たちはテンポの遅い踊りとコーラスを知っていて、男は決してそれを忘れない。女たちは赤いロングドレスを着、硬貨を数連並べた胸飾りをまとう。その胸飾りは親から子へ代々引き継がれる。ピョートルや二人のエカチェリーナの時代の大きな銀貨、専制君主時代に通用した黒っぽい鷲金貨、三世紀にわたる硬貨を縫いつけた胸飾りだ。ドレスの模様は遥か昔から伝わってきたものだ。女たちは珊瑚が大好きだ。彼女らは低い木の家や大きな円形テントの門口で歌を口ずさみ、木の切り株に他ならぬ碾臼で穀類を碾く。その動作は、歴史家でさえわからぬ遥かな昔、渇きと戦火に追われ、ビエライヤ河流域にやってきたトルコ系部族の祖先の動作のままだ。おそらく、この騎馬兵たちの祖先は、アテネに詭弁学者たちが現れる以前に、彼らの蜜蜂の巣箱に現在の形を与えたのだろう。

いかがわしい場所から戻ると、何人かが兵舎の中で車座に座りこみ、昔の夢を語り合う。自分たちは一度絶え、甦った民族の子孫だと感じているのだ。一九一七年、民族独立を指導した偉大なるクルールタイ〔一九一七年の革命とその後の内戦期にバシキールを独立国家にすべく民族運動を指導したトガン（一八九〇—一九七〇）のことと思われる〕のことを辛い思いで語り合う。自分たちのためでなく他者のために戦っている悔しさ、栄誉への思い、給料をもらいたいという切実な願い、もっと切ないさまざまな思いを、一語一語にこめて語る。ついさっき猫のようにおとなしく蝮のドゥーニャを抱いた男が、いまや腰になにも帯びずに、真っ黒な爪もあらわに、虱だらけのぼさぼさ頭で、ノガイ〔北カフカス南部に住む民族。トルコ系・モンゴル系遊牧民の末裔〕の詩人の詩の一節を、鼻にかかった声でくちずさむ。

バラ色の朝日はオリエントの馬を目覚めさせ

白い白樺はオリエントの馬に挨拶を送るだろう……。

正面に座っていたキリムが歌うように後を続ける。

太陽の矢はオリエントの馬を導くだろう……。


キリムはいつでも、羊皮の大きな縁なし帽をかぶっているときでも、金色のアラブ文字の刺繍が入ったお椀帽をかぶっている。彼はコーラン、チベット医術、それに悪霊を祓い、愛や雨を呼び寄せたり、家畜伝染病を流行らせたりするシャーマンの呪術に通じていた。彼はまた、共産党宣言の文句を諳んじていた。車座になった連中は、ふざけて、鼾をかいているカラ＝ガリエフを起こす。

「何時かな、カラ＝ガリエフ？」

カラ＝ガリエフは十五年間、オレンブルクのステップで羊の群れの番をしていた。乾ききった風は彼の顔の皮膚を酸のように蝕んだ。三十歳で皺だらけになり、正確に歳を数えられない彼は、いまではときに自分は六十歳の老人だと思いこむ。胸に、めったに洗わない肌に直に、大きなお守りみたいに金時計をぶら下げている。その時計の裏には、こんな彫りこみがあった。

労農赤軍兵士
アーメッド・カラ＝ガリエフに
その勇気を讃えて

その一語一語の位置を知っているので、カラ＝ガリエフは自分は文字が読めるものと錯覚してしまうことがある。平原の民特有で、彼も眠りが浅い。時間だって？

赤旗がなびき、「インターナショナル」が流れる中、彼の手に授与されたとき以来一度として動いたことのない金時計を、彼は取り出す。だが彼にはなぜそれを貰ったのか、わからない。その日、馬を盗み、物陰に逃げこんだ彼は、戦闘中に敵が置き去りにした機関銃を見つけただけのことだ。彼は金時計を耳に当ててるとゆすってみる、チック、タック、チック、タック。時を刻む音が一瞬、かすかに聞こえる。カラ＝ガリエフは山羊の蹄がついたような裸足のまま外に出ると、星のない夜空の空気を吸いこむ。カラ＝ガリエフは決して間違えない。無数のいろんな夜が彼の縮れっ毛の頭の上に、星の絨毯、氷のドーム、無限、虚無を幾度となく繰り広げて見せたので、新たな時間感覚が彼のうちに生れていたからだ。暗闇は一時間、二時間、三時間たっても同じであろうに、彼はきっぱり言う。

「陽が落ちてから三時間だ」

事実、その通りなのだ。
中央政治教育局はこれらの戦士たちに社会主義を教えるべく、講師を派遣していた。彼らバシキール騎兵隊は、カーキ色の軍服を着たリャザンの青年ムジーク隊、古外套に弾薬筒を巻きつけた兵士の数個大隊、黒い制服で驚くほどこぎれいな、栄養たっぷりな艦隊乗務員とともに、戦線に向け出発した。天文台——その大きな望遠鏡は何千光年の向こうにある大熊座に向けられていたが——からほど遠からぬプルコヴォ高地で、この十三世紀の騎兵隊は、サン・ドニで作られた時限弾により、多大の死者を出した。砲撃は大地を揺さぶり、天文学者モイーズ・サロモヴィチ・ヒルシュの天体観測は思うようにいかなかった。

ディエツコエセロの公園は落ち葉に覆われ、荒れるに任せていた。真っすぐな並木道の先に、王妃たちの楽しみのために建てられた亭や彫像は、すっかり忘れられていた。池の畔の小さな白いモスクはバシキール騎兵のお気に入りだった。樅の木に囲まれ、深い静寂に包まれた〈中国劇場〉は、疲れ果てた騎兵団の深い鼾に充ちていた。開け放った窓からは野獣の洞穴の匂いが漏れていた。負傷者を運ぶ車の列が公園の奥を往来していた。生気を失った目は、これが見納めとばかりに、水辺のミナレットの金色の尖塔を、鈍色の空を映す池の滑らかな白さを、遙か彼方の丘の上の見晴らし台の列柱を、眩い王冠のようなエカチェリーナ宮殿の金色の小鐘楼を映していた。その宮殿の戸口では、かつてここの門番だった保守主義者の老トリフォン——怯えながらも猟銃で武装していた——と、赤い鉢巻をしめた顔面蒼白な一人の女性が見張っていた。目の縁まで髭むくじゃらなトリフォンはじっと押し黙ったままだった。どこかで銃声が鳴り、長く反響するたびに、トリフォンは廊下を歩きまわり、通りに、新しい公園の鉄格子に注意深く目をやり、やがて白と青の小教会の前で帽子をとり、五、六、七回素早く十字を切った。役に立たない猟銃は、巡礼にも似た彼のシルエットと妙にちぐはぐだった。彼はいよいよ最期の時がやってきたと思っていたが、それでも三十年守ってきた宮殿を、たとえ神の怒りに触れようとも、略奪から守らなくてはならないと信じていた。カマキリみたいな体にだぶだぶ過ぎるパルトー〔短コート〕を着て、発熱のためガタガタ震えていた。縞模様のズボンの裾はこびりついた泥が乾き、重くなっていた。赤鉢巻の女は狂ったような目をし、その唇は渇き、ほぼ黒色だった。前々日絞首刑にされなかった喜びが彼女の心を明るくしていた。自分自身を安心させるため、仲間にも安心させるような言葉をかけていた。「恐がらなくても大丈夫よ、あたし、党員証を持ってるんだから」すると、トリフォンの小さな、小さな黒い瞳が、かすかに憎悪の混じった謎めいた笑みを含んで、彼女の上に注がれる。南京錠をかけたドアと閉じた鎧戸の向こうには、墓場のような薄明かりの中に、珍しい木をはめこんだ大広間、琥珀の間、豪勢な衣装をまとった幽霊たちが並ぶ肖像の間、銀の間、鹿の子色の獅子の間、鏡の間が眠っていた……。

バシキール師団は負傷者の手当てをし——それも包帯不足のため容易ではなかったが——、疲労を癒すべく昏睡していた。金の縁飾りがついた緑色の椀帽をかぶった指揮官が、ただ一人でやってきて、この宮殿のドアを開けさせた。

「わしは第四師団の司令官、キリムだ、党員だ!」

門番は自分で南京錠を外すといってきかなかった。門番は平然たる顔つきの訪問者に、皇族の部屋を幾つも案内して回った。キリムは黙ったまま歩を運ぶ、連日の雨中の乱戦の後だけに、この金色の輝きに満ちた薄明かりに驚きながらも。この嵌め木細工の床の上に、牧草地で天を仰いで寝るように眠りたかった。水晶のシャンデリアがいまはない星の輝きを、かすかに震えるように、放っていた。孔雀石の花瓶の前までくると、彼はぽつりとこう言った。

「これはわしらのものだ」

門番は客が花瓶を持っていくと言うのではないかと恐れて、つぶやく。

「……国家財産にもう登録してありまして……」さらにこう付け加える。「それにひどく重いんです……」

「わしが言いたいのは」と、キリムが厳然と言う。「これはウラルの石だ、わしらのウラルの石だ、ということだ」

しばらくして、キリムは列柱回廊の前で一人の背の高い水兵の姿に気づいた。かなり負傷しているようだった。彼の外套の裾が暗赤色の血にまみれていた。彼は将校用の馬の手綱を引いていた。戦利品だ。最後の皇妃の衣装戸棚から奪い取ってきた、両手にいっぱいのきらびやかな装身具が、布切れに包みこまれ、鞍の後ろに荒縄でくくりつけられていた。キリムは近づくと、忠告した。

「同志よ、共和国の財産に手をつけんほうがいいな。良心を失くしてはならん」

水兵は鞍の締まり具合を手で確かめながら、肩越しに明るい声で言った。

「共和国だって。俺はそんなもの……。怒るなよ、ミカン色の兄弟、なにもかも戴いたわけじゃないからな。お前さんの分は残ってるさ」

カラ＝ガリエフが泉水のそばに姿を現した。びっこをひいている。灰色の人影が幾つか、柳の向こうに垣間見えた。《あーッ！》とキリムが叫んだ。カラ＝ガリエフは猫のように飛びかかると、水兵に掴みかかった。二人は馬の脚の間を転げ回った。馬は一瞬怯えたが、二つの人影が泥の中で格闘するのを、不思議そうに見つめた。やがて馬は緑色の椀帽にじっと目を向けた。そこには立派なアラビア文字でこう刺繍されていた、《われらが恐ろしき懲罰を受けぬ街は一つとてないであろう、とアラーは言う》

イエゴールの幸運ももはやこれまでだった。

第十八章

元南東部鉄道総裁ウサトフ公は、二つの発議を表決にかける。カスパロフ将軍の発議は普通犯収容所とは完全に隔離された人質専用区の創設を当局に求めていた。枢密顧問官フォン・エックの発議は、盗難防止のため、人質が日中、自分らの部屋に鍵をかける許可を求めているにすぎなかった。枢密顧問官の《日和見主義的温和主義》は強硬派の怒りを買う。禿頭の法学者が、この人質の異例な状態から見て、せめて戦犯並みの待遇を要求するのが穏当だろうと弁護した。そこまで言うと、この法学者は言葉を切り、《どっちにしたところで同じことだ、なんの足しにもならんがな……》と、つぶやいた。不満の声が沸き上がる。

「ともかく、藁布団を獲得できたではないか！」と、金融資本家ボブリキン、通称肥満漢——とはいえ、六ヵ月にわたる拘留で、いまや陽の光に怯える大蝙蝠みたいになっていたが——が、勝ち誇ったように叫んだ。

リュイタエフ教授は穏健な発議のほうに票を投じた。おかげで、大学人の癒しがたいリベラリズムだと、仲間から冷やかされた。

夜中に独房から出され、処刑場に連れて行かれると思いの他、手違いか寛大な処置かはいざ知らず、人質収容所に入れられたのだったが、以来リュイタエフ教授はいたって元気だった。妻からの手紙は数箱の煙草とともに、毎日のように届いた。もとはスリで、そのまま獄中に残り、いまは収容所の監視人になり、知識人気取りでいる男が、仲介を引き受けていた。教授は三号室の一隅、ツァーリ退位後一度も洗ってない高い格子窓の下に、自分の居場所をこしらえていた。木箱の蓋が机代わりで、それを膝にのせ、藁布団に足を伸ばし、壁に寄りかかる。壊れた窓ガラスのほぼ正確な菱形模様にじっと目を凝らす。そこからは白い空が望まれた。すると、背後の、ささやかな情熱と大きな苦悶に満ちた人質部屋のことを忘れられるのだった。かなり前から人質の処刑は行われなくなっていたので、楽天家は国際赤十字と秘密裏に交渉が進められているという噂を信じ、テロルの終焉を予測していた。悲観論者は肩をそびやかす。そのうち夜中にとんでもないことが起こるのを覚悟しなくちゃ、と言う。

「あのならず者どもは赤十字など鼻にもかけちゃいない。気違いどもが途中でやめたりするものか。勝手な思いこみには賭けられん」と、カスパロフ将軍は言う。

彼の言い分にはそれなりの理由があった。新聞が前線の悲惨な状況を伝えるたびに、彼は身震いした。かつて、司令部の逃走用特別列車に乗りこむまで、自分が捕虜虐殺の命令を下していただけに、戦敗者は情け容赦なく無慈悲になるものだと彼は知っていたのだ。人質部屋の最大の関心事は、砂糖と鰊の分配だった。ウサトフ公が、最古参ということで選ばれ、名誉にかかわる問題の裁定なら任せておけとばかりに、いかにも老紳士らしい公平さをもって、その采配をふるっていた。彼のおかげで、ネステロフ＝ボッシュ商会の船主ネステロフは、乾燥鰊の配給を断った代わりに、二日ごとに砂糖ひとかけら、さらに毎日、饐えた玉ねぎ入りスープ三匙を余計に貰っていた。

リュイタエフが見つめる白い空の断片を、カラスが一羽ゆっくり弧を描き、消えていった。消えてはいったが、妙に生々しいその曲線がこの老人の思考を刺激した。《鳥の飛翔、それこそが真実だ。その曲線こそ、私の精神の法則に他ならない》彼は枕の下から、一枚の紙——脂じみが点在し、皺を丁寧に伸ばした紙——を不規則に引き裂いた紙切れを取り出す。ウサトフ公から借りた貴重品のジレットの替え刃で削った、ちびた鉛筆で、書き始める。彼は断片的ではあるが、多くのメモを書きとめていた。そうすることで自分の考えを整理できるからだ。そして、そのメモを妻マリーに送っていた。

《おそらく私はこれほど心穏やかに暮らしたことはかつてあるまい。一切から身を離し、かつ一切を理解するというのは、実に大きな幸せである。いま味わっている幸せは、とてつもなく大きく、苦く、苦悩に充ち、かつ静かなものだ。人生は、私の眼前で、突然、その一切の煩わしさを脱ぎ去った。生活習慣、社会習慣、勤め、気遣い、余計な付き合い等々が無くなったのだ。私たちは、いつの間にか、そうしたことに魂そのものをゆだねるようになってしまっているのだ。レマン湖畔のヴェヴェイで二人で読んだキプリング〔ラドヤード・キプリング（一八六五―一九三六）イギリスの小説家。「ジャングル・ブック」「東は東、西は西」など〕のコント、『プルン・バカトの奇蹟』を覚えてるかい？　西欧化した老インド人の話だ。彼は高い山の中に引きこもり、大地、植物、おとなしい獣ら、永遠の現実と共に生を終えようとした。私は西欧人だ。人間や行動から身を遠ざけようとは思わない。それらもまた、永遠に属しているのだから。ただ私は、自分の無力を克服したいし、我々すべてを押し流そうとするこの嵐が、どんな曲線を描くことになるか知りたい。

ここでは、人間の一切の惨めさが赤裸々にさらけ出されている。私たちは貧しい人々の生活を糧として生きている。その上私は、貧しい人々のことを理解できるし、現実に対する彼らのまっすぐな見方、彼らの憎悪が持っている力、世界を一変したいという彼らの願いも理解できるのだ。私は憎悪を抱かない。とはいえ、おそらく私がなによりも愛しているものに対しては別だが。この獄中のほぼ全員が憎悪を抱いてないと思う。でも勘違いかもしれない。他の人たちを十分観察してるわけではないのだから。そんな時間がないんだ、信じられないだろうが。

テロルは間もなく終わるという者もいるが、私はそうは思わない。まだまだ必要なのだ。嵐は老木を根こそぎにし、大海原の底をかき乱し、苔むした岩を洗い流し、衰えた大地に再び潤いをもたらさなくてはならない。樹液が濁り、思うように循環しなくなったら、その木は雷を呼び、喜んで雷に打たれ、倒れるだろう。ピョートル一世は偉大な樵だった。なんと多くの老木を、彼は打ち倒したことか。いまや偉大な樵たちがやってきたのだ、我々はその斧に打ち倒される階級なのだ。

私たちは図書館の中で、なんと歴史を死物化してきたことか。現在の説明を過去に求めていたのだ。現在こそ過去を説明するものなのに。人間の目が開かれたとき、真の歴史が作られるであろう。革命を行っている者の多くは、無分別の徒だ。だが彼らは一人残らず、革命のために働くだろう。もし自分はなにをしているかわかっていながら革命を行っている者がいるなら、私たちは埃だらけの本と知識——これとて役に立たないわけではなかったが——を手に、安んじて立ち去ることができる。いままでとは異なる知識・学問ができることだろう。マリー、私はそうした人たちがいると信じているんだ。このカオスの中に、秩序と方法が乱在している。私にはそうした人たちの姿がちらちら見えるように思える。そう、彼らは存在している、あるいは生まれようとしている、自らに目覚めようとしている。私は彼らを愛する。たとえ彼らが残酷に見えようと、事実残酷であろうと、私に目を向けることなく私を殺そうとも。

私の愛する側が勝利者たらんことを。私が与する人たちはやがてきっと……。だが、向こう側のテロルはもっとむごいものになるだろう。この貧しい大地からすべての若い芽を摘み取ってしまうだろう。こちら側の者たちは自分らの生活と生命そのものを守ろうとしている。向こう側の者たちは古い特権を守ろうとしている。こちら側は人間のことを考える。向こうは自分らの財産しか考えない。自分というものさえ考えない。ここにも、没収された種馬飼育場を賠償してもらいたいばかりに、白軍の勝利を願っている元貴族がいる。

この部屋での私の居場所は、窓に近く、最上の部類だ。昼間は明るい。割れた窓ガラス越しに、空が見える。この前の夜なぞ、オリオン座のアルファ星がキラキラ輝いていた。砲声が響き渡るなかを、ね。宇宙という無数の白点が煌めいているのに、なんとも惨めな物音だったよ。私はまったく超然たる思いで星を見ていた。私が消え去っても、星は輝き続けるだろう。そのとき星を見る人たちは、その煌めきを、いまよりもっと楽しむことができるだろう。あの人たちは前進しているんだ、マリー。不分明な偶然によるか、必然性によるかはわからないが、私たちの屍を乗り越えて行くがいい。あの人たちは前進しているんだ。

世界を生き返らせるのは、いつだって野蛮な人たちなのだ。私たちの文化には、がらくたが、不健全で、嘘だらけな、隠れた蛮行が、山ほどあるんだ。いま歴史の舞台に登場した野蛮人は、この文化の所産なのだ。だから忌まわしい者も無分別な者もいよう。だが彼らとて、やがて我々同様、古い信仰、古いイメージ、古い毒、金、梅毒ともども消え去ることになろう……》

夜の闇が迫ってきた。リュイタエフは手をとめた。なにもかも言い尽くせるものではない。とくに心の奥底を語ろうとするときには。リュイタエフは抑えきれない死の恐怖を覚えながらも、それを押し殺そうとしていた。死を初めて見た子供のように、生きたいという願いが強くなっていた。

イエゴールはいまの境遇を半ば忘れたかのように、左右に体をゆすりながら独房をぐるぐる歩き回っていた。鼻歌をうたっている。ヴォルガ河は平原を、森を横切り、緑色の水を運ぶ。小舟に乗った逞しい若者は、略奪に胸をときめかす、ステンカの首が首切り台から転げ落ち、ステンカの首は波に運ばれる……。

覗き窓が開き、八の字髭のひげ面がのぞく。

「静かにしろ。歌っちゃいかん、規則だ」

イエゴールは地面に当たった弾が跳ね返り、新たな弾道を描いて自分のほうに飛んできたような気がした。

「お前らの規則なんて知るものか。腐れっ面、どぶ鼠、ムショ鼠、俺の尻毛野郎め！　歌いたいから歌うんだ。お前が革命を起こしたわけでもあるめぇに」

再び閉じた覗き窓の向こうで、ひげ面は一瞬たじろいだ。彼はこの監獄で十七年間、その間、三つの革命を経験し、溢れるほどの投獄者と前代未聞の規律の弛緩とわけがわからなくなるほどの投獄者の入れ替わりに翻弄されながらも、真面目に勤めあげてきた。それだけに、ここの鉄の階段、回廊の静けさ、四季の移り変わりのごとき責任者の相次ぐ交替にもかかわらず途切れることなく維持されてきた諸規則にすっかり馴染んでいた。だが、かつて売春婦のヒモどもの後に散歩に連れ出してやった者たちが、今度は監獄の主人面して戻ってくるのを目の当たりにすると、腸がひっくり返るほど驚き、体の震えが止まらなくなることもあった。そのため、彼は規律の順守と漠たる危惧とに挟まれ、一瞬たじろいだのだった。そのとき、中庭のほうから、この留置所の新任コミッサール、同志リュイジクが会計係を引きつれて姿を現した。（前任コミッサールは、食料横流しが発覚し、いまは第五区の独房に入っていた。そして雑役係の若造どもは彼に飲ませる湯に、唾を吐きかけていた）八の字髭はいかにも看守長を迎える平看守の物腰で、リュイジクに近づいた。不精髭だらけのリュイジクは眉をひそめた。紙の輪っかを飛び越えるサーカスの犬みたいに、監獄業務に忠勤を励んでいるこの老番犬は、いったい何者で、どこから来たのだろう？　リュイジクが第四区の独房に入っていた一九一四年のあの日々、それは遥か昔ではあるが、このタールを塗りたくったような八の字髭の赤ら顔を見たことがある、と彼は思った。

「我々の最良の仲間の一人です」と、会計係がささやいた。「古参で、仕事に精通した唯一の者です。決してごまかしたりしません」

「……コミッサール殿、規律を乱す水兵が一人おります」

「なにをするというのかね？」

「歌を歌うんです」

リュイジクは肩をすくめた。

「勝手に歌わせとけ！（彼は八の字髭に憎悪のこもった目を向けた）信頼できる者たちに、すぐに手榴弾を配ること。もちろん、そいつは別だ。手榴弾はベルトにつけておくこと。合図とともに、反革命分子の大部屋と独房を《片づける》こと。各人に任務を割り当てること。第一級の人質の部屋も《片づける》こと」

「普通犯は?」と、会計係が訊いた。

リュイジクは考えこむ。受け取った指令はこれに触れていなかった。ともかく、強盗は金持ちしか襲わない。

「最後の最後に、扉を開けてやれ」

廊下を引き返しながら、リュイジクはなんとしても出会いたくない人物に出会った。男たちが、シャツ姿で、靴ひものとれた靴にズボンを引きずりながら、シャワー室のほうに走っていた。背筋がピンと伸び、色の浅黒い、いかめしい男の姿が見えた。近づくと、いかめしくはなく、ありふれた男だった。神秘に包まれている人物から、その神秘性を引きはがすには、十歩もあれば十分だ。具体性の力とはそれほど強いものだ。数日間で、彼はなんと痩せ細り、老けこんでしまったことか! 肌は黒褐色になり、口元には長い皺が刻まれ、鉤鼻は妙に目立ち、目は消し炭のようだ!

「やあ、アルカディ」

「やあ、リュイジク」(二人は握手する)「元気かい?」

「まあな。どうということないよ。俺たちはもっと思うかい?」

「むずかしいな……」

かつてシベリアの駅で数トンの貨車を押していたとき、一日の仕事が終わると彼の背骨にかかっていた重ささえ、このときのリュイジクには軽く思えた。魂と肉体に大きな氷塊を押しつけられたようだった。もうすでに、交わす言葉とてなかった。リュイジクは、あたかも自分の中の別人が話しているかのような自分の声を聞いて、驚いた。その別人はいい加減な嘘をついていた。

「君の事件はまだ結審していない。次から次と事件があってね、わかるだろ。あの女……、君のあの女に会いたいかね。なんとかして手を打てるさ。じゃあ、また。兄弟。さよなら《アデュウ》」

ロシア語のさよなら《アデュウ》はごめんも《パルドン》意味する。深い英知がこもった単語だ。

アルカディは煙草に火をつける。手が震えている。この微かだが、はっきり見て取れる手のふるえ、リュイジクは何度となく目にしたから、よくわかっていた。だが彼はだれにともなく微笑んだだけだった。すると、彼に付いて来たブロンドの小柄な兵士も、二滴の緑色の水滴のような目が光る丸顔をほころばせた。


リュイジクは所長室の差し錠をかける。革張りの肘掛椅子数脚、汚れた吸い取り紙、『労農評議会共和国憲法』『留置所規則』、リュイジクは恐ろしく一人ぼっちに、まるで罠に落ちこんだような気分になった。空気が薄い。洋服ダンスの曇った鏡が自分の醜い姿を映している。知識人のような神経を持っているという恥ずかしさに、体が火照った。彼は電話に飛びついた。《すぐに俺を解任しろ！　俺はこんな仕事に向いちゃいないんだ。どこでもいい、どこかに回してくれ。いいか、わかったか、一時間以内にだぞ！》彼はこう叫ぼうとしていた。女性の甘ったるい声が、同志オシポフの前線への出発を彼に告げた。非常委員会には当直のツヴェレーヴァ以外だれも残っていなかったのだ……。議長室にかけると、男の太い声が、議長はいま首都と直通電話で話し中で、すぐには出られないと告げた。キルクはトロツキーの列車で開かれている防衛特別委員会に出向いていた。リュイジクはやっとコンドラティをつかまえた。

「なんだい、リュイジク？　手短かに頼む」

彼にどう言ったものか……。

「コンドラティ、俺はへとへとだ。もう立ってもいられん。俺の代わりにだれかよこしてくれ」

「へとへとだと？　気でも狂ったのか？　いまどういう状況だかわかってんのか？　自分の任務を果たすんだ。つべこべ言うな」

電話は切れた。寒気と青白い光に気づくと同時に、激しい疲労感が彼を襲った。

彼は、まさにこの瞬間独房の中を歩き回っている多くの囚人のように、何度も部屋のなかをぐるぐる回った。囚人よりも追い詰められていた。

ドアの差し錠を外すと、呼び鈴を押した。八の字髭がやってきた。

「お前の名前は？」

「ヴラソフです」

「ウォツカはあるかな、ヴラソフ?」

「ウォツカなしじゃ、生きてられませんや。この近辺の農民が密造してる、上等な穀物蒸留酒が……」

「よし、もってこい」

最初の一杯、ビールグラスに注いだ一杯は、リュイジクのかじかんだ手足に急激な熱を注ぎこんだ。夜、雪の上で焚火で暖をとっていると、毛穴という毛穴から火が沁みこんでくるが、ちょうどそんな具合だった。髭は気を付けをしたまま、へつらうように微笑んでいる。

「そいつをやると元気が出ますとも」と、飲んでもいないのに舌なめずりをしながら、髭が言う。

《いやな奴だ》とリュイジクは思う。だが大きな声でこう言う。

「座って、お前も飲め」

グラスが一つしかないので、二人は代わるがわる飲んだ。


面会室で、イエゴールはシューラに会った。

腰に手榴弾を巻いた兵士が、彼の一挙手一投足をそれとなく見張っていたが、その退屈そうで無表情な顔はとても監視しているとは言えないものだった。

「鋸を持って来たわ」と、シューラがささやいた。彼女の燃え立つような唇はイエゴールのそれにあまりに近かったので、二人の息が通い合うほどだった。

「俺の袖に入れろ」

イエゴールはこの金物のしなやかな抵抗力を腕の下に感じた。兵士ティモシュカは、猫みたいな目をした中国人風な女が、恋人になにかをそっと渡したのを、はっきり見た。夢でも見ているかのように、静かに、ゆっくりと兵士は言った。

「とっときな、兄弟、とっときなよ！　いつか役に立たんとも限らんよ。お姫さん、あんたは優しい人だな」

イエゴールとシューラは、ティモシュカが退屈そうに身動きもせずにいるのを見て、夢ではないかと思った。兵士の言葉はこの世のものではないかのように響いたのだ。

「とんでもない野郎だ！」と、現実しか信じないイエゴールは言った。

「奴らは、あの豚野郎どもは、なにもかもご存知なのさ。銀行の事件、協同組合の事件、老カラシニコフの騒ぎ、アナキストの策動、なんだってな。議論には及ばずってわけさ。俺の事件にしたって、片づけるのに十分とかからなかったんだ。本当にお前だろうな？　俺のほうは間違いなく、俺だ。小僧、お前は壁にひっついてろ！　そうだ、それで話ができるってもんだ。逃げ出せっこないんだから、俺はおしまいさ。かつて一人の男ありき、いまやなし、ってわけだ。わかるかい？」

いびつな卵のような蒼白な顔が上を向き、イエゴールを見つめる。その切れ長な目には強い哀願がこもっている。

「怒らないでね、イエゴール、一つだけ言いたいことがあるの、一つだけ……。怒らないでよ、あんたと一緒に銃殺されたいの、怒らないで……」

イエゴールは片腕で女を抱きしめた。力のこもった腕の筋肉が、内面の動揺を女の全身に伝えた。彼の顔に血が上り、酔いしれたような喜びが満面の微笑みを歪ませ、目の中を光がほとばしったのが彼女には見えた。彼は大声で言ったのか、あるいは彼女がそう思っただけなのか。

「シューラ、金色の目をした子猫ちゃん！　どうしちまったんだ、えっ。バカなこと言うんじゃないぜ。わかってくれろよ。俺は頭に一発食らう、するとどうだ、命があるかよ、えっ？　でもさ、人間は、人間の生活は続くんじゃねえか？　お前は、お前は残るんだ、いいか。それになぁ、そうなったって、春はやっぱりきれいだろうじゃねえか？　雪解け、川を流れ下る氷、それに、芽を吹く草木、そう、命、それに、お前、お前が……」

彼はもじゃもじゃの髪をかきむしる。言葉にならない怒りが頭の中で沸々とたぎる。どう言ったらいいかわからぬもどかしさに、たまらなく腹が立つ。（それに比べれば、煽動者はろくに言うこともないのに、なんと長々と御託を並べることだろう……）

「いいか、シューラ、振り向かずにここを出て行くんだ。俺のこと、忘れんでいてくれ（彼は荒々しく唾を吐く)……いいや、忘れてくれ。そのほうがいいんだ。俺は平気だ。俺のことは忘れろ。生きるんだ、いいか、生きるんだ。街中の男と寝ろ。いいや、強い男を選べ。いいや、お前が勝手に選べ。生きるんだ。なんにも恐れるな、なんにもだぞ、いいな、俺みたいにな。恐れるべきことなどなにもない!」

ティモシュカは十時を告げる時計の音が鳴りやむのを待った。鳴りやむと、言った。

「市民《シトワィアン》、面会は終わりだ」

第十九章

結末は一体どうなるのだろう？　千もの事件が一時に、しかもどうしてだかわからぬままに起こったのだ。しかも、その一つ一つが百万もの小事件をはらんでいた。確信をもって前進してきた攻撃の波は、前日および前々日同様難なく打ち破れると思っていた機関銃隊によって、粉砕された。これまで敗走していた兵たちは立ち止り、敵に向かい、恐るべき力となって反撃に転じた。これまで追撃していた兵たちは、疲れ果てて歩をとめ、力尽きたと知り、踵を返して逃げ出した。

〈大工場〉の労働者は電気が切れているため薄暗がりの中で働き、市電の台車で大砲の部品を組み立て、市街戦に備えていた。イジョルスク、シュリッセリブルク両工場の労働者は、志願兵部隊を編成した。彼らは肺病病み、近眼、四十五歳のくたびれ果てた者たちで、見るからに貧相な兵士だった。弾薬帯の重さに背を丸め、肩を落とし、擦り切れた外套をまとって、冷たい北風の中を出発していった。多くの者はプルコヴォ〔ペトログラード南六十五キロの高地〕、リゴヴォの戦場の泥にまみれて死んでいった。

だが、イギリス式の軍服を着、ピストルを手にして優雅に戦場に乗りこんでくる将校連の姿を目にすると、彼らは怒りに身を震わし、果敢に戦った。バシキール軍はある地点では逃亡し、ある地点では大いに奮戦した。シベリア大隊はなにか気に入らない大仕事でもこなすかのように、迷惑げに、しかし真面目に戦った。自分は殺されないようにしながら相手を殺すというのは難事業だ。しかし、早く終わらせれば、早く家に帰れる。それが本心だ。なにせ、大地が待っているのだ。だが大地はいつも待っているとは限らぬ。注意深い顔を木の幹という保護線から十五センチでも出そうものなら、大地はその者をただちに捕らえて放そうとはしない。

新聞の小見出しを飾るにふさわしい水兵の英雄的行為もあった。彼らは、祭りにでも出かけるかのように、勇んで戦場に赴いたのだ！　これら下町の酔いどれどもは女の名前やハートや髷を結った女の顔を胸に入れ墨していた。とはいえ、彼らのうち百人は戦闘前に病気になったと申告した。その半分は仮病使いの廉で逮捕されたが、ともかくその大半は、偶然からか、本当に病人だった。はじめのうちは戦闘での手足の負傷が多かったが、見せしめのために略式処刑を行ったところ、その数は減少した。そんなことはどうでもよろしい、水兵たちは奇跡的働きを見せた。敗北のたびに彼らは大きな犠牲を払ったのだ。艦隊の正義感に応えるべく《左翼に乗り換えた》提督や艦長の血は、貴重な切り札であることもわかった。またこんなこともあった、すなわち、偉大な政治家ではあるが乗馬が得手とは言えない共和国全軍のあの指揮官が、居合わせた馬に飛び乗り、敗走する逃亡兵を戦線に引き戻そうとしたのだ。いたるところにその肖像が飾られている自信満々のこの恐るべき男が、自分らと同じ格好をして、ごく自然に、等身大より大きく見える姿を突如現したのを見、叱咤する大声を聞いて、彼らは度肝を抜かれた。彼は逃亡兵の中を駆け回り、大声で叫ぶ。たったいま逃げてきた、猛爆撃を受けた小さな林を、エネルギッシュな手振りで指差す。どこへ逃げようが、危険なことに変わりはない。なぜ逃げるのか、なぜだ？　逃亡兵は突撃の喚声を上げながら、いま来た方角に引き返していった。指揮官は額の汗をぬぐう。やれやれ！　危うく鼻眼鏡をなくすとこだったわい。アを長く伸ばす話し方をするカルーガ出身の大兵《だいひょう》たちがかくして、その小さな林を取り戻した。一説によると、その林の背後には、バーモント公〔一八八四―一九三五。ロシアの冒険家。露独軍の名指揮官〕率いるドイツ式装備をした精鋭部隊がいたが、これをも撃退したということだ。また一説によると、敵はいち早く撤退したのでなにもいなかったという。三番目の説は、その林というのが単に木でできた遮蔽物にすぎなかった、という。四番目の説は、これは十年たってから作られた説だが、そんな林なんてなかった、そんなことはまったくでっちあげだ、という。

　市街はいたるところ、鋼板、敷石、ストックの材木で作ったバリケードが築かれ、しかも主要な幹線道路を縦射できるように配置されていた。穴を掘り、そこに見えないように置かれた大砲は、車道すれすれにその鼻面を突き出していた。さらに、公園の格子柵の後ろから狙っている大砲もあった。かつてのバザールは窓という窓に砂袋を積み、長期戦に備えていた。塒《ねぐら》から引きずり出された市民が徹夜で掘った塹壕は、銅像という銅像を取り囲み、公園を横切り、教会前広場にジグザグ模様を描いていた。いまや貧乏人になり下がった本物のブルジョワも、土運びの重労働を進んでやっている振りをしていた。党も輿論に屈して、党員三十数名を革命防衛のために動員すると発表した。この精鋭部隊の指揮を執るのはファニィだった。ファニィは一九一八年の攻撃〔対ソ干渉戦争〕のとき、前線の戦火の中で行方不明になったが、農民に助けられ、農民にまぎれて二週間生活し、ドイツ軍が放棄した大砲一門を分捕ったのだった。その上彼女は、十八世紀にスウェーデンから来たルーテル派牧師以来思想の伝達者が足を踏み入れなかった人知れぬ寒村を回り、異端ともいうべき社会主義の萌芽を植えつけていったのだった。アナキスト・パルチザン部隊も独裁制機構の防衛に名乗り出た。この申し出は受け入れられた。ところがその翌々日、最悪の事態は去ったということで、アナキスト部隊の武装解除が決定された。これは承服しかねた。状況が再び悪化したということで、この決定は取り消された。やがて、勝利が、白日の下、晴れやかな顔を見せた。アナキストは落とし穴にはまりこんでいるのではないかと疑い始めた。非常委員会は似非アナキストを送りこみ、アナキストの調査を命じる。スタシックは実効ある土地収用を支持する。ウーヴァロフはひそかにウクライナに向かうことを主張。ゴーリンは党との協調を主張。その結果、アナキストは三つに分裂する。分裂をなんとしても避けたい統一派は、双方からこっぴどくやられる。統一派にとっては、分裂とは原則の欠如を意味する。それこそもっとも卑しむべきことではないか……。

灰色の紙に悪質のインクで印刷した新聞が街角に張り出され、だれもが最初は嘘だと思ったほど信じがたいニュースを、突然声高に伝えた。ディエッコエセロ奪還《奴ら、あそこまで来てたんだ！》）、クラスノエ奪還（《本当だったんだ、やっぱり！》）、街は救われた。《兵士、水兵、労働者、コミュニスト、指揮官、コミッサール諸君、疲労を克服し、万難を排して前進しよう！　ひたすら前進しよう！　七頭蛇《ヒドラ》の首を切り落とそう！　勝利！　勝利！　勝利だ！》戦時革命評議会議長のサイン。シベリアの赤軍はトボリスク奪取を打電してきた。南部戦線革命評議会は、だれも奪われたとは知らなかったヴォロネジを奪い返したと打電してきた。すべての戦線で勝利。我々は生き延びられる。未来よ、お前はこの世の終わりまで、あるいは春まで、我々のものだ。来るべき春は麗しいであろう、おそらくいままでになく麗しいものとなろう。電信電話局の窓という窓に、未来派マヤコフスキーのデッサンと銘文も鮮やかな大きな絵が掲げられた。そこにはロイド＝ジョージとクレマンソーががっくり肩を落とした姿が描かれていた。シクーロとマモントフの騎兵隊は、虐殺の栄光で名高かったが、赤軍騎兵隊を前に敗走した。白軍の背後では、ネストール・マフノが、機関銃を満載した二輪馬車を駆って、ウクライナの村々で神出鬼没の働きをしていた。その二輪馬車は、戦闘の合間には畑仕事に使っていたのだが。革命よ、お前はなんと多くの迷子を抱えていることか！　彼らはお前の名の下にお互いに銃口を向け合うかもしれない。だが彼らは、オビ河からドニエプル河にいたる広大な地域で、お前に手を差し伸べ、お互いに手を差し伸べあっているのだ。モンゴル系の顔、歌好きなコサック、土まみれな農民、元徒刑囚の理想主義者、未来都市を夢見る徒党の群れ、残った機関車の修理に最後の力を振り絞るプロレタリア、《同志よ》と呼びかけることを覚えた謙虚な旧将軍たちの命令書にいかにも文盲らしい乱暴な文字で副署するプロレタリア、キルギス人遊牧民をトルキスタン制圧に向かわせる馬上のプロレタリア、工業の死滅を一時間刻みで告げる統計にじっと見入るプロレタリア、未来のアメリカのごとき電化を計画する技師。ただし、このアメリカには金鉱探しはいない。なぜなら本物の金が見つかったからだ。本物の金鉱脈は、人間の心、頭、筋肉の中にこそある。したがって、我々は連邦準備銀行の地下金庫より多くの金を持つことになろう。黄色い金属で一杯の地下金庫がなんだ、思い違いもはなはだしい！　我々が手にするのは、一億、二億の自由人なのだ。二億五千万のヨーロッパ人が我々のうちに新たな自分の姿を認めることになろう。我々はインドを目覚めさせるだろう。いまや失墜し、病んではいるが、地球上最古の叡智を持つ三億のこの被抑圧民、我々は彼らを健全な姿に変えるだろう。我々、大砲を否定する西洋人たる我々が、機械に仕える人間を、機械によって解放せんとする我々が！　我々は中国を、四億の民を目覚めさせるだろう……。十億のアジア人が我々の呼びかけに耳を傾けよう。上海で、ボンベイで、ストライキや蜂起が我々の旗を高く掲げ、我々の方法を取り入れるであろう。何百万、何億の人間が一歩を踏み出した。それこそ我々の存在意義なのだ。今日、ここで我々は踏み出しつつある、進みつつある。その余のことがどうだというのか？

壁に貼り出されたばかりの新聞を、雨が洗っていた。反革命分子、スパイ、犯罪者、処刑さる。太字で人名を目立たせた、この八ポイント行間余白なしの記事を、篠突く雨に打たれながら人々は貪るように読んでいる。《非常委員会の命令により処刑された反革命分子、スパイ、犯罪者、恐喝犯、ならず者、脱走兵のリスト…… 番号が付いた三十四人の人名。アルチュシュキン、ロソフ、カウフマン、アガ・オグール、元将軍カスパロフ。一号 ヴァディム・ミハイロヴィチ・リュイタエフ、大学教授、反革命分子、中道＝右派組織加盟者、白軍スパイをかくまった罪…… パラモノフ、旧将校。マ・チュウ・デ、洗濯屋、数件の殺人事件の犯人。十五号 X、別名ニキータ、反革命分子。十六号 ニコラス・オレストヴィチ・アズィーン、別名ダニール・ペトロヴィチ・ゴフ、二十五歳、中道＝右派組織メンバー、白軍密使。十七号 オルガ・オレストヴナ・アズィーン、二十八歳、上記の者と共犯。十八号 アルカディ・アルカディエヴィチ・イスマイロフ、三十四歳、非常委員会メンバー、収賄罪。十九号 クーク、ベアリエフ、スモリーナ…… 二十七号 イエゴール・イヴァノノヴィチ・マトヴェエフ、通称イエゴール、三十歳、元水兵、強盗…… イヴァノフ、フォーキン、サシェール……》リストの中で、こうした名前がいつにない表情を帯びる。その生身の、かつて活動していた姿を見たことがある者にとって、いまや灰色の文字でしかないそれらの名前が、奇妙に生気を帯びたり、霞んでいったりする。実際にその姿を知らない人たちは、唇をもごもご動かしながら、名前をたどたどしく読んでいる。死亡、死亡、拷問死、頭に銃弾、埋葬地不明……。一体いつ？　日付を読む。何月何日の夜……。ああ、あの晩はぐっすり眠ったな、そんなことがあったのか！　通りはいつもと変わりがない。世界はいつもと変わらない。だが、くるくる旋回しながら奈落の底に落ちこんでいくような、長く、しかも短い一瞬がやってくる。リストの名前を読んでいる者が、ふと自分のことを考える。真に生きているとは言い切れない自分、その自分の中のもう一人の自分が、リストの名前の代わりに自分の名前を、その年齢の代わりに自分の年齢を、消えていった生命の代わりに自分の生命を置き換えてみる。

この新聞の前に集まった人の群れに交じって、一人の老婆と一組の男女がいた。老婆は流行遅れの服装をし、唇が鼠色になっていたせいか、ひどく年寄りに見えた。おそらく急に老けこんだに違いない。彼女はリストを読む。指にぶら下げた小さなアルミの鍋が、ポトンと歩道に落ちた。老婆にはなにも聞こえなかった。赤いベレー帽をかぶった娘が小鍋を拾うと、呆然と立ちすくむ老婆の指にそれをかけた。

「小母さん、ちゃんと持ってよ、お鍋。またおっことしちゃうわよ」と、娘が言う。

老婆は答えない。少し背筋を伸ばそうとするが、しばらく前から腰が曲がってしまっていたから、妙な格好になった。黒い飾り紐のついたボンネットが、白髪交じりの髪から襟首に滑り落ちた。狂ったような表情を浮かべる。笑いだすか、叫びだすか、泣きだすか、倒れるかしそうだ。だが、ロボットのような足取りで、その場を離れ、凝結した溶岩の砂漠を歩きだす。想像を絶した沈黙が老婆を包む。煌めく水のように真っ青な目を窪ませた、ブロンドの髪の娘が、すでに廃校になった学校の詰襟を着た恋人の腕にもたれながら、ぼんやりとリストに目を通している。《女性が二人、二十八と三十二歳……。ああ！》と、彼女は思う。彼女は二十歳。浅瀬に浮かんだと見る間に消えてしまう波紋にすぎない……。二人は揺れるような足取りで立ち去る。

「ゲオルグ」と、彼女が言う。「私、すっかり目を開かれた思い……」

画家ヨハン＝アポリナリウス・フックスはしばらく前から、隣人オルガになにか不幸が起こったのではないかと心配していた。入居証を持った得体のしれない者たちが、留守中に彼女の部屋に入りこみ、彼女の持ち物を運び出しもせずに、腰を落ちつけてしまっていた。部屋では、生まれて間もない赤ん坊がピーピー泣いていた。顎の張った赤毛の女がオルガのバスローブを着ていた。フックスはその女と出会うたびに、まともに見ないように目を伏せた。でも女のバカでかい手はいやでも目に入ってきた。廊下を歩く足音、トイレの水を流す乱暴なやり方、それがあの女のものだと思うと、神経を逆なでされたような心持ちになるのだった。フックスは手元に残った十八世紀の艶本を二束三文で売り払っては、細々と食いつないでいた。その日、ルーブリの再度の下落があり、買い物はまずい黒パンと痛んだ魚が精いっぱいだった。たまたま公教育委員会の一般情報局――問い合わせ、照会、受け付けます――に入ったところ、一人の年齢不詳な小柄な女性が二人の農民に、この局の権限は地方における動産の任意接収にまで及ぶものではないと、説明していた。フックスはその日の新聞をまんまと失敬することに成功した。おかげで、彼は上機嫌になった。空は晴れ渡り、秋の陽が中央大通りの歩道を黄褐色に染めていた。尻尾の長い、黄ばんだレンガ色の小柄なシベリア馬に跨った騎兵が一人、二キロにわたって直線に延びた、人気ない車道を、駅に向かって馬を走らせていた。近代的な高い家々、崇高な教会、装飾を施したいかめしい宮殿、劇場、図書館が両側に建ち並ぶ車道を、全速力で馬を駆るこのスキタイ人に、まばらな通行人は振り返ろうともしなかった。

娼婦たちは、以前のエリセーエフ食品店の店先を、二人づつ連れ立ってぶらついていた。フックスはいまの彼女らの相場は自分が買ってきた食糧の半分がいいとこだな、と思った。瘦せ細り、顔色の悪い大柄なリーダは、細長な顔に臆病そうな目を光らせ、いつものように仲間と腕を組んでいた。ここ一年彼女に起こったことといえば、インフルエンザ、公営質屋通い、悪質な客の乱暴沙汰といったところだった。「あたしにとっちゃ」と、彼女は言う、「なんにも変わりっこないさ。いつだって同じ、これ以上悪くなりようがないってとこ」フックスが新聞を広げたのは、リーダの部屋で、大きな枕に白いクッションが二つのっている、いかにも娼婦のものらしいベッドに横座りした後だった。《十七号　オルガ・オレストヴナ・アズィーン……。十七号オルガ・オレストヴナ……。十七号オルガ……、オルガ、……、オルガ》灰色の乾いた小さな活字が、目の前で踊った。青いバスローブの上で手を組み合わせ、あたかも光を掴んでいるかのようなオルガ、そのブロンドの顔かたちが、一瞬目に浮かぶ。生き生きしたあの声が聞こえる。そしてそれらすべてが、おぞましい闇と溶け合う。奈落に落とされんとするとき、あのブロンドの娘を襲う眩暈、恐怖におののくその瞬間、残忍な、残忍極まる傷み、それらが彼の心にとりつき、離れず、彼を圧倒する……。

「どうしたの、ヨハン？　気分でも悪いの？」

目に暗褐色のアンダーラインを入れ、骨ばり、蒼ざめたブルネットの女が、口ごもりながら、不安そうな顔を彼に向ける。この顔だって、やはり……。そう、どんな顔だって同じだ、あるのは、苦悩、死、生だけ。

「ヨハン、ヨハン！」

永遠とも思える数瞬ののち、彼の名前が天から彼の耳に届いた。

「うん、なんでもない、大丈夫だ。すぐに止むさ。ご時世、ご時世なんだ……」

顎から膝まで、彼は震えていた。

「このリストに、だれか知ってる人でもいたの、ヨハン？（リーダの知ってる者はいなかった）横になったら、ヨハン、もう考えないで、気持ちを静めて……」

リーダは子供をあやすように、彼のこめかみを、額をさすってやる。

第二十章

葬式も祝賀会もあった。〈マルス原《シャン・ド・マルス》〉の硬い土を掘り、大きな共同墓穴を作った。リボン飾りをつけた花輪に覆われた赤い棺を、砲架に乗せて運んでくると、その墓穴に下した。花崗岩の城壁の上から、執行委員会議長が労働者階級の不滅を高らかに謳った。墓塚の上空に、深紅の幟が冷たい風にはためいていた。倒れて行った者たちへ、我々コミュニストは君たちのことを永遠に忘れない。ヨハン＝アポリナリウス・フックスはそのエルゼビル〔十七世紀末のオランダの印刷業者〕書体の銘文をなかなかの出来だと思った。軍隊も葬列の重苦しい歩調に合わせて行進した。その朝は湿気が多く、地面から灰色の靄が絶えず立ち昇っていた。勝利者たちが行進した。彼らは栄光の中に入っていくようには見えず、むしろ不吉な土地から命からがら帰ってきたという風だった。剥き出しの、虚飾も虚偽も剥ぎとった戦争が、彼らの目にこびりついていた。二度としたくもないことをしたとでもいう風だった。だが彼らは、その確たる足取りで、決着をつけんとして世界の果てまで突き進むであろう。

その夜、四千人がオペラ座の白と金色眩いホールを満たした。

青く煙った空気に花綵《はなづな》飾りを垂らしている円天井、居並んだ灰色の人の群れからその円天井の白い女神像のほうに、温もった土のえがらっぽい匂いが立ち上る。四千の人々がボックス席やバルコニー席の手摺りに、リャザンの農民の手を、バシキールの羊飼いの手を、北方の漁師の手を、機関銃手になった織工の手をのせている。それらのごつい手は知的な、あるいは繊細な動作を知らない。それらの手は、なにもせず、今宵ひと時、心穏やかにこの状況を楽しめれば、結局のところ、満足なのだ。ボール紙に書いた金色の地平線をバックに、絢爛たる舞台が展開する。シャリアーピンが、かつて皇帝を前に登場したとき同様、燕尾服に白手袋姿で登場、これまた以前と同じように魅力たっぷりな微笑を浮かべ、上半身を深々と折って客席（昔の客は銃殺されてしまったが）に挨拶する。《棍棒！　棍棒！》と叫ぶ声がホール中にはじける。たしかに恋の歌は美しい、だがこのホールに集まった兵士たちが好きなのは、『棍棒の歌』なのだ。棍棒なら、百も承知だ！　背骨で、顔面で味わったあの味。それに、資本家どもにしたって、いまたっぷりあれを味わっているさ！　俺たちのために、あれを歌ってくれ、同志よ。二度と見ることのないホール、お前さんが心底では惜しがってもいいようホール、大きく胸が開いたドレスや片眼鏡で一杯のホール、そんな昔のホールじゃ聞いたこともないようなブラボーをお聞かせしようじゃないか！　石を、土を、堆肥を、金属を、火を、血を揺り動かしてきた手が、お前さんに拍手を送るというんだ！　しばらくして、うっとりするような美声が『棍棒の歌』を朗々と歌う。そう、これこそ歌ってもんだぜ、兄弟たち。

歌手は派手やかな微笑を放ちつつ舞台から消える。《アンコール、アンコール》歌手は舞台前面に再び姿を現し、群衆の熱狂にこたえる。と、そのとき、舞台袖の支柱の後ろから猿のような手が伸び、彼の腕をむんずと掴む。

「なんだね、同志」

歌手は乱暴に掴まれたために皺が寄った袖を、爪ではじいて皺を消す。掴んだのは日焼けした小柄な老兵だ。輪郭のはっきりしない顔、目はトロンとして、黒褐色の二つの点みたいだ。驚く聴衆が目にしたのは、有名な歌手に代わって登場した、バシキール師団の長外套を着た小柄な兵士だ。だれかが叫んだ。

「カラ＝ガリエフだ！」

老兵は重い足取りで舞台前面のプロンプター穴のところまで進み出る。そこで彼は片腕を振り上げた。その手は白い布でぐるぐる巻きにされている。腰まで泥だらけだ。濃い灰色の縁なし帽を、眉のところまで目深にかぶったまま、脱ごうともしない。彼は叫んだ。

「同志たちよ！」

なんだ、一体？　悪い報せか？

「グドフが我々の手に落ちた！」

熱気のこもったホールの暗闇に、新たな歓声が沸き起こった。シャリアーピンはまた舞台に現れ、この戦線からの使者の背後に立つ。白と黒の鮮やかな服装を優雅に着こみ、微笑をたたえ、軽く身をかがめ、真っ白な手袋をはめた手で、彼もまた拍手を送る。エストニア戦線の泥濘の中で勝ち取った、そのわけのわからぬ戦勝を讃えて。

早くも忘れられた真新しい墓を雪が覆った。生者は生活を、かつがつの生活を取り戻す。夜闇が立ちこめた。再び長い夜は名残を惜しむかのように、何時間もかけて街から遠ざかっていく。薄汚れた白い雲のような天井に射しこむ暁の、あるいは夕暮れの鈍い光は、そのとき、遥か彼方の氷河に映える乏しい光のごとく、すべての上に広がっていくのだった。降りやまぬ雪さえ、光を失っていた。この白い、静かで軽やかな屍衣は時間と空間の中に果てしなく広がっている。三時頃には常夜灯をつけなければならなかった。夕べとともに、灰色の色調が、不透明なブルーが、古びた石の執拗な灰色が、雪の上に色濃く浮き出してくる。夜闇は冷然とすべてを鎮まらせ、すべてを圧倒し、すべてを非現実に変える。この闇の中、三角州《デルタ》に造られた街は本来の地理的形状を取り戻す。直角に切り取られた石の断崖が黒々と、凍てついた運河を縁取っていた。ほのかな燐光にも似たものが、氷に覆われた広い河から放射していた。

時折、スピッツベルグ諸島やもっと先の、おそらくグリーンランド、あるいは北極から、北極海、ノルウェー、白海を渡ってくる北風が、ネヴァ河の河口に激しく吹き付けた。突如寒気が花崗岩を噛むと、南からバルチック海越しにやってきた重苦しい灰色の霧は消え去り、石、大地、裸の木々はたちまち霧氷のクリスタルに覆われる。はっきり見えぬまでも、数と力強い線と白さからなる目を疑うばかりの雲母《きらら》の世界に覆われる。夜は顔を変え、その非現実のヴェールをかなぐり捨てる。北極星が姿を現し、無数の星座が世界を開示する。翌日ともなれば、石の台座の上のブロンズの騎士たちは銀粉に覆われ、奇妙な祭りから抜け出てきたかのようだろう。聖イサーク寺院の花崗岩の高い円柱、聖人像の居並ぶ切妻、堂々たる金色の丸天井にいたるまで、なにもかもが霧氷に覆われる。建物の正面と赤い花崗岩の河岸はこの荘厳な衣装をまとい、くすんだピンクと白の色調を帯びる。公園は、木々の枝枝が織りなすくっきりした透かし模様を見せて、まるで魔法にかかったかのようだ。この夢幻の世界は、息苦しい住まいから出てきた人々の目を奪い、数千年の昔に連れ戻す……、毛皮を着た人間が、冬に、動物の悪臭に満ちた温かな洞穴からおずおずと出て来た昔に。

どの界隈にも明かり一つない。先史時代の闇。

昔の宮殿の入口という入口で、赤旗が汚れ黒ずんでいた……。リュイジクにはもはや時間の境目がなかった。彼の一日は始めもなければ終わりもなかった。昼だろうが夜だろうが、眠れるときに眠った。地区委員会の会議は始まったばかりで、まだ報告者がだらだらしゃべっているときに眠った。真夜中ごろ、ちょうど気にかかっていたとき、訛りのある声が電話のラッパ口からアロンゾーン家宅捜査の結果を伝えてきた。

「もしもし、リュイジクか、リュイジクかね？　家宅捜査は終わった。手紙と証拠書類を三束押収した。それにバター六キロ、小麦粉三十キロ、化粧石鹸二ダースもね……。ちょっと待って、なに？　そう、写真、缶詰、十八箱……。いいや、逮捕者は無しだ。奴ら、ズラカリやがった。発砲したんだ……。クセニア？　クセニアは腹に二発くらって……」

この最後の言葉がリュイジクの意識の中ではっきりした意味を持つまで、多少時間がかかった。この言葉は銃弾のように炸裂し、すぐに消えていった。この言葉は、機関室で電圧が異常に高まり非常ランプの灯が青く危険を告げるように、彼の心の底で危険の灯を再点灯した。やがて、傷ついた腹部の生々しいイメージが目に浮かんだ。リュイジクは歯を噛みあわせ、視線が定まらぬまま、図書室に降りて行った。

大きなオランダ陶器のストーブを囲んでいた二人の兵士が、常夜灯の光に浮かんだリュイジクの顔をまじまじと見た。リュイジクは温もりを体に入れようとしてストーブに背を向け、目をつぶった。夜の闇は、雪、氷、街を覆い尽くし、荘重な静寂で包んでいた。

「なんて顔してるんだ、リュイジク」と、兵士の一人が言った。「俺はもう参っちまったよ。小麦粉は、今日は、百ルーブリだぜ」

それに続く沈黙の中で、リュイジクは鳴り響く鐘の音を聞いた。鐘の音、鐘の……。遠く鳴り響く澄んだ鐘の音、歯が浮くような、小刻みな、苦悩を呼び覚ますような、安らぎを与えるような……。もしかしてクセニアは……。でもそれを口に出して言いたくもなかった、考えたくもなかった。ただ鐘の音に耳を澄ましていた。

「この物価じゃ、お手上げだぜ」と、先刻の兵士が重々しい声で言った。「リュイジク、こいつの話、ちょっと聞いてやってくれよ」

常夜灯の炎、クローバ型のブリキ製油入れに浮いている小さな灯心が燃える炎を見るともなく見つめていた三人は、お互いの顔は見ずに、ただ耳だけ傾けた……。もう一人の兵士というのは、外国人で、元捕虜特有な片言を話すのだった。彼は別の時代の、別の世界のことを、掴みどころもなく、切れ切れに語る。ヨーロッパ、同志たち……。ウイーンの死んだような工場、クル病の子供たちが溢れんばかりの下町、カートネルストラーセのナイトクラブの入口でマッチを打っている勲章をつけた傷痍軍人、それに、例の〈せむし〉の処刑。ウイーンじゃなく、ブダペストだ。クリスマスと大晦日のあいだだった、すごい騒ぎで、だれもが競って見物したがった……。そう、〈せむし〉は立派だったぜ！　新聞はこぞって書きたてたものだ。順番を待ってる連中が歌うんだ、その歌声が聞こえてくるんだ、黙らせようたって黙らせようがなかった。上流社会の連中は死刑執行人に大喝采を送ったんだぜ。それで……。

兵士は立ち上がると、上着の裏から形の崩れた紙入れを取りだし、そこから一枚の紙切れを抜き出した。そこにはただ一行、鉛筆書きの文が書いてあった。オリーブ色の指が常夜灯の光の中にその一行を浮かび上がらせた。

「こいつは〈せむし〉が書いた最後の文の一つなんだ。《イッヒ　ゲーへ　ミット　アイナー　アーレ　ウンファセンデン　リーベ　イン　ダス　ニヒト……》（私は大きな愛を持って虚無の中に入っていく……）」

リュイジクは素っ気なく言った。

「感傷的に過ぎるな。すべてはもっと単純さ。死ぬことより難しいのは……」

彼は部屋を出た。息が詰まるようだった。凍てつく夜気が顔に心地よかった。澄んだ鐘の音がまだ鳴り響いていた。どこか遠く、遥か遠くで。リュイジクは呪文でも唱えるかのごとく、大声で独り言を言った。《かならず》と。鐘の音がその言葉を包みこむ。かならず……、かならず……。この世界は、ガラスでできた大きな鐘のようにがらんどうだった。

その夜、街に貨車二十一両の食料が届いた。そのうち三両は略奪されていた。春まで持ちこたえさえすれば！　ヨーロッパのプロレタリアートは……。


マルリシュキノ、レニングラード、モスクワ、一九三〇―一九三一年

ヴィクトル・セルジュ略伝

＊ジャン・リエール氏作成の年表を元に、同氏監修の Victor Serge, *Mémoires d'un révolutionnaire et autres écrits politiques 1908-1947*, Robert Laffont, 2001.などから適宜付加して訳者が作成した。
＊小説名の後の数字は作品発表の年を示す。

一八九〇

一二月三〇日　ベルギー、ブリュッセルに生まれる。本名ヴィクトル・ナポレオン・ルヴォヴィチ・キバルチッチ。父親はレオン・イヴァノヴィチ・キバルチッチ（キエフ生まれ）、母親はヴェラ・ミカイロヴナ・ポデレヴスカヤ（ニジニ＝ノフゴロッド生まれ）、ともに政治亡命者。父親は〈人民の意志〉党シンパ。一八八一年三月のアレクサンドル二世暗殺事件で、遠縁に当たるニコライ・キバルチッチが検挙されるにおよび、ジュネーヴに亡命。母親も社会主義者で、ペテルブルクの市民生活を捨てジュネーヴに出る。ハーバート・スペンサー流の実証主義者であり、地質学、自然科学、医学に多大の興味を持つ父親は母とともに「日々の糧と良い図書館を求めて」、ロンドン、パリ、スイス、ベルギーなどを渡り歩く。その間、定職はなく、新聞売り、薬剤師、個人教師、復習教師などをしながら、プロレタリア化した知識人として不安定で貧しい生活を送る。
セルジュはこうした貧困生活の中で生まれ、育つ。

一九〇一―一九〇四

一九〇一年、弟ラウール、栄養失調と肺炎のため九歳で死ぬ。その死はセルジュに意識的に執拗に生き延びる決意を固めさせるとともに、社会や人生に対する深い心的影響を与える。
父親がブリュッセル大学解剖学研究所助手の定職を得た一九〇四年からの一年間を除き、学校へは行かず、父親（学校教育を体制への組みこみ過程として嫌悪する）の指導のもと、自然科学、歴史、地理など基礎学力を独学で身につける。その後も博物館、図書館で独学。また母親の影響で文学にも親しみ、シェイクスピア、モリエール、レールモントフ、チェホフなどの作品を読みこむ。「考えよ、闘え、飢えよ」そして「反抗せよ」をスローガンとするようになる。

一九〇五

両親離別（母親は一九〇七年肺炎で死去。父親は再婚するも、セルジュはほとんど訪れなかった）。自活を始める。写真師見習い（一日一〇時間労働）をはじめ、給仕、製図工、暖房技師、植字工など様々な職業を経験しながら独立生活をその後も維持。

ギュスターヴ・エルヴェ（反戦主義ジャーナリスト）の思想に共鳴。〈イクセル社会主義青年隊〉（イクセルはブリュッセル北東部の地名）に参加。間もなくその書記になる。街頭での反戦活動。『ル・コンスクリ』紙（フランス社会党により年一回発行）に寄稿。

一九〇六

社会主義青年隊ブリュッセル連盟内にエルヴェ派反議会主義左翼を結成。ベルギー労働党の大会に参加。ベルギーによるコンゴ併合を同党が承認したことに反対し、「コンゴをコンゴ人へ」をスローガンに同党を離れる。アナキスト、サンディカリストと共に〈ＧＲＢ〉（ブリュッセル革命グループ）を設立。このグループで、レーモン・カルマン（のちにボノ事件の犯人の一人）と知り合う。

一九〇七―一九〇九

法律の勉強を始める。クロポトキンの『若者に与う』に感銘し、法律をあきらめ、アナキスト運動に向かう。仕事を転々として窮乏生活。ボワフォールの絶対自由主義コロニーに入り、印刷工見習い。アナキスト系の新聞・雑誌に寄稿。ベルギーでの活動を通じて知り合った人々との友情をはぐくみ、文筆活動の意義を感じ、少数派の立場を守りながらも大勢の人々にアッピールすることの大切さを肝に銘じる。

一九〇九

六月 ベルギーを離れる(あるいは追放される)。リールなどフランス北部で写真師、炭鉱夫をしながら、夏の終わりにパリにでる。パリ東部のベルヴィルで機械製図工として働きながら、『ラナルシー(アナーキー)』誌(一九〇五年、アルベール・リベルタッドが創刊)に寄稿(ル・レティフ、ラルフ、ヨル、ル・マスクの筆名で。一九一二年まで)。同じくリベルタッドが創設した〈コズリー・ポピュレール〉(民衆講演・談話会)に参加。〈ラ・リーブル・ルシェルシェ〉という社会学研究グループを結成。ロシア語を教えたり、ロシア人出版者のもとで翻訳などして生活を立てる。徐々に個人主義的アナキスムに傾く。

一〇月 フランシスコ・フェレール追悼デモ。

一九一〇

一九一二年一月まで、約四〇回の講演・談話を行う。エルネスト・アルマン(一八七二―一九六二。救世軍活動から、キリスト教派アナキストになる。次いで個人主義的アナキストとして活動)の『レール・ヌーヴェル(新時代)』に寄稿。「民衆、労働者個々人の精神的自立なくしては、新しい社会は生まれえない」と確信するようになる。

一九一一

アンドレ・ルーロ(通称ロリュロ、一九〇八年リベルタッドの死後、『ラナルシー』誌を主宰)の後を継ぎ、リレット・メトルジャンとともに同誌を主宰。本拠がロマンヴィルからベルヴィルに移る。ベルギー時代からの親友であるレーモン・カルマン、エドゥアール・カルーイ、〈ラ・リーブル・ルシェルシェ〉以来の友であるオクターヴ・ガルニエ、ルネ・ヴァレ、アンドレ・スーディらがその本拠に出入りする。彼らの「科学的」傾向のアナキスム(意識的エゴイズム、経済重視の非合法主義)と対立。

一二月二一日 ジュール・ボノ(無法主義アナキスト)を中心にカルマン、ガルニエ、カルーイらが〈悲劇的強盗団〉を結成し、強盗襲撃事件を起こす。一連の「ボノ事件」の始まり。

一九一一—一三

アルツィバーシェフなどロシア人作家の作品を代訳。

一九一二

一—二月　ボノ強盗団の行動を批判しながらも、彼らを擁護する扇情的論文(例えば、個人所有を非難)を『ラナルシー』誌に発表。

一月末　『ラナルシー』誌本部の家宅捜査。拳銃二丁発見される(セルジュは関知せず)。尋問を受け、逮捕され、犯人隠匿罪で告訴され、サンテ刑務所に投獄される(一三ヵ月の拘留)。

二月　裁判。強盗団の「頭脳」として告訴される。「外国人であり、アナキストであり、警察の犬になろうとしなかったという、三つの罪」を負うことになる。五年の禁固刑および五年の滞在禁止(リレットは無罪放免)。

二月二七日　ガルニエによる警官殺人事件。ジャン・ドゥ・ボエら逮捕さる。

三月二五日　ボノ団による運転手殺人及び車強奪。次いで銀行強盗(三人死亡)。スーディ逮捕。セルジュは警察への協力を拒否し、共犯とみなされる。

四月　カルーイ逮捕(獄中で自殺)、カルマン逮捕(のちにギロチン刑)。

ボノ、セルジュの尋問に当たった警視を殺害。

四月二八日　銃撃戦の後、ボノとデュボワ死亡。

五月一四日　ガルニエ、ヴァレ攻囲され、銃撃戦の後、死亡。

一九一二—一六

サンテ刑務所、ついでムラン刑務所に収監。夜間は独房、日中は一〇時間の強制労働(印刷、組版、校正)というオーブラン・システムの監獄生活。テーヌ、スペンサーを読む。諸外国語を習得。

一九一五

四月　リレット・メトルジャンと結婚(面会を得るため)。

この間の獄中生活とバルセロナから戻った後の強制収容所の経験が、『**獄中の人々**』一九二八(二七—二八年執筆)の舞台となる。

一九一六

五月二四日　国外追放令下る。

一九一七

一月三一日　刑罰免除なきまま、釈放される。パリに一〇日間いて、国外追放となる。バルセロナに向け出国。

バルセロナでは植字工として働きながら、ヴィクトル・セルジュの筆名を使い、スペイン・アナキスト系の誌紙に論文、エッセーを発表。「アナキストは個人主義的であると同時に革命的でなくてはならない。すなわち、各人が新しい人間になると同時に階級闘争に参加しなくてはならない」。絶対自由主義者であると同時に革命的サンディカリスムのリーダーであるサルバドール・セギと知り合う。ロシア革命の間もない出現に大きな期待を寄せる。

七月　七月一九日のバルセロナ蜂起の準備に加わる。蜂起の失敗。逮捕されるも釈放される。

この間の経験が『**われらが力の誕生**』一九三一（二九―三〇年執筆）の舞台となる。

ロシア領事館からロシア招集兵用通行許可証を入手（ケレンスキーは亡命者やその子息たちが旗下に参じるよう呼びかけていた）。ひそかにパリに戻る。

一〇月二日　追放令と滞在禁止令違反の廉で逮捕される。フルーリ・アン・ビエール強制収容所（一八年三月まで）、次いでプレシニエ収容所に入れられる（一八年四月―一九年一月まで）。

過酷な収容所生活を送るも、勉学と闘争を続け、連帯を組織。ロシア人―ユダヤ人革命グループのメンバーとなる。新生ロシアへの希望を表明。

一九一九

一月二六日　ロシア―フランスの協定により、ロシア在留フランス軍事使節団将校との捕虜交換として、ソ連に向け出発。ダンケルクで乗船し、コペンハーゲンを経由し、北海、バルト海を経てフィンランドへ。船上でルサコフ一家に出会う（のちにその娘リウバと結婚）。装甲列車でフィンランドを横断し、白軍攻囲下のペトログラードへ。さらにモスクワにいたり、またペトログラードに戻る。

一月—四月　「ロシア革命の精神」を『ル・リベルテール』紙に発表。

三月　コミンテルン(共産主義インターナショナル、第三インターナショナル)成立。

四月　コミンテルン出版部創設にあたり、フランス語版主任編集長となる。同時にジノヴィエフの秘書として働く。

フランス人グループ(P・パスカル、J・サドゥール、M・ボディ、M・パリジャニヌ、H・ギルボーら)と親交。白軍の攻勢激化に応じて、第二地区に動員される。次いで、参謀部市民局担当。

五月　ロシア共産党に入党。アナキスムからマルキスムへの「長く困難な」発展をたどることになる。またアナキスム陣営から非難を浴びることになる。「私は変わることなく、断固として反権威主義者だ。だがいまは、菜食主義者だからといってアナキストだと信じていられるような時代ではない」「今日なすべきは、闘争のあらゆる必要手段——組織、暴力の使用、革命的独裁——を受け入れ、広い共産主義運動の渦中にとどまることだ」と弁明。

この間、三月の白軍第一次総攻撃開始、一〇月にはデニキン軍オリョール占領、ユーデニッチ軍ペトログラード郊外まで占領など、反革命軍の攻勢が勢いを得て、ペトログラードは陥落の危機にさらされ、革命の挫折も危惧される状態となる。この状況が『**勝ち取った街——一九一九年ペトログラード**』一九三二(三〇—三二年執筆)の舞台となっている。

一九二〇

外務委員会事務局員となる。トロツキー「テロリスムとコミュニスム」を翻訳。

六月一五日　長男ヴラジミール・アレクサンドル(ヴラディ)誕生。

一九二〇—二一

コミンテルン第二回、第三回大会に参加。ジャック、クララ・メニール夫妻、マグドレーヌ・マルクス(のちにパズ)、フランセスコ・ゲッツィ、リシアン・ローラ、アルフレッド・ロスメル、ヴォリス・スヴァリーヌ、マルセル・オリヴィエ、アンドレス・ニンらと知り合う。フランスの左翼系諸紙誌に様々な筆名で、ソヴィエトの現状に関する記事を多数投稿。

一九二一—二二
中欧宣伝部主任となる。一九二一年末—二二年末までベルリン滞在。
小冊子『内戦の間』、『アナキストとロシア革命』発表。

一九二三—二五
ベルリン次いでウィーン滞在。二三年秋のドイツ革命失敗を目の当たりにする。「ドイツ・ノート」発表。コミンテルンの機関紙『コレスポンダンス・アンテルナシオナル』のフランス語版担当。
小冊子『危機の街』発表。
一九二四年一月二一日　レーニン死去。

一九二五
ベラ・クンと対立し、年末、レニングラード(一九二四年にペトログラードから改名)に呼び返される。
ソ連市民権獲得。反対派との繋がり強まる。「レーニン全集」のP・パスカルとの共訳開始。
一九二〇年代、フランスの紙誌(とくに『クラルテ』)に、ロシアにおけるプロレタリア文化の問題や革命後の文学運動に関する数多くの記事を発表。

一九二七
中国問題に関する分析を『クラルテ』、ついで『ラ・リュッテ・ドゥ・クラス』に発表。反スターリン的傾向を強める。パズ夫妻主宰の反体制的雑誌『コントル・ル・クーラン』に協力。
九月　アンリ・バルビュスに会う。
左翼反対派(トロツキー、プレオブラジェンスキー、ジノヴィエフ、ラデック)に接近。
一一月　革命一〇周年記念式典。パナイット・イストラーティ、ニコス・カザンザキスと出会い、親交を結ぶ。イストラーティはその後、セルジュの窮状の実態を知り、セルジュ擁護に奔走する。

一九二八
一月半ば　分派活動の廉で、党を除名される。ルサコフ一家およびセルジュに対する迫害。

四月二三日　家宅捜査を受け、最初の逮捕（三六日間収監）。

迫害の中、フランスでのセルジュ擁護の声を支えに、寄稿を続ける。M・マルチネ、H・プーライユ、パズ夫妻、メニール夫妻、Ch・プリニエ、イストラーティなどとの文通が大きな支えとなる。

この最初の逮捕・投獄から釈放された後、病気で死線をさまよう日々を送り、回復後に作家としての使命を強く意識する。

フランスで、〈ファシスムと白色テロの犠牲者擁護委員会〉のメンバー約二〇名がセルジュ救済の請願書を提出。セルジュの立場は一層不安定になり、監視下に置かれる。

一二月　ルサコフ事件（イストラーティの奔走）

一九二九
イストラーティの『ヴェル・ロートル・フラム』のために「ソヴィエト一九二九」を書く

一九三〇
妻リウバの最初の神経発作。

一九三一
短編「白海」執筆。

一九三二
亡命許可を申請するも却下される。フランスでは再度セルジュ釈放運動が高まる（ジョルジュ・デュアメル、レオン・ベルト、マルセル・マルチネ、シャルル・ヴィルドラック、ヴィクトル・マルグリット、リュック・デュルタン、ポール・シニャック、ジャン＝リシャール・ブロックなどを中心に）。短編「サン・バルナベ袋小路」執筆。

一九三三
三月八日　再び秘密裏に逮捕される。裁判もなしにウラルのオレンブルクに三年の刑期で流刑される（六月八日オレンブルク着)。

P・パスカルとその妻(リウバの妹)がパリに帰着。

〈セルジュのフランス帰国を促進する会〉がM・パズの主唱で結成される。

三月二五日　『ラ・レヴォリュシオン・プロレタリエヌ』誌にセルジュの真情が発表される。いまのソ連は権力に酔いしれた、特権階級が支配する、全体主義国家そのものにほかならず、「私は現下の流れに抗して、十月革命の理念、原理、精神を救おうとする人々に共鳴する」。

四月　義妹アニータ逮捕される。

六月　セルジュ釈放運動高まる(H・プーライユは駐パリソ連大使にセルジュのフランス帰国を要請する書簡を送る。M・パズら、報道機関を通じてセルジュ帰還のキャンペーン)。

ルサコフ一家への迫害強まる。

一九三四

八月一七日―九月一日　モスクワでソヴィエト作家会議開催(アラゴン、ポール・ニザン、アンドレ・マルロー、J-R・ブロックら参加)。

九月中旬　リウバ、レニングラードの精神病院に入院。

一二月　レニングラードの党指導者キーロフ暗殺される。

一九三五

二月二八日　長女ジャニーヌ誕生。

三月末　ブリュッセルに〈ロシアにおける反プロレタリア的弾圧に抗議する国際会議〉結成される。

六月二一日―二五日　〈AEAR〉(革命的作家・芸術家協会。その主体は共産党系)主催で〈文化擁護国際作家大会〉がパリで開かれる。セルジュ救済の声は封じられるが、議長団(ジッド、マルロー)の計らいでガエタノ・サルヴェミーニ、マグドレーヌ・パズ、シャルル・プリニエが発言を許される。

六月二二日―七月　ロマン・ロラン、ソ連旅行。七月二八日、スターリンと会見(セルジュ釈放を訴える。スターリン同意)。

九月　ゴリキー、スターリンの決定をロランに確約。

一〇月　シャルル・プリニエ、セルジュのヴィザをべルギー政府に求めるも拒否される。エミール・ヴァンデルヴェルド（ベルギーの政治家）の尽力で、三年の滞在許可が許される。

一九三六

四月一二日　セルジュ釈放され、オレンブルクを出発。

一六日　ソ連から追放（セルジュの革命下での功績など抹消される。また彼の原稿など私有物はすべて没収される）。

一七日　ブリュッセル着（妻及び二人の子と共に）。

五月　『エスプリ』誌にM・パズとジッドに宛てた二通の書簡発表。

八月一九日―二四日　第一回モスクワ裁判（ジノヴィエフ、カーメネフ、エヴドキモフ処刑）。その分析と告発を発表。「一六名の銃殺者」発表。

一九三七

二月　第二回モスクワ裁判（一月二三―三〇日）の分析と告発を発表し、ジャック・サドゥールや国際的スターリニスム誌紙から非難を浴びる。

五月　フランス滞在を許される（パリ郊外）。

一九三八

三月二日―一三日　第三回モスクワ裁判。その分析と告発の論説を発表。

三六―四〇年の間、スターリニスムと闘い、主としてソ連の官僚制、全体主義を告発する論説約二百をフランス、ベルギーの各誌に発表。スターリン下のソ連批判のほか、スペイン、ドイツ、オーストリアに関するもの、ファシスム、反ユダヤ主義に対する批判、国際的連帯を訴えるもの、芸術、文化に関するものなど多岐にわたる文筆活動。一時トロツキー及び彼の第四インター設立に近づくも、主にアナキストの評価をめぐる意見の相違から、またセクタリズムへの嫌悪から、徐々に離れ、「クロンシュタットの水兵反乱」をめぐる意見対立から三八年に決定的に断裂する。

また、ソ連での四人、流刑囚の生活を舞台にした小説『**世紀の真夜中にありて**』一九三九、官僚制とそれが招く悲劇を描いた小説『**トゥーラエフ事件**』一九四八（三八―四二年執筆）を構想、執筆開始。

一九三九

第二次大戦始まる（スペイン内戦、ナチスのポーランド侵攻）。

一九四〇

六月一〇日　ファシスムの侵攻を逃れ、パリを離れる。妻リウバは精神病院に、長女は親友に託す。ヴラディと三七年に知り合った愛人Ｌ・セジュルネ（のちにメキシコ考古学者）を伴う。

六月一四日　パリ陥落

七月―八月　南フランスに向け逃避行。

九月　マルセイユに着く。一九四一年三月まで、マルセイユ郊外の〈エール＝ベル〉（アメリカ人ヴァリアン・フライを中心にした〈知識人救済アメリカ委員会〉が運営する一時滞在施設）に、ついで市内の小ホテルに滞在。

一九四一

三月二五日　ヴァリアン・フライとその組織の尽力で、カピテーヌ・ポール＝ルメルル号にヴラディと共に乗船（アンドレ・ブルトン、クロード・レヴィ＝ストロース、アンドレ・マッソンらも同船）。

アナキスト、コミュニストの前歴があるため、アメリカは移民ヴィザの発給を拒否。メキシコ政府（カルデナス大統領）が受け入れを受諾し、ドミニカ、キューバ、マルチニック島経由でメキシコ、メキシコ市に到着（九月）。娘とＬ・セジュルネは六ヵ月後に合流。

六月　ドイツ軍、対ソ攻撃開始

一九四二―四四

メキシコ共産党とソ連大使館は反スターリン派に対する敵意をあらわにする。セルジュに対する告発が続く。死の危険を感じることも。

亡命者の安全を保証すべきと主張。イタリア、スペインの亡命者の生活改善に取り組む。

小説『**最後の時**』一九四六（一九三九年からナチスドイツ軍のソ連侵攻までを背景にした反体制革命派たちの

運命が主題、四三―四五年執筆)、短編「地震」を執筆。

一九四三

二月　『一革命家の回想』擱筆(一九五一年にスイユ社より刊行)。

一九四五―四七

ラテンアメリカ諸国、英米の各誌に論説発表。小説『**仮借なき時代**』一九七一(四六年執筆)

一九四七

一〇月　V・パジェスとの最後のインタヴュで「絶対自由主義の精神を持ち、人間の顔をした社会主義」への忠誠を表明。

一一月一七日　詩「手」を手渡すため、ヴラディのところに向かう途中、心臓発作のためタクシー内で急死。スペイン人同志ゴルキンが葬儀を行い、メキシコ市フランス人墓地に埋葬。後、共同墓地に移される。

書誌(文学作品に限定)

小説

『**獄中の人々**』*Les Hommes dans la Prison* (Paris, Rieder, 1930.)

『**われらが力の誕生**』*Naissance de notre Force* (Paris, Rieder, 1931.)

『**勝ち取った街**』*Ville conquise* (Paris, Rieder, 1932.), (Lausanne, Rencontres, 1932. *Prix Rencontre), (Paris, Climats, 2011.)

『**世紀の真夜中にありて**』*S'il est minuit dans le siècle* (Paris, Grasset, 1939, 1971.), (Paris, Hachette ‹Le livre de poche›, 1976.)

『**トゥーラエフ事件**』*L'Affaire Toulaev* (Paris, Le Seuil, 1948.), (Paris, Hachette ‹Le livre de poche›, 1978.)

『**革命家たち**』*Les Révolutionnaires Romans* (Paris, Le Seuil, 1967, 1980.)(以上五作品を収録した小説集)

『**最後の時**』*Les Derniers Temps* (Montréal, L'Arbre, 1946.), (Paris, Grasset, 1951.)

『**仮借なき時代**』*Les Années sans pardon* (Paris, Maspero ‹voix›, 1976.), (Marseille, Agone, 2011.)

短編集

『**熱帯と極北**』*Le Tropique et le Nord* (Paris, Maspero ‹voix›, 1972.)(短編四編収録)

詩集

『**砂漠の中の一つの熾火のために**』*Pour un brasier dans un désert: poèmes* (Paris, Maspero ‹voix›, 1972.), (Paris, Type-Type, Plein Chant, 1998. poèmes établis et annotés par Jean Rière)

訳者あとがき

一九一九年一月、V・セルジュはフランスからバルト海、さらにフィンランドを経て、ペトログラードに入った。かつて、サンクトペテルブルクと呼ばれ、一九一四年にペトログラードと呼ばれるようになった（その後一九二四年にはレニングラードとなり、一九九一年にまたサンクトペテルブルクとなるのだが）この〈ヨーロッパに向けて開けられたロシアの窓〉は、革命二年目のさなかにあり、内部の混乱とヨーロッパ諸国をはじめとする外部からの干渉戦とに挟撃され、最大の難関に陥っていた。危機の頂点は一〇月だった。歴史記述に従い、年表式に整理してみる。ユーデニッチ将軍、エストニアに侵攻。デニキン将軍、全ウクライナ占領。オリョールを陥落。コルチャーク提督、シベリア全土占領、ウラルに侵攻。英軍、アルハンゲリスク占領。フランス艦隊、黒海を支配。さらに、ユーデニッチ軍、ガッチナ（ペトログラードから約四十五キロ）占領、リゴヴォ高地（約十五キロ）に入る。一〇月二一日にはペトログラードは反革命軍によって半ば包囲された。チフスの猖獗、食糧の欠乏による飢え、困窮、寒さ、疫病、内部の裏切りなどにさらされ、まさに潰え去る寸前にあった。ヨーロッパでの相次ぐ絶望の中で、やっと見出し得た唯一の光、その光に導かれてセルジュがたどり着いた革命下のペトログラードは、生死の境をさまよいつつあった。

この時期のルポルタージュを、セルジュは二編残している。「ペトログラード　一九一九年五―六月」（一九二〇年一月）と「危機の町」*La Ville en danger*（一九一九年）である。後者は〈ペトログラード、革命第二年〉の副題があり、パリの労働出版から一九二四年に小冊子として出された。その一部〈危機の共和国〉の一端をここに引いてみる。

「ユーデニッチはガッチナにいる……。デニキンは三国協商に支援され、大ロシアの大地を踏みしだいている。オリョールを通過したところだ。オリョール、いまだいかなる敵も到達しなかったロシアの古都。その先、トゥーラとモスクワまで、確たる抵抗を許すような〈自然の障害〉はなにもない。こうした反革命の勝利に次ぐ勝利の攻撃は、二ヵ月足らずの間に、クリミアとウクライナを我々から奪った。いかなる軍隊がこれを食い止めるのか？（中略）

ウラルで敗北したコルチャークは、我々が弱体化したと見るや再び立ち上がった。トボリスクから我々を追い払ったところだというニュースが今日届いた。ユーデニッチはガッチナに、デニキンはオリョールに、コルチャークはトボリスクにいる。ロシア・コミューンに対する突撃の火ぶたは切って落とされる。飢えを、民衆の大きな疲労を知るものにとっては、いまや危険は計り知れぬほど大きなものに思われる。ブレスト＝リトフスクの日々以来、ロシアは現時の脅威に比肩する脅威

を知らなかった。（中略）
きっと、市街戦になるだろう。だが、一日分、せいぜい二日分のパンしかなく、住民とて糧食がなく、ほとんど電気もないのに、この戦いはどうなるのだろうか？（後略）」

多少長々と引用したのには、理由がある。一つには、この二つのルポルタージュには副題が付いているが、この小説『勝ち取った街』にはもともと副題がないことをお断りしたいということ。果たしてこの訳書に副題〈一九一九年ペトログラード〉をつけたのは、日本の読者の関心をひくためとはいえ、適切だったかと訳者は自問している。というのも、この小説は、引用文にも見られるような一九一九年のペトログラードのルポルタージュとはまったく異質なものだからだ。セルジュがこの小説で言わんとしていることは、歴史記述でも報告でもなく、この状況の空気を、この状況に置かれた人々の生きた声を、息遣いを伝えることであり、歴史記述が除外することを伝えることだった。歴史の時間、場所、名のある人から外れた、もっと普遍的なことをセルジュは伝えたかったのだ。場所と時間を示唆したこの副題は〈なくもがな〉なものであろう。

この小説の原題は *Ville conquise* である。この **conquérir**（征服する、支配する、獲得する）の過去分詞 **conquise** の受け取り方は、様々に考えられる。能動文にしたら、まず、動作主補語がなんなのだろうかと、ついで時制は？　と。一七年の十月革命が勝ち取った街、いま反革命軍が制圧しようとしている街、困窮、飢え、寒さ、疫病などによって圧し潰されようとしている街、自由・解放を唱えながら弾圧とテロルの必要性に従わざるをえぬ街、やがてはスターリニズムの跳梁に制圧される街……。しかし、訳者は『勝ち取った街』という凡庸な題とした。革命に新しい生命のあり方を求める人々の夢と希望がついには勝利をおさめる街であると捉えたいがゆえに。

とはいえ、十月革命からレーニンの時代へ、そしてスターリンの時代へと移りゆくロシアの歴史の一ページをセルジュは書こうとしたのではない。歴史は、セルジュの目には、権力正当史としか映らない。権力を得たものが、その権力を正当化するために作ったイストワール〈歴史・物語〉でしかない。権力から、権力が作った社会から追放されていく者たちの物語はそこから抹消される。その追放された者たちの、名もなく声もなく消えていった者たち真実の姿を、声を、彼らに代わって「証人」として伝える、これこそがセルジュが小説の形で記すイストワールに他ならない。

この小説が書かれたのは、一九三〇―三一年である。すでにこの小説の舞台から十年余の時間が経過している。その間のセルジュがどういう境遇下にあったか、詳しくは巻末の〈ヴィクトル・セルジュ略伝〉を参照してもらいたいが、アナキスト系左翼反対派であったセルジュは、レーニンの死後、露骨に強まるスターリニズムの中で、二八年には党を除名され、妻リウバの実家であるルサコフ一家への相次ぐ迫害を忍び、さらには逮捕、投獄されるにいたる。七―八週に及ぶ拘留から解放された数日後、激しい腹痛に襲われ、危篤状態に陥る。常夜灯の明りのもとで一瞬意識を恢復した時、「私はやたら働き、戦い、学んではきたが、価値あるもの、後世に残るものをなに一つ生み出しはしなかった」との思いがセルジュの闇のような心に、常夜灯のごとく灯ったのだった。「もし運良く生きのびることができたら、手を染めたあれらの本を早く書きあげねば、書くんだ、書かなければ……」翌朝危機を出したセルジュは「もう心はきまっていた。こうして私は作家になった」と断言する。「私の忘れがたい時代を証言する小説」(『獄中の人々』『革命元年——ロシア革命第一年』『われらが力の誕生』そして『勝ち取った街』)が、かくして生まれる。

だが、立派な机の前に悠然と座って書く姿は、セルジュのそれとはほど遠い。息子ヴラディが描いたメキシコ時代のセルジュのデッサンがある。昔の小学校の机と椅子のごとき、粗末な木の机と椅子、その前に少し背を丸めてタイプライターを打つセルジュ……。おそらくは、旅の途中の汽車の中で膝の上で、宿の薄暗い明りのなかで、またこの小説の登場人物リュイタエフのように膝に板きれを載せて、書きに書き続けたのだろう。そしてその原稿を秘密の経路を通してフランスの友人のもとに送っていた。三三年のオレンブルク流刑の後は、もっと過酷な状況下で書き続けた。磨き上げる=推敲する余裕も時間もなかった彼は、文体と構成に新しい道を開くことによって自らの文学を樹立する。

最近の優しい、上手な、丁寧な、抵抗のない文章に親しんだものには、セルジュの文章はなんと消化の悪い文章に映ることか。まるで岩をちぎっては投げつけるような語の塊り、それが幾重にも重なり、ネヴァ河を流れる氷の塊りのように重くのしかかってくる。間隙の多さ、深さ(それは詩的でもある)、短章の積み重ね、思わぬところに再、再々登場する人物、それらは必然が生んだセルジュの作法に他ならない。また、短章を連ねることは、時間の利用とひそかにフランスに原稿を送るには好都合であることは確かだが、なによりセルジュが目指した小説形態に合致したものであろう。セルジュ自身語るように、ドス・パソス流のドキュメント形体とでもいおうか。それが編集されたニュースとは違って、あの混乱の実相を肌に感じさせてくれる。追いつめられた指導部の迷走、その最中に目立つ明確な思想、多様な人物の混然とした在り様、様々な考えの相違と親和、現実の多様性を、雑然性を、生の空気をそのまま伝える手法をセルジュは実現した。そこからは生きている人間の生々しい声が、動作が、雰囲気が漏れてくる。指導部の会議の、大衆や工場での集会の匂いさえ漂ってくる。そう、一つの舞台〈ペトログラード〉での一年間という制約に、なんと多くの人物（約百人）がでてくることか。リュイジク、アルカディ、ゴルディン、コンドラティ、クセニアをはじめ、革命シンパの盗賊イエゴール、白軍密使のダニール、その姉のオルガ……。だれもが生き生きと魅力的だ。さらには帝政時代からの園芸士、画家、娼婦たち……、一つの都市を構成するに足るあらゆる階層、職業の人々がここに登場する。しかも〈歴史〉なら完全に無視される、これら多くの登場人部たちは、名前を持っている。〈歴史〉からは拭い消された、名を持たず、声もあげられない人たちが、だれもかも名前を持ち、顔を、声を持ち、呼吸し、交錯する。セルジュはいわゆる〈プロレタリア文学〉に満足しなかった。ロシア文学、フランス文学、そして最新の文学にも親しんだ彼は、文体的実験も試みていた。セルジュの目指したイストワール（物語・歴史）は、したがって、当然〈歴史〉とは遠い。リュイタエフ教授とプラトン・ニコラエヴィチの歴史談義を聞いたダニールは「歴史、あの碩学たちのどうしようもない嘘、そこには文字が並んでいるだけで、流された血の一滴たりとも見当たらない。人間の怒り、苦しみ、恐怖、暴力の痕跡とてない！」（本書一五五ページ）と吐きすてるように言う。このセリフにセルジュのイストワールへの拘りがこもっている。

しかも二十五歳のダニールは白軍のスパイである。歴史の荒波にもまれる一個人の運命に対するセルジュの寛《ひろ》い眼差しが感じられないであろうか。革命を推進しようとする力、それを阻止しようとする力、その対立と闘争、それとは一見無関係に生きている人々、すべての登場人物にセルジュはその寛いまなざしを注いでいると言ったら、言い過ぎだろうか。この眼差しは一体どこから来るのか。それにはセルジュの生涯に目を向ける必要があろう。亡命ロシア人の家族として過ごした少年時、働きながらまったくの独学で広い知識を身につけ、実生活の中で社会主義に目覚め、やがて改良主義、議会主義、金権主義が横行する社会への嫌悪からアナキストへ。ついで〈ボノ事件〉、投獄、フランス追放、スペインへ向かい、一七年、サルバドール・セギらのバルセロナ蜂起に参加、失敗。苦境にあったペトログラードに入り、革命勢力の一端として活動、独裁制の強まる権力に対して反対を唱え続け、党除名、弾圧、逮捕、流刑……。セルジュがこの小説を書くまでの経歴をざっと見ても、彼が常に迫害される側の人間であったことが推測されよう。暗部をひたすら隠し、覆い消し、澄まし顔した社会に常に迫害される側にあったと言えるのではないだろか。その社会に対する憤りや反逆にくみする者に対する共感、その共感が持ちうる視線がセルジュの〈寛い眼差し〉だと言って過言ではあるまい。

この小説の中で繰り広げられる対話、会話の興趣をぜひ味わっていただきたい。またセルジュ特有の表現やあちこちに散りばめられた伏線の持つ魅力を探っていただきたい。もう一言。この小説の冒頭部二十二行は第二十章(二九〇—二九一頁)にそっくり繰り返されている。〈ペトログラードは救われた〉という大団円で終わるのか。そうではない。「我々をよぎって流れ去っていく広大な生、その本質的様相を定着しようとすることが我々の後に来るものたちに対する我々の義務である。」その広大な生は果てしなく続く。幕切れなどない。傷ついた理想・思想を秘めながら、苦難の生は果てしなく続く……。どうやら、訳者あとがきとしては、おしゃべりが過ぎたようだ。

一九九一年三月、ベルギーのブリュッセル自由大学でヴィクトル・セルジュをめぐる国際コロックが開かれた。その帰途パリで、フランスのセルジュ友の会ともいうべき人たち七、八人と一夕集まる折がもうけられた。その際、フランス人から「日本でセルジュは読まれているのか、日本語で読むことができるのか」との質問が寄せられた。当時日本語に訳されたセルジュの作品は、『一革命家の回想』上下巻――〈母なるロシアを求めて〉〈母なるロシアを追われて〉（山路昭、浜田泰三訳、現代思潮社、一九七〇年）、『スターリンの肖像』（吉田八重子訳、新人物往来社、一九七一年）、『革命元年――ロシア革命第一年』（高坂和彦、角山元保訳、二見書房、一九七一年）しかなかった。現在もそのままだ。「セルジュの文学作品を翻訳して、日本人が読めるようにすることがなによりすべきこと」との忠告は、その後わたしの宿題となった。『勝ち取った街』の訳稿は勤務中になんとかできたが、それを見直し、『仮借なき時代』を訳しえたのは退職後である。二つの訳稿は、墓場への同行者になるかもしれなかった。

幸運はあるものだ。新潟県の十日町市の北端にある古い農家をわたしは山荘として使っていた。十日町市を中心とした妻有の里に繰り広げられる〈アート・トリエンナーレ「大地の芸術祭」〉の第三回目から、その農家を会場の一つとして使用していただいている。そんな縁で、その芸術祭を企画する〈アートフロントギャラリー〉の主宰者である北川フラムさんと知り合う機会を得た。その父上の北川省一さんの良寛に関する数多い著書は、いかなる研究書にもまして良寛に肉薄するもので、わたしは深い感銘を受けた。そのうち数冊は現代企画室から出版されていた。現代企画室はまた北川フラムさんが主宰する出版社であった。

さらに、幸運が待っていた。去年の夏、大地の芸術祭のヴォランティアである〈こへび隊〉の応援として小倉裕介さんがわが山荘に来て受付をして下さった。昼食にそうめんを用意していて、薬味もたれも準備が整い、あとは麺をゆでればいいという段になって、プロパンガスが切れていた。周囲になにもない小集落でのこの欠乏は、充溢をもたらしてくれた。話しているうちに彼が現代企画室の編集者であることがわかった。彼はセルジュとその作品に興味を示してくれた。「売れますか?」「売れないと思います」のやり取りはそこにはなかった。すがすがしい心もちになれた。本書と『仮借なき時代』(上下二巻)の二つの訳稿が陽の目を見ることができたのは、小倉裕介さんのおかげである。訳稿の見直しと校正にも丁寧な目を配っていただいた。心から感謝申し上げる。また貴重な資料を惜しげもなく与えてくれて励ましてくださり、さらに丁寧な校訂と注を付したセルジュの『一革命家の回想およびその他の政治的論考』(ロベール・ラフォン、二〇〇一年)を出版されて多くの教示を与えてくれたJean Rièreならびに稀少な資料を見つけるたびに送ってくれたBibliothèque nationaleのPatrick Ramseyerの両氏に真っ先にこの訳書をお届けしたい(読めないではあろうが)。翻訳しながら、お世話になった先生方や先輩、友人の顔が浮かんで、背中を押してくれた。感謝申し上げる。
なお本書の原書には何種類かの版があるがほとんど異同はない。この翻訳はスイス、ローザンヌのSOCIÉTÉ COOPÉRATIVE ÉDITIONS RENCONTRE, 1932版に拠った。

二〇一三年九月　東京　秋津にて　　訳者

*翻訳にあたっての参考文献
『ロシア・ソ連を知る事典』川端香男里、佐藤経明、中村喜和、和田春樹監修、平凡社、一九八九年
『ロシア革命下　ペトログラードの市民生活』長谷川毅著、中公新書、一九八九年
『サンクト・ペテルブルグ　よみがえった幻想都市』小町文雄著、中公新書、二〇〇六年
『ロシア　モスクワ・サンクトペテルブルク・キエフ』中村喜和、和田春樹著、山川出版社、二〇一三年

【著者】ヴィクトル・セルジュ（Victor Serge）

1890年、亡命ロシア人の両親のもとブリュッセルに生まれる。10代の頃より自活しながらさまざまな社会運動に身を投じ、社会主義系、アナキスム系の新聞、雑誌に寄稿。1909年にパリに移る。その後、「ボノ事件」に連坐して約5年間収監。国外追放となり向かったバルセロナで「バルセロナ蜂起」に加わるも失敗。再びパリに戻って収監され、1919年に捕虜交換のかたちで革命下のロシアに移動する。ソヴィエト政権下では共産党員として国際的に活動するも、次第にスターリンとの対立を深め、1928年に党を除名、苛酷な弾圧にさらされる。主にフランスの作家たちによるセルジュ釈放運動が実り、1936年ソ連を出国。ブリュッセル、パリなどを拠点にスターリニスムを告発する論考を多数発表する。1941年、ファシスムの侵攻を逃れてメキシコに亡命。同地で1947年に心臓発作により死去した。1928年にスターリン政権の弾圧により収監された後、本格的に小説の執筆を始め、自らの波乱に満ちた経験に基づく作品を多数発表。近年、フランスや米国でその評論集や小説が相次いで再刊され、再評価の動きが高まっている。小説の邦訳として、本書と『仮借なき時代』上下巻（角山元保訳、現代企画室、2013年12月刊行予定）がある。

【訳者】角山元保（かくやま・もとやす）

1939年東京生まれ。東京外国語大学フランス科卒業。東京都立大学大学院人文科学研究科（仏文学専攻）修士課程修了。同博士課程満期退学。元早稲田大学教授（教育学部、2005年退職）。訳書にV. セルジュ『革命元年』（共訳、二見書房、1971年）、J. ジョッホ『小さな赤いビー玉』（ホンヤク出版社、1977年）、J. ジョッホ『アンナとその楽団』（文化出版局、1985年）、J. ポミエ『内なる光景』（共訳、法政大学出版局、1987年）、J. ボテロ『神の誕生』（ヨルダン社、1998年）などがある。V. セルジュ関係論文に「ヴィクトル・セルジュ研究覚書（Ⅰ）――ヴィクトル・セルジュ事件をめぐって」（1980年）、「同（Ⅱ）――ムラン刑務所からペトログラード入りまで」（1988年）、「同（Ⅲ）――いくつかの初期詩編をめぐって」（1995年）（それぞれ『早稲田大学教育学部学術研究—外国語・外国文学編』第29号、第37号、第43号に所収）がある。

勝ち取った街　一九一九年ペトログラード

発　行　2013年11月7日初版第1刷1200部
定　価　2500円+税
著　者　ヴィクトル・セルジュ
訳　者　角山元保
装　丁　上浦智宏（ubusuna）
発行者　北川フラム
発行所　現代企画室
東京都渋谷区桜丘町15-8-204
Tel. 03-3461-5082　Fax 03-3461-5083
e-mail: gendai@jca.apc.org
http://www.jca.apc.org/gendai/
印刷所　シナノ印刷株式会社

ISBN978-4-7738-1315-9 C0097 Y2500E

*価格は税抜き表示

現代企画室の本

仮借なき時代【近刊】
上巻（パリ—レニングラード）／下巻（ベルリン—メキシコ）
ヴィクトル・セルジュ著／角山元保訳

絶対自由主義者ヴィクトル・セルジュが終焉の地メキシコで書いた最後の小説。第二次大戦下のヨーロッパを暗躍する工作員の動きを軸に、巨大な力に圧迫される庶民の姿を強い筆致で描き出す。

道標
ロシア革命批判論文集1
ブルガーコフほか著／長縄光男・御子柴道夫監訳　三三〇〇円

レーニンが「自由主義的裏切りの百科全書」と呼んだ本書は、一九〇五年革命後の反動期に、革命・国家・知識人・民衆の意味を問いつめる真摯な思索の書である。

深き淵より
ロシア革命批判論文集2
ベルジャーエフほか著／長縄光男・御子柴道夫監訳　四二〇〇円

だれかの夢を担い、だれかの希望を踏みにじり、だれかの拍手のなかで消えたロシア革命。一九一七年直後に革命批判をなしえた預言者たちの栄光と悲哀がこの書にはある。

サルバドールの朝
鉄環処刑された一アナキスト青年の物語
フランセスク・エスクリバーノ著／潤田純一訳　二二〇〇円

フランコ支配体制末期の一九七四年のバルセロナ。二五歳の政治青年は、なぜ残虐刑によって処刑されたのか？　現代スペイン人の心をなお疼かせる、理不尽な「青春の死」を描く。

仔羊の頭
フランシスコ・アヤラ著／松本健二・丸田千花子訳　二五〇〇円

一九四〇～五〇年代に書かれながら、スペインではフランコの死後ようやく出版された短編集。スペイン市民戦争の実相を「人びとの心の中の内戦」として、庶民の内省と諦観と後悔の裡に描く。

ペトログラード略図（1919年頃）